Jack o Estripador: *Pavor nas ruas de Londres*

Jack o Estripador: *Pavor nas ruas de Londres*

A vida durante o domínio
do assassino mais cruel
da Londres vitoriana

Rupert Matthews

PÉ da letra

Jack the Ripper's Streets of Terror

Os direitos desta edição pertencem à
Editora Pé da Letra
Rua Coimbra, 255 - Jd. Colibri - Cotia, SP, Brasil
Tel.(11) 3733-0404
vendas@editorapedaletra.com.br / www.editorapedaletra.com.br

Tradução e Revisão Júlia Dip
Diagramação Adriana Oshiro
Coordenação James Misse

Impresso no Brasil, 2022

Dados Internacionais de Catalogação na Publicação (CIP)
Câmara Brasileira do Livro, SP, Brasil

Angélica Ilacqua - CRB-8/7057

Matthews, Rupert

Jack, o Estripador : pavor nas ruas de Londres / Rupert Matthews ; tradução de Júlia Dip. – 1. ed. – Cotia, SP : Pé da Letra, 2022.
256 p. : il.; 16 x 23 cm

Bibliografia
ISBN: 978-65-5888-554-2
Título original: Jack the Ripper's Streets of Terror

1. Jack, o estripador 2. Homicídios em série - História - Séc. XIX - Inglaterra – Londres
I. Título II. Dip, Júlia

22-1694 CDD 364.15232041

Índices para catálogo sistemático:
1. Jack, o estripador

SUMÁRIO

INTRODUÇÃO

O ESTRIPADOR

O assassino em série conhecido como Jack, o Estripador, aterrorizou Londres por meses, levou multidões enormes às ruas, escapou da polícia e intrigou os médicos especialistas da época. Ainda hoje, ninguém tem certeza absoluta quanto ao número de mulheres que Jack, o Estripador, matou, possíveis ataques a outras pessoas ou quanto ao método utilizado para escolher suas vítimas. E ele continua exercendo influência tétrica sobre a cidade outrora aterrorizada. As ruas percorridas por ele estão diferentes hoje, mas elas ainda existem. Guias turísticos conduzem visitantes de uma cena de assassinato à outra, fazendo paradas para drinques nos bares frequentados pelas vítimas – e seu assassino.

Não é o número de vítimas atribuídas a Jack, o Estripador, que sustenta sua fama permanente. Somente cinco mulheres foram inequivocamente assassinadas por ele, e, seguramente, não houve mais que oito vítimas. Outros assassinos em série desde então aniquilaram outras vítimas. E, embora as terríveis mutilações realizadas por Jack, o Estripador, tenham sido perturbadoras e violentas, elas certamente foram superadas desde então. Nos registros de assassinos em série, Jack, o Estripador, é medíocre em muitos aspectos. Mas ele continua sendo o mais famoso de todos eles.

Em parte, isso acontece porque ele foi um dos primeiros assassinos em série no sentido moderno da palavra. Por outro lado, isso se deu porque ele nunca foi capturado. Contudo, em grande medida, sua fama se deve ao absoluto estado de terror ao qual ele reduziu a principal cidade do planeta. Na época, Londres era a cidade mais populosa do mundo, além da capital do maior império que o mundo já havia conhecido. Sua riqueza, sofisticação e arquitetura eram famosas por todo o mundo.

Apesar da pobreza de sua região leste, Londres possuía sistemas de água e esgoto tão modernos que ambos ainda são utilizados hoje em dia. As luzes das ruas iluminavam cada estrada, rua e viela. O sistema de imposição de lei era cobiçado por todo o mundo.

E ainda assim, um assassino em série pervertido era capaz de agir impunemente. Jack, o Estripador, matava silenciosa, ágil e, ao que parece, aleatoriamente. Todavia, como é de se supor, não modestamente. Dúzias de cartas foram recebidas pela polícia e pelos jornais. Todas foram investigadas, a maior parte delas se tratava de farsa e pelo menos uma pessoa foi parar no tribunal por desperdiçar o tempo da polícia. Mas algumas das cartas apresentaram conhecimento detalhado dos crimes. Duas foram assinadas 'Jack, o Estripador' – dando um nome a um assassino anônimo – e uma continha um pedaço de rim humano aparentemente retirado de uma das vítimas.

O efeito que isso teve em Londres foi chocante, e foi isso que garantiu a fama perene de Jack, o Estripador. Quando um suspeito foi preso, uma multidão de mais de 2 mil pessoas se aglomerou do lado de fora da delegacia para exigir julgamento sumário. Outro grupo amarrou uma corda sobre um poste de luz e alguns de seus integrantes passaram a arrastar sua vítima em direção ao poste a fim de linchá-la antes de a polícia ser capaz de intervir. Homens apanharam por olhar para uma mulher de maneira estranha, ou foram arrastados até uma delegacia para encarceramento simplesmente por estarem vestidos de maneira inusitada. Com o terror paralisando a população, qualquer um poderia ser suspeito – e centenas foram de fato.

O medo e o horror que o assassino provocava forçavam a polícia a levar os assassinatos a sério. A mais alta inteligência da polícia britânica foi enviada a Whitechapel para deter o assassino. Centenas de homens foram detidos para interrogatórios detalhados, milhares de lares e estabelecimentos foram revistados e patrulhamentos de ruas entraram em ação. E ainda assim, os assassinatos continuavam.

Os londrinos decidiram fazer justiça com as próprias mãos. Organizou-se um comitê de vigilância, financiado pelos próprios empresários locais. Ofereceu-se recompensa por informações, e um grande números de homens bastante robustos se empenharam em patrulhar as ruas armados com porretes e pistolas.

Não há dúvidas de que os vigilantes sentiam confiança. Entre os homens que eles prenderam havia um detetive da Polícia Metropolitana que fazia uma investigação tarde da noite certa vez.

Londres se tornou uma cidade de atrocidades, temores e vítimas, todos dançando uma melodia macabra composta por um assassino anônimo. O local se tornou o terreno de caça para Jack, o Estripador.

CAPÍTULO 1

UM ANO SOSSEGADO

O ano 1888 foi, de modo geral, bastante tranquilo. Não houve grandes guerras, grandes escândalos ou desastres em grande escala. A Grã-Bretanha estava alcançando a eminência de seu poder, influência e poder de industrialização.

Era um momento de confiança, prosperidade e desenvolvimento constante das condições tanto para os ricos quanto para os pobres. Vitória, a Rainha-Imperatriz, reinou sobre uma nação que prosperava, desfrutava de reformas democráticas e comandava o respeito e a cobiça de cada nação do planeta. Aparentemente, as coisas só tinham a melhorar.

UM MOMENTO DE PROSPERIDADE CONTÍNUA

A história recente da Grã-Bretanha parecia indicar a existência de um futuro dourado que aguardava pelo país e por seus habitantes. As pessoas na Grã-Bretanha envolviam-se em assuntos internacionais como nunca o haviam feito. A classe alta dirigia-se ao exterior como comandantes e administradores coloniais. A classe média saía do país para fazer negócios e ganhar dinheiro. Até mesmo os mais pobres deixavam o país para ver o mundo, uma vez que os soldados da Rainha marchavam por seis continentes em suas singulares vestes vermelhas. Em todos os lugares a que os britânicos iam experimentavam costumes estranhos e intrigantes, a eram constantemente lembrados da superioridade material de seu próprio país, altamente industrializado.

Nos holofotes internacionais, a Grã-Bretanha marchava em liderança havia anos. Em 1856 o Império russo havia sido derrotado na Guerra da Crimeia. Em 1858, a Rebelião Indiana havia sido contida, o último Imperador Indiano fora destronado, e a Rainha britânica Vitória recebera o título de Imperatriz da Índia. Em

1875 a Grã-Bretanha comprou o Canal de Suez, e dominou o Egito, efetivamente, para protegê-lo. Em 1874, o Império Ashanti da África Ocidental foi dominado, e, em 1880, o poderoso Império Zulu do sul da África foi destruído. Em 1878 a Grã-Bretanha havia agido como o intermediário diplomático de poderes na Europa, impedindo uma guerra entre a Rússia e a Áustria-Hungria, e havia tomado Chipre como recompensa. Todas essas glórias e triunfos foram relatados com detalhes resplandecentes nos jornais e recebidos por um público de leitores de apreço.

O fato de haver um mercado vasto e crescente para os jornais indicava que a Grã-Bretanha apreciava o sucesso tanto em casa quanto no exterior. Os níveis de alfabetização na Grã-Bretanha haviam subido rapidamente, uma vez que a educação barata se espalhava. Até 1870 cerca de 70 por cento das crianças frequentava a escola até aproximadamente dez anos de idade. A Lei de Educação Elementar de Forster daquele ano instaurou que Conselhos Escolares com a tarefa de oferecer um espaço escolar para todas as crianças até 12 anos de idade isentassem crianças pobres de encargos. As taxas de frequência dispararam muito rapidamente chegando a 98 por cento, e a vasta maioria das crianças deixava a escola aos 11 anos de idade, lendo, escrevendo e fazendo aritmética com nível relativamente elevado. Até 1888, portanto, a maioria das pessoas era capaz de ler um jornal sem dificuldades.

Quase tão revolucionária quanto a habilidade dos pobres de conseguirem ler um jornal era sua capacidade de comprá-lo. Um século antes, o máximo que uma família conseguia fazer era colocar comida na mesa e impedir que morressem congelados no inverno. Um novo casaco ou par de sapatos seria um raro presente. Até 1888, contudo, um século de industrialização indicava que os empregos eram mais seguros e mais bem remunerados do que antes. Um trabalhador inexperiente podia esperar receber quatro xelins por semana, um trabalhador qualificado, pelo menos duas vezes essa quantia, e um capataz supervisionando outros trabalhadores, até 12 ou 15 xelins por semana. Isso pode não parecer muito hoje, mas para os padrões das gerações anteriores era bastante razoável.

Quanto ao custo de vida, uma casa de boa qualidade com dois quartos, sala, cozinha e banheiro externo custava cerca de cinco xelins por semana para alugar, uma casa menor de tamanho semelhante, cerca de três xelins, um cômodo na casa de outra pessoa, cerca de um xelim e seis centavos, ao passo que uma cama em um dormitório comunitário custava um centavo por noite. Uma fatia de pão custava um centavo, cerveja, três centavos o quartilho, e gim, cerca de dois centavos. Um trabalhador qualificado podia sustentar a si mesmo, uma esposa e filhos em uma casa razoável e comida suficiente sem grandes dificuldades. Até mesmo um trabalhador inexperiente conseguia viver bem, principalmente porque as crianças geralmente começavam a trabalhar aos 11 anos de idade.

É claro que nem todo mundo levava um estilo de vida respeitável. Muitas pessoas eram displicentes, preguiçosas ou tinham o hábito de beber. Outras simplesmente não tinham sorte e passavam dificuldades sem que isso fosse consequência de seus atos. Havia pouca ajuda disponível a esses 'desafortunados' como eram chamados. Cada região local contava com um abrigo onde comida, acomodação e cuidados médicos gratuitos eram oferecidos, mas todo mundo tentava evitar os asilos. A acomodação era muito básica, a comida, sem sabor, e o regime de trabalho doméstico e o toque de recolher eram rigorosos. Dormir na rua – pelo menos no verão – era preferível ao asilo para a maioria.

Havia muito trabalho de caridade que oferecia comida e acomodações melhores, mas era na maior parte das vezes dirigido por autoridades da Igreja que insistiam que os beneficiados estivessem sóbrios e agissem de modo recatado. Nem todo mundo que precisava de ajuda era capaz de se enquadrar em qualquer uma dessas condições.

Para a maioria das pessoas na Grã-Bretanha, porém, o asilo era uma possibilidade remota. A maioria das pessoas tinha empregos e famílias que podiam ajudar em momentos de dificuldade. O ano 1888 foi, de modo geral, um momento bom para se viver na Grã-Bretanha.

ALGUNS DOS EVENTOS DE 1888

O ano se iniciou com um período de temperaturas mais frias repentinas. A neve caía abundantemente pelo país, e os lagos e canais congelaram a ponto de se solidificarem, mas apesar disso ter em grande medida confinado o interior, as cidades industrializadas continuavam funcionando. O dia 9 de janeiro foi seguido por neblina densa, gelada que cobria todo o país. Em Londres, a névoa estava tão intensa que um carteiro caiu em um canal e morreu congelado antes que pudesse ser retirado. Barcas no rio foram paralisadas, uma vez que os timoneiros não conseguiam ver a direção a que rumavam e até o terceiro dia de neblina nenhuma embarcação entrava ou saía do porto. A revista *Punch* imprimiu um pequeno verso:

> *O Rei da Neblina gargalhou longa e ruidosamente, e seus cortesãos,*
> *uma multidão negra, reuniram-se em volta do Monarca brumoso*
> *enquanto ele exclamava:*
> *Oh, meus criados, isso é magnífico. Nossa mão poderosa encontra-se*
> *sobre a terra. Nós governamos esse país em sua totalidade.*

No quinto dia, a neblina começou a subir, mas levou ainda dois dias até que desaparecesse por completo. O mau tempo permaneceu, com gelo bloqueando o cais e mais neblina impedindo o funcionamento das embarcações. No fim de janeiro, muitos homens trabalhando no cais passavam por dificuldades econômicas, pois a quantidade de dias sem trabalho afetava seus pagamentos. Um grupo de políticos radicais convocou uma reunião pública a acontecer na Trafalgar Square no dia 8 de fevereiro, com o objetivo de se discutir que medidas o governo deveria adotar para ajudar aqueles em dificuldade, embora desejassem e estivessem dispostos a trabalhar.

Tudo estava indo bem até que o socialista Henry Hyndburn passou a falar. Embora viesse de família rica de capitalistas industrialistas e tivesse estudado em Eton e Cambridge, Hyndburn havia se convencido de que a revolução socialista era o único caminho que poderia salvar a humanidade. Proferiu um discurso sedicioso que terminava assim: 'Sigam-me a West End para exigir trabalho, pão ou sangue.' Parte da multidão o seguiu de fato rumo a Pall Mall, e então pela St. James em direção ao Buckingham Palace.

Conforme a multidão passava pelo prestigioso Carlton Club, um dos cavalheiros lá dentro espiava pela janela, apertando, em seguida, o nariz para zombar do cheiro dos homens de classe trabalhadora que ali passavam. Dentro de segundos apenas, todas as janelas do clube foram destruídas e a multidão esmurrava as portas tentando entrar. Uma loja de vinhos ali perto foi saqueada, e a multidão, já irritada, ficou ainda mais inflamada devido à embriaguez. Finalmente, a polícia chegou ao local para fazer um grande número de apreensões e apartar a multidão, que se dispersou pacificamente o suficiente, uma vez que os uniformes azuis foram vistos.

Hyndburn foi acusado de incitar um motim e foi levado a julgamento no Old Bailey. O julgamento se tornou uma grande sensação quando Hyndburn decidiu conduzir uma defesa baseada na ideia de que aquilo que havia dito em seu discurso era verdadeiro. Isso queria dizer que ele usava a plataforma do tribunal para expor suas visões socialistas revolucionárias, chamar testemunhas da condição econômica dos pobres em Londres e questionar especialistas em política a fim de encontrar apoio de suas opiniões. Jornais que atendiam as regiões mais pobres de Londres e outras grandes cidades cobriram o julgamento em grandes detalhes. Hyndburn acabou sendo absolvido e deixou o tribunal triunfante.

A escala de crescimento da economia industrial era fenomenal. Em 1870 haviam ocorrido 500 milhões de viagens ferroviárias por passageiro ao ano, mas até 1890, esse número chegara a mais de 750 milhões. A quantidade de carga por via ferroviária aumentou ainda mais dramaticamente. Em Londres, a lotação dos transportes se provou tamanha que já em 1863 a ferrovia subterrânea começou a ser construída. Em 1888, a Circle Line foi concluída, e era possível passar por baixo da Cidade de leste a oeste ou norte a sul subterraneamente. Até mesmo uma área carente como Whitechapel estava na rede subterrânea, na linha de Shoreditch a New Cross ao sul do Tâmisa, com outra linha em direção oeste a Baker Street e Holland Park. A produção de carvão havia quase triplicado entre 1850 e 1885, de 55 a 145 milhões de toneladas. A produção de ferro e aço avançou tão rapidamente quando a Grã-Bretanha se tornou a oficina do mundo, produzindo ferrovias e motores para correr sobre essas para países muito distantes, como Austrália e Peru.

Em março de 1888 chegaram as notícias de eventos próximos e também distantes. Na Índia o Exército indiano britânico foi obrigado a marchar para o Estado independente de Sikkim. O chogyal de Sikkim, Thutob Namgyal, possuía um tratado de amizade com a Índia britânica e outro com o Tibete. Em 1886 o governo tibetano havia enviado uma pequena potência composta por 300 soldados para Sikkim a convite do chogyal. Eles construíram fortificações que bloqueavam a estrada entre a Índia e Sikkim, enquanto se tornava claro que os tibetanos agiam com o suporte e o incentivo da China. O exército britânico invadiu Sikkim para expulsar os tibetanos. A ação se provou difícil devido ao país de terreno montanhoso e estradas precárias, mas ninguém na Grã-Bretanha esperava nada além de vitória. De fato, levou até 1890 até que os tibetanos fossem derrubados, e Sikkim, revertida a seu status anterior de neutralidade.

A Ponte de Londres foi sem dúvida a via mais movimentada na Grã-Bretanha com a circulação de 8 mil pedestres e 900 veículos por hora: dizem que Jack, o Estripador, utilizava a ponte como rota de fuga à noite.

MANDADO PARA CASA EM DESGRAÇA

Nos EUA, o embaixador britânico foi pego em um escândalo que causou por fim a perda de sua posição e seu retorno para casa em total desgraça. Era ano de eleição nos EUA e os adversários republicanos do Presidente Grover Cleveland queriam abalar seu apoio. Maquinaram um plano que envolvia escrever cartas para variadas figuras públicas na esperança de obter informações que pudessem utilizar. Um sujeito denominado Sr. Charles Murchison da Califórnia escreveu ao embaixador britânico Sir Lionel Sackville-West alegando ser um sujeito inglês nascido na América e perguntando em quem deveria votar. Sackville-West respondeu diplomaticamente e se recusou a responder a pergunta, embora tenha incluído um parágrafo que dizia, 'Sr. Cleveland, creio, ainda deseja manter relações amistosas com a Grã-Bretanha.'

Os republicanos se aproveitaram dessa parte de sua resposta, divulgando-a amplamente entre os americanos irlandeses e outros sujeitos maldosos em relação à Grã-Bretanha. O embaixador foi forçado a fazer suas malas e ir embora para casa.

Também em março, e significativamente mais perto de casa, a Football League foi fundada. Até aquela data, cada clube precisava combinar com que outros clubes jogariam e quando por conta própria. Uma vez que o número de clubes aumentou, isso se tornou um sistema de administração cada vez mais difícil. A situação complicou depois de 1885, quando o esporte legalizou o pagamento aos jogadores. Os maiores clubes logo contratavam os melhores jogadores e naturalmente preferiam jogar uns com os outros, mesmo quando as distâncias entre eles eram longas, do que com seus rivais locais muito inferiores. Uma partida entre dois clubes líderes atraía milhares de pessoas, o que gerava uma receita muito maior.

Assim, os 12 clubes mais populares se uniram à sugestão de William McGregor de Aston Villa para formar uma liga. Cada clube jogava contra o outro duas vezes durante a temporada, uma vez em casa e uma vez fora, sendo os pontos atribuídos de acordo com a possibilidade de vitória, derrota ou empate. Os primeiros 12 clubes eram Accrington, Aston Villa, Blackburn Rovers, Bolton Wanderers, Burnley, Derby County, Everton, Notts County, Preston North End, Stoke, West Bromwich Albion e Wolverhampton Wanderers. Nenhum desses clubes era de Londres, pelo simples motivo de os clubes de Londres estarem bastante satisfeitos em jogar um contra o outro e não viam razões para forçar seus torcedores a viajarem a Manchester ou Birmingham para assistir a uma partida. Contudo, a fundação da Football League foi um grande projeto e os clubes de Londres logo adotaram seu próprio sistema de liga de partidas e pontos.

Ainda mais interessante aos londrinos foi o estouro no palco do music hall de uma cantora pequenininha de 17 anos chamada Marie Lloyd. Nascida Matilda Wood em Hoxton, Londres, Lloyd subira aos palcos como parte da companhia de canto de sua família durante anos, mas havia começado sua carreira solo com o que viria a ser sua canção mais famosa, 'The Boy I Love Is Up in the Gallery'. A música era perfeitamente inofensiva quando escrita no papel, e seu refrão dizia:

O garoto do meu coração está ali no mezanino,
O garoto do meu coração agora olha para mim,
Oh, e ele balança seu lenço pequenino,
Tal qual um passarinho cantando no jardim.

Mas do jeito que a jovem Lloyd o cantava, a música ficava obscena a ponto de ser reprovada como algo pornográfico. Com acenos, piscadelas e um peteleco na ponta da saia, Lloyd incutia na música uma insinuação de teor tão sexual que vários teatros passaram a proibir sua apresentação. Quando, mais tarde, ela tentou levar seu número para os EUA, sua entrada ao país foi negada por conta de sua 'torpeza moral'. Lloyd era a grande sensação, lotando as casas de show em Londres.

Na época, havia 78 salões de música oficiais em Londres, com capacidade entre 500 e 5000 assentos para clientes pagantes. Lloyd começou se apresentando nas salas pequenas, mas logo estava aparecendo nas maiores, incluindo Old Bedford em Camden Town e Deacon's em Clerkenwell.

Esses salões de música eram montados com extremo luxo, mas não eram feitos para as classes privilegiadas. Até mesmo os sujeitos mais pobres podiam gastar um centavo a mais para ocupar os assentos baratos nas galerias de vez em quando. Quando o Rei George V visitou o Palace Music Hall em 1912 para assistir a uma apresentação especial beneficente realizada pelas grandes estrelas do momento, o ato causou uma grande sensação.

Nas regiões mais pobres, como Whitechapel, era rara a aparição de grandes estrelas. Na verdade, a maioria dos salões de música na região ainda tocavam música para as pessoas dançarem, assim como todos os salões de música haviam feito originalmente. Os artistas precisavam competir com vendedores de salgadinhos e bebidas para conseguir a atenção do público. A maior parte das noites nos salões de música acabava com os fregueses dançando ao som da banda da casa. Isso não significa que os salões de música de Whitechapel eram pequenos, longe disso. Um deles ostentava uma pista com capacidade para 200 casais dançando ao mesmo tempo.

Chegaram notícias da Alemanha em junho de que o neto da Rainha Vitória havia sido coroado Kaiser Wilhelm II, governante de todos os estados alemães. Wilhelm tinha apenas 29 anos, era bonito e elegante com uma afeição especial por uniformes militares e grande admiração por sua avó britânica. Era amplamente suposto que o jovem kaiser favoreceria simpatia pela Grã-Bretanha e promoveria rápida industrialização de seu novo domínio. Wilhelm decidiu pelas duas coisas, e além disso, fomentou as artes e a ciência como nenhum governante alemão antes o fizera. Quaisquer tensões existentes entre a Grã-Bretanha e os alemães foram deixadas de lado conforme o novo kaiser empenhou-se em modernizar seu império de acordo com vertentes britânicas.

QUANDO A ARROGÂNCIA NÃO VINGOU

Enquanto isso, um escândalo escolar dominava as manchetes dos jornais. Alguns meses antes, um garoto de 13 anos chamado Henry Hutt havia sido expulso da escola pública Haileybury, ao norte de Londres, acusado de roubo.O pai do menino, porém, se recusou a aceitar que seu filho era um ladrão e processou a escola por difamação. O julgamento foi aberto em 10 de junho em um tribunal repleto de repórteres ávidos por descobrir detalhes sobre eventos da grande escola para os filhos dos mais abastados cidadãos de Londres.

Revelou-se que houvera uma série de pequenos furtos na escola nos primeiros meses do ano. Na tentativa de capturar o ladrão, o inspetor, Sr. Campbell, marcou secretamente diversas moedas com pequenas ranhuras e as deixou espalhadas pela escola. Não demorou muito para algumas moedas desaparecerem. Os professores ordenaram que uma busca urgente fosse realizada no local e uma moeda de meia coroa marcada com a ranhura foi encontrada sobre a carteira do jovem Hutt. O garoto declarou-se inocente, e disse que não tinha a mais vaga ideia de como a moeda havia aparecido em sua carteira. O diretor confinou Hutt por três dias na tentativa de obter uma confissão, e quando o garoto continuou alegando inocência, acabou por expulsá-lo.

O velho Hutt não era rico – seu filho havia ingressado em Haileybury com uma bolsa de estudos – mas era pároco, o que significava que possuía relações. Conseguiu entregar o caso a Charles Russell, filho do Lorde Russell de Killowen – um dos maiores juízes da era vitoriana. O jovem Charles buscava notoriedade e pressentiu na história um caso de arrogância que triunfava sobre evidência. Ele pegou o caso, garantindo ainda maior publicidade do que teria de outra forma recebido.

Por seis dias inteiros o tribunal escutou os detalhes sobre a vida em uma escola exclusiva para garotos, com nomes de diversas dentre as mais importantes famílias no país sendo citados e seus garotos convocados para serem testemunhas. Os jornais se valeram da grandíssima fofoca, e a história não perdeu seu efeito nas reportagens. Finalmente o júri ficou do lado dos Hutts, obrigando a escola a pagar £100 em danos e também submeteu a escola a alterar todos os seus registros para deixar bem claro que Hutt não era responsável pelo roubo. Uma vitória para o filho rebaixado de um pároco obscuro sobre as autoridades de uma escola renomada. Os jornais, e seu público leitor, adorou o desfecho.

Outro julgamento causou uma breve comoção nos jornais de Londres quando as notícias chegaram do Missouri, EUA, que um homem inglês de 24 anos deveria ser enforcado por assassinato com provas duvidosas. Hugh Brooks havia sido acusado de assassinar outro homem inglês, Lawrence Preller, enquanto os dois viajavam pela América. A evidência questionável aconteceu em forma de uma declaração de um homem que havia compartilhado a cela com Brooks antes do julgamento, na qual o homem afirmou que Brooks havia confessado o assassinato de Preller para ficar com seu dinheiro. O companheiro de cela, ao que parecia, havia sido pago pelo depoimento, daí a disputa sobre seu valor. O que poderia ter sido uma grande história de repente fracassou quando ficou claro que outra evidência evidentemente apontava para Brooks como culpado. Brooks foi, portanto, enforcado.

A GREVE DAS MATCHGIRLS

Em junho, o cotidiano dos londrinos foi interrompido por uma ação industrial sem precedentes. No dia 23 de junho, o jornal semanal The Link publicava um artigo da reformista social Annie Besant lamentando sobre as condições de trabalho para as garotas adolescentes na fábrica de fósforos Bryant and May em Bow, uma milha ao nordeste de Whitechapel. O gerente da fábrica escreveu uma carta ao jornal refutando a história e afirmando que as condições de trabalho eram boas. Ele desceu ao piso da fábrica para pedir a uma funcionária que a assinasse. A primeira garota abordada declinou, assim como a segunda e a terceira. As três garotas foram demitidas imediatamente, no que uma grande discussão se rompeu sobre condições de trabalho e, dentro de uma hora, todas as 1200 funcionárias da fábrica haviam parado de trabalhar.

A Greve das Matchgirls, como o evento ficou conhecido, foi uma causa célebre. A sociedade vitoriana tendia ao sentimentalismo em relação ao tratamento dos jovens, embora a violência contra as mulheres fosse reprovada a cada dia mais. Conforme a verdade sobre as condições na fábrica foram ficando conhecidas, outros jornais e sociedades abraçaram a causa e subscrições públicas foram realizadas para garantir que as mulheres e garotas grevistas tivessem dinheiro suficiente para custear comida e aluguel. Locadores e proprietários de lojas estenderam o crédito para as grevistas, permitindo que elas pagassem suas contas quando retornassem ao trabalho. O parlamentar Charles Bradlaugh, sendo ele mesmo um nativo de East End que havia se dado bem no comércio, levantou a questão no Parlamento e convidou um grupo de garotas para se encontrarem com outros parlamentares. Em 16 de julho, a empresa cedeu e concordou com todas as exigências em relação às condições de trabalho feitas pelas grevistas.

A Greve das Matchgirls causou uma grande sensação pelo East End de Londres. Mostrou que trabalhadores bem organizados que conseguissem trazer a opinião pública a seu favor eram capazes de forçar concessões até mesmo dos proprietários de fábrica mais obstinados. Foi, porém, um evento excepcional. A maior parte dos estabelecimentos de Londres eram pequenos, empregando somente alguns trabalhadores, e esses eram, com frequência, parentes do proprietário do negócio. Sem nenhuma dúvida, a greve afetou os gerentes e trabalhadores da mesma forma reconhecendo que as condições de trabalho deveriam ser tão seguras quanto razoavelmente possível.

O Parlamento encontrava-se, enquanto isso, mais preocupado com uma Comissão de Inquérito, que ficou conhecida como as cartas de Phoenix Park. Em maio de 1882, o Secretário Principal da Irlanda, Lorde Cavendish, e seu secretário, Henry Burke, foram assassinados no Phoenix Park, em Dublin, por terroristas nacionalistas, cinco dos quais foram condenados e enforcados em seguida. No início de 1888, uma série de cartas foram publicadas, assinadas por Charles Parnell, líder dos nacionalistas irlandeses moderados no Parlamento britânico. Nas cartas, Parnell declarava seu suporte aos assassinos e admitia que vários membros de seu partido político haviam tomado parte em outra atividade ilegal.

Parnell declarou que as cartas eram falsificadas, que as alegações contidas nelas eram completamente infundadas e que ele exigia uma Comissão de Inquérito. A comissão foi marcada e ficou em espera por 128 dias, produzindo um relatório de 35 volumes encadernados. Sua publicação, que não aconteceu até 1889, absolveu Parnell completamente e apontou para seu falsificador, o jornalista Richard Pigott.

Em julho, uma medida muito menos elogiada, mas não menos influente a longo prazo, foi tomada. Em 1885, uma empresa estabelecida em Coventry chamada Rover fabricava a primeira bicicleta moderna com duas rodas, pedais que conduziam a roda traseira por meio de uma corrente, freios a cabo e marchas. Em 1888 o escocês John Dunlop começou a vender pneus para bicicletas Rover. De repente, apareceu uma maneira barata, rápida e eficiente para as pessoas se locomoverem sem a despesa enorme que o cavalo envolvia. Em julho, o Parlamento aprovou uma nova lei que regulava o modo como as bicicletas deviam ser conduzidas nas estradas e declarava especialmente que elas deviam possuir uma sineta. O aumento enorme da posse e do uso de bicicletas que se seguia fez com que os conselhos locais melhorassem as superfícies de suas estradas. Em Londres, as bicicletas foram adotadas grandemente por garotos mensageiros e entregadores, sendo que seu uso para lazer se restringia a áreas ruais e às classes médias. Elas eram raridade em regiões pobres como Whitechapel até alguns anos mais tarde.

Enquanto isso, em agosto, a romancista feminista Mona Caird escreveu um artigo para a revista *Westminster Review* magazine intitulado 'Casamento'. Nele ela censurava o casamento para a vida toda como uma 'fracasso humilhante', oferecendo uma série de exemplos sobre como a lei, tal e qual se encontrava, trabalhava contra os interesses das mulheres e defendia que as leis referentes ao divórcio deveriam ser alteradas para que a separação dos casais – na época extremamente caras e quase inviáveis - fosse muito mais fácil de ser realizada.

O artigo foi seguido por um protesto incomensurável que percebia que cada vez mais jornais imprimiam artigos a favor e contra a reforma das leis de matrimônio. O público reagia às histórias em grande escala, sendo que o *Daily Telegraph* sozinho recebeu 27 mil cartas sobre o assunto. A história e suas repercussões ainda eram o assunto em pauta nos jornais de Londres quando um assassinato abominável em Whitechapel espantou as opiniões sobre casamento da pauta dos jornais.

CAPÍTULO 2

AS RUAS DE LONDRES

Embora para a maioria das pessoas vivendo na Grã-Bretanha o fim do século XIX, a época fosse de melhorias das condições de vida, melhor saúde e expectativas de trabalho esperançosas, ainda restavam áreas de carência e pobreza que um britânico do século XXI veria com certa dose de repulsa. Regiões rurais podiam ser arruinadas por colheitas escassas, e a economia rural como um todo não ia muito bem, mas era nas grandes cidades que a verdadeira pobreza se concentrava. E nenhuma cidade em nenhum lugar era maior do que Londres.

CRESCIMENTO E POBREZA

Em 1888, Londres tinha uma população de cerca de 6 milhões de almas, fazendo dela a maior cidade do mundo – nenhuma das próximas duas maiores cidades, Paris e Nova York, tinha metade dessa população. Londres também era a cidade que crescia com maior rapidez, visto que em 1800 a população era de cerca de 900 mil habitantes. Conforme a população crescia, a área construída de Londres se espalhava para fora da Cidade velha para o norte, para o oeste, para o leste e, com menor intensidade, para o sul. No início, as regiões novas possuíam tanta concentração quanto as velhas, mas então, com o advento das ferrovias, a viagem de grande distância passou a ser mais viável. De 1860 para a frente, novos subúrbios passaram a ser construídos, criando casas com jardins e pátios. Inevitavelmente, a riqueza e a classe média se mudaram para esses subúrbios salubres, deixando as regiões das cidades centrais cada vez mais destinadas aos pobres e às instalações comerciais.

Uma vez que o vento predominante em Londres sopra do oeste, a fumaça de milhões de fogueiras e odores de milhões de pessoas eram soprados ao leste. As terras baixas do leste da cidade eram úmidas, pantanosas e propensas a inundações ocasionais. As habitações ao leste eram, portanto, mais baratas e atraíam a porção mais pobre da sociedade. Esta característica geográfica de Londres já vinha de longa data, nenhum lugar era mais significativo do que a área imediatamente ao leste da Cidade histórica, aquela milha quadrada de terra dentro dos muros medievais da cidade.

A estrada principal ao leste dos muros da cidade antiga começava em Aldgate, corria diretamente ao leste ao longo da velha estrada Romana até Colchester, em Essex. Em 1329, uma pequena capela foi construída ao lado da estrada a aproximadamente meia milha dos muros da cidade. Era dedicada a St. Mary, mas por ter sido pintada de branco, os nativos a chamavam de *White Chapel* ("Capela Branca"). Até 1400, havia casas suficientes aglomeradas ao longo da estrada a ponto de o vilarejo de Whitechapel receber seu próprio pároco. Em 1880, a velha capela foi queimada e reconstruída em grande estilo vitoriano. Concluída em 1882, a capela era tão grande que 1600 devotos podiam se sentar cercados do esplendor gótico da arquitetura.

A igreja representava o centro da vida em Whitechapel. Em 1891, um visitante registrou:

> *A St. Mary, em Whitechapel, é uma das capelas principais no quesito popularidade e instalação para o trabalho paroquial, e uma das capelas mais bem frequentadas entre as principais igrejas de East End, tudo digno de sua reputação merece atenção.*
>
> *O coral abrange todos os serviços, os salmos são entoados tanto de manhã quanto à noite, sendo a congregação conduzida pelo coral em vestes litúrgicas. O crescente prazer em cantar como forma de louvor que agora caracteriza todas as denominações cristãs e que se define como uma grande característica de todos os lugares de veneração do Leste de Londres é, sem dúvidas, amplamente proporcionado pela St. Mary.*

Domingo à noite na St. Mary é ainda uma demonstração maior e mais perceptível do ato de frequentar a igreja, e a cena é uma das visões mais estimulantes que o Leste de Londres pode exibir. A igreja é ocupada por ao menos mil pessoas das classes trabalhadoras e mais baixas de Whitechapel. O culto bonito e imponente é uma experiência inesquecível. O sermão, igualmente, evoca o lugar e a população. À noite, o pároco se empenha nas verdadeiras circunstâncias e dificuldades da congregação que ele conhece tão bem. Aqui, é proveitoso mencionar que a população da paróquia é de vinte mil pessoas, e que cada família desta grande população, Judia e Pagã, da mesma forma, é visitada pelo reitor e por seu clero auxiliar. Sr. Sanders pode, desta maneira, colocar sua mão sobre os males entre aqueles experimentados por seu povo.

Domingo à tarde também é uma ocasião para reuniões na igreja para relações mais estreitas com as classes industriais. Um discurso evangélico de um dos presbíteros, os serviços de uma orquestra excelente, reforçado pelo órgão superior da igreja, com cantos e solos sacros, atraem uma classe que raramente pode ver o interior de uma bela igreja de outro modo, ou que ouvir música sacra da qual possa participar ou se aproximar mais estreita e pessoalmente do clero.

A importância da igreja paroquial neste momento não era somente espiritual. Muito da assistência social que ajudava os mais pobres na sociedade acontecia por meio da Igreja da Inglaterra. Tanto doações de caridade quanto impostos locais circulavam pela igreja para chegar aos pobres. O sistema de séculos anteriores estava em processo de mudança conforme os não Conformistas, Católicos e outros se uniam para derrubar a posição dominante da Igreja da Inglaterra.

No dia 13 de agosto de 1888, a Lei de Administração Local foi aprovada pelo Parlamento. Isso criou uma série de conselhos regionais eleitos democraticamente que apoiavam os poderes administrativos e financeiros anteriormente mantidos pelas Sessões Trimestrais para que eles pudessem gerenciar seus próprios negócios.

Em seguida, em 1889, toda a área construída de Londres (com exceção da Cidade em si) foi reconstruída como um novo distrito – o Distrito de Londres – para ser administrado pelo Conselho do Distrito de Londres. Esse conselho tinha as seguintes responsabilidades, entre outras coisas: aumentar os impostos locais, manter as estradas, licenciar locais de entretenimento, fornecer ajuda aos psicóticos e doentes, controlar doenças contagiosas, regular o comércio e os pesos, oferecer escolas e manter as delegacias. Whitechapel era uma paróquia de Middlesex que passou ao novo Distrito de Londres.

AS RUAS MAIS POBRES DE LONDRES

Por volta dessa época, Whitechapel tinha má fama, não só por sua pobreza, mas também por suas moradias precárias e ruas perigosas. A High Street de Whitechapel e a Whitechapel Road, que seguiam o trajeto da antiga Roman Road, eram bastante respeitáveis. Consistiam em vias amplas frequentadaz por viajantes, rodeadas por comércio e estabelecimentos de alguma espécie. As vias mais estreitas ao norte e e ao sul eram outra coisa, todavia.

Eram estreitas e sua manutenção era precária. Eram sujas, mal iluminadas à noite e frequentadas pelos habitantes mais pobres de Londres. Era inevitável que sujeitos displicentes e criminosos de mentalidade limitada vagueassem até chegar a essa região desprezível. As pessoas desonestas tinham bons motivos para se mudar o tempo todo, vagueando de uma região baixa para a outra, retornando logo em seguida. Alguns daqueles que não eram mentalmente doentes o suficiente para justificar seu destino ao asilo, mas que tinham dificuldades em manter um emprego fixo ou lidar com as coisas do dia a dia também acabavam em áreas miseráveis onde os proprietários não faziam muitas perguntas. O mesmo acontecia com aqueles que eram pobres por força do acaso. Reformistas sociais censuravam a maneira como esses sujeitos 'dignos de pobreza' eram forçados a viver em estreita proximidade às 'classes criminosas' de modo que eles mesmos corriam o risco de se envolver com o crime.

A Dorset Street em Whitechapel foi batizada como 'a pior rua de Londres'. Dizia-se que lá havia mais criminosos, prostitutas e alcoólatras do que em qualquer outro local. Ainda assim, o número de habitantes honestos de Whitechapel ultrapassava o de criminosos criminosos de longe. Intrusos poderiam confundir os hábitos dos habitantes de East End de lidar com os próprios problemas com atos criminosos, mas para os habitantes locais, tratava-se de um caso de deixar as coisas fora das mãos das autoridades. Os britânicos do século 19 não faziam muito contato com o governo. Hoje nós estamos acostumados a lidar com o governo de uma forma ou de outra diariamente – seja pagando impostos, obedecendo a limites de velocidade nas estradas, utilizando os hospitais ou mandando nossos filhos para uma escola do Estado. Em 1888, o governo não estava envolvido em nenhuma dessas coisas. As pessoas podiam passar a vida toda sem pagar impostos, obedecer a normas ou se deparar com o governo de forma significativa.

Não eram só os moradores locais que estavam sujeitos às leis. Muitas das pessoas das ruas de Whitechapel não viviam lá. Motoristas de carroças entravam na área para realizar entregas, viajantes indo para ou voltando da Cidade passavam pela Whitechapel Road, e todos os dias, milhares de pessoas caminhavam para o trabalho pelas ruas de Whitechapel. De fato, muito mais do que hoje, East End era uma sociedade cuja vida acontecia fora de casa. Sem rádio, televisão ou internet para manter as pessoas ocupadas em casa, elas saíam para conversar com vizinhos, para caminhar ou visitar bares e clubes. A qualquer momento do dia ou da noite, havia um número muito maior de pessoas caminhando por Whitechapel em 1888 do que é o caso hoje.

UM INFLUXO DE IMIGRANTES

A composição dessas pessoas mudava de modo acelerado nessa época. O aumento repentino da população de Londres sempre fora impulsionado por imigrantes.

Ao longo da Era Medieval, e já entrando no século XVII, o grande volume de pessoas se mudando para Londres era de pessoas do interior de outros lugares da Inglaterra. Em 1521, residentes de distritos próximos à cidade se referia aos Londrinos de classe operária como 'cockneys'. A palavra invocava certa espécie de insulto, uma vez que trazia um sentido geral de frouxidão. Em

1660, os londrinos já usavam o termo para se referir a si mesmos. Na década de 1820, representava um londrino nativo 'nascido ao som dos sinos da St. Mary-le-Bow', em contraste a um recém-chegado à cidade. Por esta época, muitos dos imigrantes a Londres não eram nem mesmo ingleses, mas galeses, irlandeses ou escoceses. Aquelas ondas anteriores de imigração a Londres havia sido absorvida, de modo geral, pacifica e completamente, mas na década de 1880, as mudanças começaram a acontecer.

Em 1881 o Czar Alexandre II da Rússia foi assassinado por um grupo de revolucionários de esquerda. Uma onda de pogroms antijudaicos seguiu conforme os czaristas fiéis culpavam os judeus pelos sentimentos revolucionários subjacentes – dado que um dos conspiradores era judeu. Apesar de os membros da comunidade judaica mais ampla serem inocentes, ondas de rebeliões e desordem civil varreu as províncias ocidentais do Império Russo – em maior medida, a Polônia, a Ucrânia e a Bielorrússia. Somente alguns poucos judeus foram mortos, mas centenas de casas, sinagogas e estabelecimentos foram queimados, enquanto milhares sofreram agressões e ferimentos. Nos meses e anos que se seguiram, dezenas de milhares de judeus fugiram do Império Russo. Alguns foram à Alemanha, outros aos EUA, mas um grande número deles veio para a Grã-Bretanha. Atraídos por moradias baratas e pelo fato de que não lhe eram feitas muitas perguntas, muitos deles se dirigiram a East End de Londres. Em 1888, havia cerca de 80 mil judeus em Londres.

Diferentemente das ondas anteriores de imigrantes chegando a Londres, os judeus russos falavam uma língua diferente, possuíam uma religião diferente e se vestiam de maneira esquisita. Além disso, eles não adotaram os costumes e a maneira de se vestir dos londrinos nativos como os imigrantes anteriores haviam feito, e, assim, se destacavam de modo bastante evidente pelas ruas. Os londrinos nativos se mostravam cautelosos em relação a essas novas chegadas que traziam hábitos estranhos e costumes estrangeiros, e seu hábito de se unirem ao invés de se misturarem a seus vizinhos. Chamar essa suspeita e cautela de antissemitismo seria um exagero, mas não há dúvidas de que existia uma tendência implícita de desconfiança.

Não eram só os londrinos nativos que se preocupavam. Os membros da comunidade judaica estabelecida desde havia muito em Londres também passaram a se preocupar. Eles achavam que as novas chegadas poderiam suscitar antissemistismo devido a sua recusa de se assimilar com a cultura inglesa. Lorde Rothschild, um dos judeus mais ricos e influentes na Inglaterra, escreveu: 'Nós temos agora uma nova Polônia em nossas mãos ao leste de Londres. Nossa primeira ocupação é humanizar nossos imigrantes judeus e então anglicizá-los.' Não havia ocorrido nenhum tipo de violência antissemita e, de fato, os problemas foram pouquíssimos, mas muitas pessoas com autoridade se preocupavam quanto à crescente tensão e a confusão que em breve seria suscitada.

A VIDA NOS ALBERGUES

A maior parte das casas em Whitechapel datavam do fim do século XVIII ou do início do século XIX. A maioria delas havia sido construída para serem residências unitárias, geralmente com uma loja ou oficina ocupando o andar térreo, mas, ao longo dos anos, elas acabaram sendo separadas em diferentes habitações. Casas mais recentes foram construídas com essa subdivisão em mente. A maioria dessas casas tinha uma porta principal que ficava destrancada na maior parte do tempo para que qualquer pessoa pudesse entrar. A porta principal dava acesso às escadas, que tinham um patamar considerável em cada pavimento. A partir do patamar, havia portas que levavam às habitações individuais. Algumas ocupavam um pavimento inteiro, outras, somente um cômodo simples. Às vezes os cômodos eram alugados por um proprietário que vivia na própria casa; outras vezes, o proprietário vivia a milhas de distância e enviava um agente para realizar a cobrança dos aluguéis. Os vadios e os necessitados geralmente buscavam abrigo nos corredores abertos e nos patamares, ao passo que os moradores geralmente tentavam espantar aqueles que causavam encrenca – sujeitos embriagados, na maioria das vezes.

A embriaguez também era um problema muito abaixo da questão de moradia. Aqueles que não podiam custear acomodação permanente, ou que estavam na cidade por apenas alguns dias, frequentavam o que era conhecido como albergue comum. Embora essas casas variassem imensamente no quesito conforto e respeitabilidade, elas estavam em conformidade com um modelo padrão. A entrada era feita por uma porta única que se abria à rua. Essa porta dava acesso a uma passagem estreita que chegava a um pequeno escritório com uma janela e um balcão. O administrador da casa ocupava esse escritório e recebia o pagamento de três ou quatro centavos de cada pessoa que entrava para passar a noite. O administrador, ou síndico, também podia vender comida aos ocupantes.

CIRCUNSTÂNCIAS PRECÁRIAS

O pavimento térreo era ocupado em grande parte por uma cozinha e um espaço para refeições. Qualquer pessoa que passava a noite na casa tinha permissão para usar o fogão e o forno ou para se sentarem na cozinha. Muitos administradores permitiam que não hóspedes usassem a cozinha, principalmente se eles se conhecessem. Contudo, todos os não hóspedes eram colocados para fora à meia-noite. Se alguém não tivesse os três ou quatro centavos necessários para custear uma cama, eles precisariam dormir na rua. Também no pavimento térreo, pelo menos nas casas melhores, havia um ou dois banheiros onde o moradores podiam tomar um banho por um centavo adicional.

No pavimento superior, o albergue era dividido em um número de dormitórios que continham fileiras de beliches. Em teoria, a roupa de cama era lavada diariamente, mas, nas casas menos conceituadas e mais baratas, isso não era uma garantia. Havia pouca ou nenhuma privacidade nesses cômodos, então, a maior parte das pessoas dormia completamente ou parcialmente vestida. A maior parte dos albergues possuía cômodos separados para homens e mulheres, com poucos cômodos para famílias. Outras não separavam os gêneros, e algumas toleravam homens e mulheres compartilhando camas sem verificar se eram casados ou se ao menos alegavam ser.

Muitas das pessoas que usavam os albergues estavam apenas de passagem por Londres. Os marinheiros eram fregueses assíduos assim como os comerciantes itinerantes ou outras pessoas passando alguns dias em Londres e não tinham muito dinheiro. Dos nativos, somente os mais pobres dormiam regularmente em albergues. Qualquer pessoa digna de respeito procurava um cômodo alugado por semana. Nem mesmo os mais pobres dormiam sempre em albergues. Durante o verão, um banco perto do rio ou no parque serviria muito bem, além de ser gratuito. Quando o inverno chegava, porém, as ruas ficavam menos convidativas.

Fosse a casa uma moradia unitária, dividida em apartamentos, ou um albergue comum, ela tinha um banheiro externo atrás. Até o meio do século, esses banheiros consistiam em um assento posicionado sobre uma grande caixa de madeira. Uma vez por semana, mais ou menos, um homem vinha com um pônei e uma carroça na qual esvaziava o conteúdo da caixa para ser levada embora.

O conteúdo fétido era usado como fertilizante depois de sua decomposição e, se a urina fosse mantida separadamente, ela podia ser vendida a curtidores de couro e outras indústrias. Contudo, a presença de grandes quantidades de excremento humano havia causado aumento dos problemas de saúde.

Na década de 1860, o Conselho Metropolitano do Trabalho, criado com cuidado especial, havia cavado 75 milhas de coletores principais e mil milhas de esgoto urbano para coletar detritos de Londres e bombear em direção leste, a Beckton, onde era despejado no estuário do Tâmisa prudentemente rio abaixo por Londres.

O esgoto era então tratado de forma natural antes de ser despejado no rio. Não obstante, as extensas redes de esgoto melhoraram dramaticamente a saúde de todos os londrinos, até mesmo dos pobres. Patologias de veiculação hídrica, como cólera e disenteria, desapareceram quase que da noite para o dia.

O PROBLEMA DO ÁLCOOL

A bebida era um verdadeiro problema em Whitechapel na década de 1880, mas muitas pessoas a consideravam tanto um sintoma quanto uma causa das moléstias sociais de East End em Londres. A cerveja, o gim e o uísque eram baratos e acessíveis. Em 1869, uma nova lei foi promulgada. Ela exigia que qualquer pessoa que vendesse bebidas alcoólicas deveria ter uma licença para a atividade concedida por juízes locais. Era difícil obter a licença e, quando isso acontecia, vinha atrelada a diversas condições. Essas condições eram aplicadas com rigor pela polícia local, e a maior parte dos licenciados atinha-se aos termos de suas licenças. Em Londres, as licenças tendiam a restringir a venda do álcool para locais e horários específicos. Proprietários não podiam servir alguém que já estava embriagado ou desorientado, nem podiam ter prostitutas ou jogatinas nas premissas. Música ou outras formas de entretenimento eram proibidos, em geral, embora houvesse isenções especiais.

O entretenimento geralmente acontecia em prédios separados que não permitiam a venda de álcool. Os salões de dança e de música eram os mais numerosos deles em East End, mas um teatro ou outro apresentava peças pertinentes.

O pub, abreviação de *public house* (estabelecimento público), que dominava a venda de álcool, eram instituições altamente variadas. Algumas tinham a forma de casas genuínas abertas ao público, mas a maioria era mais espaçosa, com estruturas maiores construídas especialmente para a finalidade. Havia a tendência de existir dois bares. O bar público era simples, modesto e sóbrio. Todas as superfícies eram feitas para serem limpas com facilidade, uma vez que era ali aonde os funcionários se dirigiam na hora do almoço ou quando iam do trabalho para casa, quando estavam de macacões cobertos de graxa, pó ou outra sujeira.

O salão ou hall ficava ao lado, e lá as mesmas pessoas frequentavam à noite depois de tirarem a roupa suja de trabalho e vestirem roupas limpas. Esses bares tinham assentos acolchoados e forrados, carpete, luminárias lapidadas e outros luxos que as pessoas mais pobres não podiam ter em casa. As mulheres não costumavam ir aos bares públicos de nenhuma maneira, e mulheres respeitáveis não iam aos salões sozinhas. Era muito comum ver mulheres acompanhadas por um irmão, marido ou namorado nos bares do salão. Os proprietários de alguns pubs toleravam a presença de prostitutas, contanto que elas deixassem o local antes de qualquer atividade ligada ao sexo.

Apesar da proibição de se servir uma pessoa que já se encontrasse embriagada, o consumo excessivo de álcool era comum. Algumas pessoas encontravam na bebida uma fuga da rotina diária de trabalho e da pobreza, outras simplesmente gostavam de se embriagarem – outras ainda eram alcoólatras de fato. Embora os proprietários e seus funcionários geralmente mantivessem a ordem dentro dos pubs, na rua a história era bem diferente. Até mesmo as pessoas que não ficavam bêbadas podiam ter um grande problema com a bebida, e havia uma minoria de pessoas que ficavam agressivas quando bebiam – o que se costumava chamar de 'bêbado briguento'. Com um grande número de pessoas, muitas delas tendo bebido pelo menos um pouco de álcool, caminhar pelas ruas à noite podia deixar Whitechapel com um ar ntimidador.

Sábado à noite era a noite de socialização intensa em East End. A maior parte dos trabalhadores tinha folga aos domingos, e a maioria dos trabalhadores manuais eram pagos em dinheiro quando iam embora no sábado. A maior parte das pessoas se envolvia apenas em cantorias escandalosas ou faziam observações indecentes aos transeuntes, mas as brigas não eram raras. Na maioria das vezes elas tomavam a forma de socos entre homens e acabavam com um deles no chão. Uma briga atraía uma multidão de pessoas ávidas por ação e, dado que a maioria conhecia pelo menos um dos protagonistas, cada um acabava torcendo por um ou por outro.

VIOLÊNCIA GENERALIZADA

Embora a violência fosse muito mais comum em Whitechapel em 1888 do que em qualquer parte da Grã-Bretanha hoje, ela não acontecia nem aleatória nem descontroladamente. O costume e a cultura locais definiam os limites do que era aceitável. O uso de facas e pistolas era mal visto, e se um homem exibisse uma dessas armas, era provável que ele fosse rapidamente desarmado pela multidão a sua volta.

Chutar um homem que estava no chão era igualmente inaceitável, embora alguns, principalmente os tipos cruéis, dessem um chute adicional antes de assumirem a vitória e irem embora. Essas brigas eram comuns. Um sujeito que foi obrigado a morar em Whitechapel por diversas semanas em 1886 registrou mais tarde ter visto pelo menos uma briga de rua todo sábado à noite e, em média, duas durante a semana.

Assassinato, mesmo que acidentalmente durante uma briga, não era somente mal visto, mas também raro. Em 1887 apenas um assassinato aconteceu em Whitechapel e, em 1889, nem mesmo um. Assim, embora a violência fosse comum e generalizada, o assassinato não o era. Uma razão para isso seria a pena de morte que pairava sobre qualquer pessoa envolvida no crime. Nesta época, matar uma pessoa 'por acidente' durante roubo ou invasão de propriedade era considerado assassinato intencional, e simplesmente pegar uma arma durante um crime era equivalente a uma tentativa de homicídio. Até mesmo um homem bêbado envolvido em uma briga de rua saberia que a forca seria seu fim se matasse seu oponente em uma briga. Todo mundo sabia disso, então se tentava intervir nas brigas quando parecia que um dos participantes já tinha chegado ao seu limite.

Não era apenas a gravidade da punição que impedia a violência de se tornar fatal. Também havia a quase certeza de ser capturado. Os residentes de East End eram famosos por resolverem seus próprios problemas, com homens locais influentes encomendando espancamentos a quem se comportasse mal. Mas a polícia era muitíssimo mais integrada à comunidade local na época do que hoje em dia. Poucas pessoas na Londres do século XXI saberiam o nome de um policial, mas em 1888 todo mundo sabia.

CONTENÇÃO DO CRIME

A Força Policial Metropolitana havia sido fundada em 1829 para substituir o antigo sistema de polícia paroquial voluntária, que já estava ficando sobrecarregada com o crescimento imenso da população. No início, e ainda em 1888, o trabalho principal da Met, conforme se soube, era aplicar a lei e a ordem nas ruas. A ferramenta principal para alcançar isso era o guarda em patrulhamento.

Policiais recebiam um salário semanal básico de um guinéu, uma moeda de ouro que valia uma libra e um xelim. Era um salário relativamente alto a se pagar na época, mais alto ainda que o salário de um capataz com qualificação em certo ofício. Os guardas deviam ter menos de 35 anos quando recrutados e deviam ser capazes de ler e escrever, ser fisicamente preparados, medir mais de

1 metro e 70 centímetros, além de não possuir nenhuma falha de honestidade, reputação ou caráter. Eles eram colocados em uniforme de lã azul escura para suportar o pior clima britânico, um chapéu reforçado que não só resistia à chuva e ao sol mas também era à prova de socos, garrafas e tacos. Para ajudá-lo a manter a ordem, cada policial tinha um bastão de madeira para usar em brigas ou para dominar um suspeito, além de um apito para convocar a assistência de outros policiais caso uma situação parecesse fora de controle.

Equipado desta forma, os policiais saiam para fazer sua ronda. A ronda acontecia em uma região de Londres que o policial podia percorrer em menos de uma hora, subindo cada rua, examinando cada pátio ou viela, conversando com lojistas ou transeuntes. Esperava-se que o policiam ficasse em serviço por 12 horas por dia, seis dias por semana. Ele deveria conhecer de vista a todos que moravam ou trabalhavam em sua área de ronda, e saber o nome de qualquer pessoa importante por boas ou más razões. Esperava-se que ele soubesse quem era batedor de carteira, quem era ladrão e em quem se podia confiar em um momento de emergência. Ele precisava estar familiarizado com os pontos de conflito, estar ciente de quando as brigas podiam eclodir e ser capaz de lidar com elas.

A simples aparição de um policial no local era geralmente suficiente para apartar uma briga ou outros conflitos instantaneamente. A maior parte dos policiais era grande, robusto e respaldado pelo pleno vigor da lei. Como outros em East End, os policiais de patrulha estavam acostumados a lidar com problemas sozinhos ao invés de chamar autoridades superiores. Uma paulada com um bastão ensinava uma lição rápida e aguda que podia ser muito mais eficiente do que chamar o nome de alguém diante dos juízes.Se qualquer policial se sentisse tentado a abusar de sua posição, havia um sargento para quem dar satisfações – e esperava-se que os sargentos soubessem quase tanto do que acontecia em uma área de ronda quanto um guarda.

As áreas de ronda dos guardas eram determinadas com muita cautela. Elas não só eram definidas de modo que cada rua tivesse um policial caminhando por ela a cada meia hora, mas elas também se cruzavam. Era comum para um

Um guarda em ronda usando sua lanterna de trem para inspecionar uma vitrine de loja em busca de sinais de desordem.

policial em sua ronda esperar no ponto de cruzamento pelo sujeito que vigiava a próxima área. Isso permitia que eles comparassem anotações sobre o que estava acontecendo, além de verificarem se estava tudo certo. Se um policial não aparecesse depois de um tempo, seu colega ia a sua procura.

De maneira semelhante, as rondas eram organizadas de modo que cada homem estivesse dentro do alcance do apito de seu colega em uma área vizinha. Na época que antecedeu o trânsito motorizado e outros ruídos de maquinários modernos, um apito policial soprado a plenos pulmões podia alcançar distâncias surpreendentes. Eram tantos policiais em ronda nessa época que a primeira reação de qualquer pessoa que descobria um crime era gritar ou correr até a estrada principal mais próxima – sabendo muito bem que um policial chegaria ali dentro de um ou dois minutos. Era um sistema desenvolvido para manter a ordem nas ruas. E, em geral, funcionava. As brigas de rua podem ter sido rotineiras, mas raramente duravam muito tempo até que fossem interrompidas pela chegada de um policial. Da mesma forma, conflitos e discussões eram rapidamente apaziguadas pela chegada de um homem em uniforme azul.

O LONGO BRAÇO DA LEI

Qualquer pessoa com a intenção de cometer um crime o fazia com a consciência total e clara de que em muito breve um policial chegaria por perto. Uma janela quebrada, uma porta arrombada ou qualquer outro sinal de algo errado atraía a atenção de um policial passando que estava acostumado a como as coisas deveriam estar. Os ladrões sabiam que precisavam agir depressa, silenciosamente e com muita cautela para não serem pegos. Os batedores de carteira deveriam ser capazes de fugir depressa ou se mesclando com a multidão ou ainda correndo pela rua ou pela viela em alta velocidade.

Não era somente a polícia que procurava os criminosos. Londres também tinha milhares de 'vigilantes' – seguranças contratados em particular. A maioria desses homens eram contratados para vigiar as ruas residenciais luxuosas – as quais não existiam em Whitechapel – ou áreas comerciais – que eram tantíssimas. Esses vigilantes andavam por vezes mais armados do que a própria polícia – espadas eram muito comuns e pistolas, não completamente desconhecidas. Eles podiam patrulhar as edificações e as ruas para que haviam sido contratados para proteger, ou poderiam ficar em uma posição estratégica onde podiam se sentar e descansar enquanto vigiavam tudo. De forma diferente da polícia, os vigilantes não deveriam se envolver em brigas ou em qualquer coisa que não ameaçasse diretamente aquilo que protegiam, mas costumavam ficar de olhos abertos para qualquer coisa anormal. Um policial em sua área de ronda fazia questão de parar e conversar com os vigilantes por quem passava, tanto para verificar se eles estavam acordados e fazendo seu trabalho quanto para perguntar se houvera qualquer imprevisto.

Em 1877, foi criado o Departamento de Investigação Criminal (CID, sigla em inglês para *Criminal Investigation Department*). Esse ramo da Met era composto por detetives convocados para investigar crimes, descobrir seu responsável e trazê-lo frente à justiça. As ferramentas disponíveis para um detetive do CID em 1888 eram primitivas da perspectiva dos padrões modernos – não havia um sistema de impressões digitais, estabelecimento de grupo sanguíneo ou análise de fibras ou outros materiais vestigiais, muito menos o estudo do DNA ou outros serviços de alta tecnologia.

Mas isso não significa que um detetive do CID fosse completamente impotente. Em 1888 a Met possuía uma grande gama de facilidades e procedimentos a seu serviço. Se um guarda se deparasse com a cena de um crime, ele tinha ordens para resguardá-la para impedir que transeuntes interviessem nas evidências antes da chegada do detetive. O detetive começava com uma averiguação cuidadosa do local em busca de provas. Essas provas podiam ter a forma de uma pegada (o que permitia que se estabelecesse o calçado do criminoso), fiapos de roupa, as marcas dos instrumentos utilizados pelo criminoso ou levados por ele. Após perscrutar o local, o detetive passava a interrogar em detalhes qualquer pessoa ligada ao crime ou à cena do crime de qualquer maneira. Enquanto isso, equipes de guardas se dispersavam para visitar propriedades próximas com uma lista pronta de perguntas compiladas pelo detetive. As respostas eram gravadas e passadas ao detetive, que então entrevistava qualquer pessoa que tivesse fornecido respostas interessantes.

Esse sistema de busca por provas, interrogatório de porta em porta e questionamento detalhado de qualquer pessoa envolvida seria normal para os detetives de hoje. Os instrumentos e equipamentos podem ter se tornado mais sofisticados, mas a metodologia básica do trabalho do detetive não mudou muito. Nem o papel do instinto de um detetive quando algo está errado ou não parece completamente certo. Mais de uma vez, acusados chamaram a atenção para si mesmos ao responder uma pergunta rotineira de maneira estranha.

Os policiais que tinham o trabalho nada invejável de tentar localizar Jack, o Estripador, não eram não impotentes quanto muita gente suporia. A Met da década de 1880 tinha um histórico positivo em solucionar crimes e trazer os culpados diante da justiça. Mas, antes, eles eram usados para crimes como o assassinato de um colega de trabalho ou um familiar por motivos como ganância, rancor pessoal ou ciúme. Com Jack, o Estripador, eles lidavam com algo novo e infinitamente mais hediondo: o primeiro assassino em série do mundo.

CAPÍTULO 3

VIOLÊNCIA CONTRA MULHERES

Durante o século XIX, o status das mulheres na sociedade crescia, e a maneira como as mulheres eram tratadas estava mudando. O passado estava sendo deixado para trás, mas não era jamais esquecido. Essas mudanças estavam afetando a maneira como as mulheres eram tratadas não só pelos homens, mas também por outras mulheres. Dado que Jack, o Estripador, era exímio em violência brutal contra mulheres, a reação da sociedade a seus crimes era um bom indicador de como as mulheres eram vistas.

A ASCENÇÃO DA LEGISLAÇÃO SOCIAL

Três mudanças básicas que afetavam as mulheres estavam acontecendo no século XIX e estavam conduzindo as mudanças em relação a como as mulheres eram vistas e tratadas. A primeira mudança era no âmbito legal, a segunda, econômico, e a terceira, social.

Na esfera social o Estado estava se tornando cada vez mais interessado no que os cidadãos faziam. Em parte isso se dava porque o Estado, que ascendia, queria cobrar imposto das pessoas, mas também havia uma necessidade observada para que o Estado protegesse as pessoas de si mesmas e de outrem. Antes, por volta de 1790, a lei criminal, como aplicada pelo Estado, se preocupava em eliminar crimes como roubo, fraude, assassinato e estupro. Outras questões, tais como emprego, qualidade dos produtos oferecidos pelos estabelecimentos e casamento eram considerados completamente fora da alçada do governo. Essas questões eram deixadas para que os indivíduos as resolvessem por si mesmos, com apoio da legislação civil. O comportamento era o seguinte: se você não gostasse de trabalhar em uma fábrica em particular, você deveria arranjar um emprego em outro lugar, se você não gostasse do pão que uma padaria vendia, você deveria comprar seu pão de outro padeiro.

Conforme o século XIX passava, esse comportamento mudou. Os reformistas sociais argumentavam que se todas as fábricas proporcionassem más condições de trabalho, o funcionário não teria escolha senão aceitá-las, e se todos os padeiros na cidade vendessem um pão ruim, então os moradores não teriam escolha senão comprá-lo. Principalmente, argumentavam que os membros mais vulneráveis da sociedade – os pobres, as crianças e as mulheres – não eram capazes de cuidar de si mesmos. Assim nasceu a legislação da reforma social.

A Lei da Indústria de 1802 baniu o emprego de crianças abaixo de nove anos de idade, e restringiu o tempo de trabalho daqueles entre nove e 13 anos para somente oito horas diárias. Os proprietários das fábricas também foram obrigados a fornecer a seus funcionários crianças dois conjuntos de roupas novas por ano, além de prover uma hora de educação cristã todo domingo. Leis subsequentes trouxeram normas de emprego de mulheres, incluindo um tempo máximo de trabalho diário de 12 horas, um intervalo obrigatório de uma hora para o almoço, folga aos domingos, além de lavar e desinfectar os locais de trabalho duas vezes ao ano. Em 1878 toda essa legislação se agregou à Lei da Indústria de 1878, um trabalho abrangente que buscava tornar o emprego mais seguro e mais confortável para todas as mulheres e crianças trabalhando em fábricas ou oficinas.

Na mesma época, o Estado passou a se envolver na questão da segurança alimentar. Tradicionalmente, todas as famílias rurais tinham o que hoje seria considerado um minifúndio no qual plantavam frutas e legumes e criavam algumas galinhas, um porco ou uma vaca. Quando a população migrou para as cidades isso não era mais possível. As pessoal precisavam comprar todos os seus alimentos das lojas, cujos proprietários eram às vezes pouco honestos.

A partir de 1820, aproximadamente, os médicos tinham começado a se preocupar com o fato de que algumas substâncias utilizadas como corante alimentar – por exemplo, que deixavam o queijo amarelo – podiam ser prejudiciais à saúde. Eles tinham pouca evidência para respaldá-los até a década de 1850, quando uma nova substância química serviu como comprovação. Felizmente, o povo já estava reagindo contra o que foi denominado adulteração de alimentos.

Muito antes ainda, em 1780, descobriu-se que um moinho adicionava calcário à farinha para torná-la mais branca. Na época não havia lei contra isso, mas uma queda repentina nas vendas fez com que as coisas mudassem. Em 1860, a Lei de Adulteração de Alimentos e Bebidas não só proibia o uso de uma ampla variedade de produtos químicos e substâncias, mas também obrigava as autoridades a investigar e processar queixas.

MULHERES E CRIANÇAS EM PRIMEIRO LUGAR

As novas leis que envolviam especificamente as mulheres faziam parte desse novo clima de envolvimento do Estado na vida privada. Em 1853 a questão da violência doméstica foi abordada pela primeira vez. Antes disso, havia uma postura geral de que era papel do chefe masculino da casa fazer sua família cumprir as boas normas de comportamento. Se, por exemplo, uma criança fosse mal-educada com alguém, ela era levada para casa para que o pai lhe aplicasse a punição. Nas sociedades estáveis e rurais, comuns antes da industrialização, esse sistema havia funcionado muito bem. Todo mundo no vilarejo conhecia todo mundo, e ninguém queria ter reputação nem de ser negligente perante as normas sociais nem de agir com brutalidade desnecessária. Havia verdadeira pressão para que os homens aplicassem o bom comportamento, mas não a ponto de serem duros.

Nas cidades, essas pressões sociais não operavam. Os chefes de família tendiam a perder o controle dos membros da família uma vez que os homens jovens passaram cada vez mais a viver sozinhos. Na mesma época, os homens que eram naturalmente violentos, ou que buscavam a bebida, tinham pouco acanhamento em relação a seu vício. Imigrantes relutavam em interferir no que os homens faziam em sua própria casa. Em 1853 isso mudou com a Lei de Melhor Prevenção e Punição por Agressões Agravadas contra Mulheres e Crianças. Isso não fez com que o castigo físico das mulheres e das crianças pelos chefes de família desaparecesse, mas certamente esclareceu que qualquer ato que fosse considerado crime se cometido por um estranho, seria considerado crime dentro do âmbito familiar.

A questão não era só que o o governo estava ficando cada vez mais interessado no comportamento das pessoas – a revolução industrial estava afetando a vida das mulheres. Em comunidades rurais, mulheres jovens geralmente ficavam na casa da família até se casarem e constituírem um lar com seu recente marido. Contudo, em uma sociedade industrializada, era perfeitamente possível para uma mulher jovem trabalhar e ganhar seu próprio dinheiro. Isso permitia que as mulheres jovens tivessem seu dinheiro para gastar como quisessem. Embora as famílias de classe alta e média desaprovassem tal comportamento de suas filhas adultas, as famílias de classe operária estavam se acostumando rapidamente com o fato.

As mulheres jovens não só passaram a trabalhar em fábricas e oficinas. Uma vez casadas e com filhos, passaram a trabalhar por peça. Era um tipo de trabalho que com frequência exigia dedos hábeis e ágeis em contraste com a força masculina. As mulheres casadas lavavam roupa, passavam, tricotavam ou costuravam em casa. Eram pagas de acordo com o volume de trabalho que conseguiam fazer quando não estavam cuidando das tarefas do lar. Isso servia como fonte de renda às mulheres jovens que eram independentes de seus maridos e, com o dinheiro, vinha o desejo e a capacidade de gastá-lo. As mulheres estavam ficando cada vez mais independentes por conta do dinheiro.

Na década de 1880 estava se tornando perfeitamente normal para as mulheres de classes trabalhadoras sair em pares ou em grupos para visitar salões de música ou clubes sociais, ou simplesmente para visitar umas às outras para bebericar chá e bater papo. Havia preocupações de que as mulheres fora de casa sozinhas podiam ser vulneráveis aos homens – principalmente àqueles com músculos desenvolvidos por conta do trabalho físico que realizavam em minas ou fábricas. Logo se tornou censurável o fato de o homem agir de maneira violenta fisicamente em relação às mulheres. E não menos importante, passou a ser o dever de todos os homens dignos defender uma mulher em tal condição.

Havia cada vez mais uma conduta sobre o fato de que a violência contra mulheres e crianças era inaceitável e, além disso, de que os homens precisavam se comportar de maneira voluntária para lidar com a questão. Em 1889, um jornalista de um jornal requintado de West End escreveu um artigo sobre uma expedição a East End. Entre outras coisas, dava relevância ao seguinte incidente:

> *"Foi uma cena triste a que testemunhei na Globe Road, onde cerca de uma dúzia de pessoas haviam se reunido. Uma garota jovem, certamente menor de dezoito anos, carregava um bebê enfermo nos braços. Ela suplicava a um sujeito de boa constituição, bastante alcoolizado e aparentemente seu marido, para irem para casa. Resmungando algo inaudível, esse sujeito refinado, sem a menor provocação, desfechou um soco covarde na esposa, e depois passou a querer lutar com qualquer um dos espectadores. Isso foi muito mais do que um mortal poderia aguentar, e um indivíduo consideravelmente robusto o agarrou pelo pescoço e começou a encaminhá-lo em a direção à casa.*

Vale ressaltar, de passagem, que ninguém pensou em chamar a polícia. Esse é um exemplo das coisas que a comunidade local resolvia por conta própria, independentemente do que a rápida expansão da legislação social pudesse dizer.

Em 1887, outro incidente ocorreu longe de Whitechapel que também indicava a opinião predominante de que as mulhres e as crianças mereciam tratamento especial. No fim da tarde de 19 de maio, o navio SS *Britannic* com 450 passageiros e 175 tripulantes a bordo passava lentamente através do denso nevoeiro na costa de New Jersey. Emergindo de repente do nevoeiro, em alta velocidade, aproximou-se dele o *SS Celtic*, que bateu contra sua traseira, provocando um grande talho em sua estrutura, fazendo com que a água do oceano inundasse seu interior. O capitão deu ordens para que abandonassem o navio, sinalizando ao *Celtic* para que lhe desse suporte recebendo seus passageiros e tripulação.Não era comum nessa época que se desse prioridade às mulheres e às crianças, consideradas menos propensas a sobreviverem na água, para embarcarem nos botes salva-vidas.

A este ponto o navio fez um movimento abrupto e começou a afundar rapidamente. Vários homens correram para entrar nos botes, empurrando as mulheres e as crianças para o lado. O capitão passou a empurrar as pessoas a fim de chegar à frente da multidão, e então exibiu uma pistola e imediatamente a apontou para a cabeça de um homem. 'Eu vou matar o primeiro homem que entrar no bote salva-vidas,' gritou, em voz alta e clara. A ação amansou a multidão, e, assim, os botes puderam ser ocupados pelas mulheres e crianças, que foram então levadas ao *Celtic* antes dos botes que chegavam para buscar os homens. Descobriu-se, então, que o *Britannic* não estava afundando. Assim, a tripulação ficou a bordo e o conduziu a Nova York. Um dado interessante é que um dos oficiais a bordo no *Britannic* era um tal de Edward Smith, que em 1912 foi o capitão do RMS *Titanic* e que, então, teria de insistir, novamente, na política de mulheres e crianças primeiro.

ATAQUES A MULHERES NO ANO ANTES DO TERROR

O 'Mistério de Rainham'

A violência contra as mulheres foi ficando cada vez menos aceitável socialmente conforme o status da mulher melhorava. A pressão social sobre os homens de todas as classes em tratarem as mulheres com respeito e dignidade era intensa e crescia cada vez mais. Mas sob a insistência social havia a verdadeira valorização do fato de que a maioria dos homens era fisicamente mais forte que a maioria das mulheres e de que alguns homens eram brutos e abusivos. As mulheres podiam estar verdadeiramente em perigo, e foi para atenuar isso que as normas sociais foram colocadas em prática.

O fato de que a violência contra as mulheres acontecia foi reconhecido pelos cidadãos de Londres em maio de 1887. Um homem caminhando junto ao Tâmisa em Rainham avistou um pequeno pacote embrulhado em trapos que boiava sobre a água. Ele o puxou para a margem, talvez imaginando que fosse um objeto perdido, caído de um navio que lhe pudesse produzir algum lucro. Mas então, ao desembrulhar os trapos, encontrou o tronco nu de uma mulher, sem os membros e a cabeça. O homem ligou para a polícia imediatamente, e esta levou o corpo embora para o necrotério. Nos dias que se seguiram, vários outros pacotes contendo partes do corpo foram retiradas do rio até que a polícia compôs um corpo inteiro, com exceção da cabeça.

A polícia convocou Dr. Thomas Bond, que estudou os restos mortais. Ele chegou à conclusão de que o corpo havia sido desmembrado por alguém com conhecimento em anatomia, mas não necessariamente por um médico. Um açougueiro ou abatedor poderia ter as habilidades necessárias. Comprovaram que era impossível identificar a vítima, e ninguém havia sido dado por desaparecido. Com pouco vestígio para utilizar, a polícia fechou o caso 'Mistério de Rainham' como insolúvel.

Annie Millwood

Não era somente o assassinato de mulheres que chamava atenção – os ataques também. Esses ataques eram surpreendentemente raros em Londres nessa época, sendo que a maioria das brigas se dava entre homens, e quando elas ocorriam, eram ou domésticas ou entre matriarcas rivais. Em 7 de abril de 1888 o *East London Advertiser* trouxe à tona uma história sobre um ataque violento a uma mulher. Parecia ter atraído a atenção da imprensa pelo fato de a mulher ter morrido em seguida.

Annie Millwood tinha 38 anos de idade e era extremamente pobre, embora, como viúva de um soldado, recebesse uma pequena pensão. Era uma mulher absolutamente honesta e respeitável que saiu certa noite para ir a algum lugar, talvez um pub ou um salão de música. Às nove e meia da manhã, aproximadamente, do dia 25 de fevereiro, ela foi levada à porta da Enfermaria de Whitechapel por um homem que foi embora, após encostá-la por ali. Era provável que fosse alguém que passava por ali que decidiu dar uma mão.

Descobriu-se que Millwoord havia recebido diversas facadas no estômago e nas coxas. A polícia foi intimada, mas Millwood não conseguia lhes dizer muito. Ela descia a rua quando um homem que ela não conhecia a abordou. Achando que ele buscava informações ou algo parecido, Millwood parou. O homem então puxou um canivete do bolso e a golpeou muitas vezes antes de fugir. Ela foi então assistida pelo hospital. Embora estivesse gravemente ferida, Millwood se recuperou completamente. O local do ataque não foi registrado, ainda que se imaginasse que fosse perto da Enfermaria de Whitechapel, para onde fora levada.

Em 21 de março, Millwood recebeu alta do hospital para ficar aos cuidados do Asilo de Whitechapel. O asilo ficava onde na época era a Charles Street (hoje, Vallance Road) logo ao norte da Whitechapel Road. Millwood ainda estava fraca e incapaz de trabalhar, portanto, um período no asilo, onde ela pudesse ser alimentada e abrigada, era considerada a melhor opção. Dez dias depois, Millwood estava no quintal do asilo quando, nas palavras de Richard Sage, mensageiro do asilo,

> *Por volta das 11:40 da manhã do dia 31 passado, eu estava conversando com a agora falecida, quando precisei dar atenção a outra demanda e virei minhas costas para ela. Após um período de três minutos, voltei-me a ela e a encontrei caída no chão com o rosto no degrau. Informei ao porteiro, que a carregou então para o corredor.*

Thomas Badcock, dono do asilo, deu seguimento à história.

> *No sábado, dia 31 do mês passado, minha atenção foi deslocada para ela quando ela estava deitada no corredor, aparentemente tendo uma convulsão. Telefonei imediatamente à enfermaria pedindo ajuda, e quando percebi que o caso exigia grande urgência, busquei a ajuda de Dr. Wheeler, da Mile-End Road, que veio prontamente e a pronunciou já sem vida. Dr. Arthur chegou logo depois da enfermaria, e concordou com Dr. Wheeler, e então eu a cobri e enviei o corpo ao necrotério. Ela jamais havia reclamado de mal-estar. Pelo contrário, sempre parecia sentir-se excelente.*

Os médicos logo descobriram que ela havia morrido quando sua artéria pulmonar esquerda se rompera devido a uma úlcera. A morte não tinha relação alguma com as facadas, embora essas não pudessem ter melhorado sua saúde geral.

Havia algumas características sobre o ataque a Millwood que nossos contemporâneos teriam achado bastante esquisitas. A maior parte dos ataques na rua eram resultado de uma disputa, geralmente motivadas por álcool ou roubo. O homem que atacou Millwood não teve nem uma discussão com ela, nem tentou roubar-lhe. Ele simplesmente a esfaqueou várias vezes e fugiu. Esse comportamento era muito estranho para Londres naquela época.

Ada Wilson

Outro ataque peculiar a uma mulher chegou às manchetes em East End no mês de abril. O caso foi coberto pelo *East London Advertiser*, pelo *East London Observer* e pelo *Eastern Press*. Claramente, se tratava de um caso de grande interesse no leste de Londres, mas não para os estrangeiros. A vítima dessa vez era Ada Wilson, que vivia e trabalhava como costureira no número 19 da Maidman Street, que ficava em Mile End, quase uma milha ao leste de Whitechapel. Ada era casada, mas não se sabe ao certo se vivia na companhia do marido. De qualquer jeito, ela ocupava o pavimento térreo de um sobrado. O piso superior da casa era ocupado por Rose Bierman, de 24 anos de idade, e por sua mãe. As duas inquilinas não tinham muito a ver uma com a outra, e parecia que sua comunicação se resumia a um aceno da cabeça apenas.

Os relatos de Ada e de Rose diferiam muito quanto à precisão do ocorrido. De acordo com Ada, passava pouco da meia-noite quando o drama começou. O *East London Observer* registrou o relato da seguinte maneira:

Ela estava pronta para se retirar para descansar quando ouviu alguém bater na porta e, ao se dirigir a esta, encontrou um sujeito completamente estranho parado. Ele exigia dinheiro, acrescentando

> *que se ela não o entregasse imediatamente, teria pouco tempo de vida. Ela se recusou a dar o dinheiro, e o homem tirou um canivete do bolso de pronto, com o qual a esfaqueou duas vezes na garganta. A partir dos detalhes da aparência do homem fornecida por Wilson, a seguinte descrição do homem será considerada pouco precisa:– Aproximadamente 30 anos de idade, altura, um pouco menos de 1 metro e 70 centímetros, o rosto queimado de sol, com bigode claro; vestindo um casaco escuro, calças claras e um chapéu de boiadeiro. Os detetives Wildey e Dillworth estão procurando por ele. Imagina-se que é possível que a mulher ferida possa se recuperar.*

É preciso ressaltar que a porta referida aqui era a porta interna que dava acesso aos cômodos de Wilson através de um corredor que ia da porta principal até as escadas que levavam aos cômodos das Bierman no pavimento superior.

O relato, ligeiramente diferente, oferecido por Rose Bierman apareceu por volta da mesma época no *Eastern Post.*

> *Ada Wilson, a mulher ferida, é moradora da casa, mas no momento do escândalo, encontrava-se com notificação de saída. Eu conhecia a Sra. Wilson como uma mulher casada, embora nunca tivesse visto seu marido. Na noite passada ela entrou na casa acompanhada por um companheiro do sexo masculino, mas se se tratava de seu marido, eu já não poderia dizer. Ela recebia visitas com frequência, mas eu raramente as via, uma vez que a Sra. Wilson vive no cômodo da frente, e seu quarto fica no fundo, contíguo à sala. Minha mãe e eu ocupamos os dois cômodos do pavimento superior. Bem, eu não sei quem era esse jovem sujeito, mas por volta de meia-noite, ouvi os gritos mais assustadores que alguém poderia imaginar. Correndo escada abaixo, vi a Sra. Wilson, parcialmente vestida, torcendo as mãos, gritando, 'Peguem aquele homem, ele machucou meu pescoço! Ele me esfaqueou!' Nesse momento, caiu desmaiada no corredor. Eu*

vi tudo isso enquanto me aproximava das escadas, mas assim que comecei a descer, notei um homem jovem, de tez clara, correndo em direção à porta principal para sair. De alguma forma, ele não parecia soltar o fecho como se estivesse acostumado a fazê-lo. Ele vestia um casaco claro, acredito. Eu não sei que tipo de ferimento a Sra. Wilson sofreu, mas deve ter sido profundo, eu diria, pela quantidade de sangue no corredor. Eu não sei o que eu mesma faria. Agora eu estou 'me esforçando para 'manter a festa', mas como é que eu posso fazer isso com o que ocorreu aqui? Eu vou me mudar para outra acomodação.

A referência feita por Rose Bierman quanto a 'manter a festa' se refere ao Pessach, dado que ela e sua mãe eram judias. Existem alguns outros pontos notáveis em seu relato. Primeiro, ela insinua que Ada Wilson poderia não viver com seu marido, mas que, ainda assim, recebia uma série de visitantes, sendo pelo menos alguns deles do gênero masculino. Isso teria chocado poucos dos leitores contemporâneos. A insinuação era que Ada Wilson era prostituta ou, talvez, amante de um homem casado. Se o caso fosse esse, isso explicaria por que Rose Bierman não tinha muito a ver com ela socialmente. Ada Wilson dizia que era costureira, e havia muitas mulheres ganhando a vida com agulha e linha que trabalhavam em casa. Porém, é possível que Wilson dissesse ser costureira para explicar o motivo pelo qual ficava em casa e não saía para trabalhar.

Seja como for que Ada ganhava a vida, Rose Bierman insinua que o homem que a atacou era o mesmo sujeito que ela havia trazido à casa algum tempo antes. De acordo com o relato de Rose, Ada Wilson era então uma prostituta que havia sido atacada por um cliente, talvez por conta de dinheiro. Ada se dizia uma mulher respeitável que havia sido atacada por um sujeito completamente estranho. Ambos podem ter tido razão para relatar diferentes versões do caso. Se Wilson era prostituta, ela poderia estar tentando esconder o fato. Se, pelo contrário, não fosse, talvez Bierman estivesse tentando difamar uma vizinha de quem não gostasse muito.

Os artigos publicados concordam sobre o que aconteceu depois que o jovem de cabelo claro, bigode e rosto queimado de sol fugiu da casa localizada na Maidman Street. Rose Bierman saiu correndo da casa gritando e esgoelando-se tão alto quanto conseguia. Isso despertou uma vizinha que saiu para ver o que estava acontecendo. Juntas, as duas mulheres correram até a Burdett Road, a via principal mais próxima, onde encontraram dois policiais na frente do Royal Hotel. Os policiais correram com as duas mulheres de volta à casa onde encontraram Ada Wilson prostrada no corredor, sangrando excessivamente. Enquanto um policial aplicava os primeiros socorros básicos, o outro saiu correndo para encontrar um médico. Uma vez que ele se encontrava em sua própria área de ronda, o policial sabia o endereço de todos os médicos locais e, dentro de poucos minutos, retornou com um médico que atou os ferimentos no pescoço de Wilson. Wilson foi levada para o hospital onde, na manhã seguinte, havia se recuperado o suficiente parar relatar sua versão dos eventos à polícia.

Ada Wilson se recuperou paulatinamente, deixando o hospital dentro de algumas semanas. Desconhece-se o que aconteceu com ela depois disso. Uma vez que seu papel como vítima de um ataque selvagem acabou, ela deixou de representar qualquer interesse tanto para os jornais quanto para a polícia. Ela pode ser a Ada Wilson registrada no censo de 1891 que vivia na Salter Street, em Limehouse, a filha mais velha dos cinco filhos de Robert e Charlotte Wilson. Por outro lado, ela pode ter sido uma Ada Wilson completamente diferente que, em 1891, deixara East End.

Seu agressor, igualmente, desapareceu de vista. As descrições fornecidas por Wilson e Bierman eram bastante claras, mas frustrantemente vagas. Deve ter havido muitos homens em Londres de cerca de 30 anos e 1 metro e 70 centímetros de altura, com o rosto queimado de sol e bigode claro, vestindo um casaco escuro e calças claras, além de um chapéu de boiadeiro. De qualquer jeito, a polícia não foi capaz de encontrar ninguém nas redondezas que correspondesse à descrição, nem ninguém que soubesse quem ele poderia ser.

CAPÍTULO 3

Emma Smith

Somente alguns dias depois, outro ataque a uma mulher levaria a vítima a morte. Dessa vez, era o *Eastern Post* o primeiro a comunicar o incidente de 7 de abril, sob a manchete de 'FACADA FATAL EM WHITECHAPEL'. A história dava poucos detalhes além de que uma viúva chamada Emma Smith havia morrido após ter sido atacada na rua tarde da noite da segunda-feira de Páscoa, dia 3 de abril. Outras notícias nos próximos dias acrescentaram mais detalhes.

Emma Smith não era de fato viúva, mas separada de seu marido, que havia deixado em 1877. Ela tinha um filho que vivia em Finsbury Park que, conforme se acreditava, mandava dinheiro para ela de vez em quando. Porém, Smith ganhava a vida principalmente como prostituta. Durante os dois anos que antecederam sua morte, havia vivido quase o tempo todo em um albergue na Geroge Street, número 18, bem próximo à Commercial Road, em Whitechapel. O albergue era gerenciado por uma tal de Sra. Mary Russel, que se dava bem com Smith e, embora conhecesse a profissão dessa, não contestava, contanto que nada impróprio acontecesse em suas dependências.

Entre seus amigos e vizinhos, a reputação de Smith ficava dividida. Acreditava-se, em geral, que ela vinha de uma boa família, mas que tinha passado por momentos difíceis. Ela também era conhecida como uma mulher dura que apelava aos próprios punhos quando bebia ou quando pensava que outra prostituta estava transgredindo em seus locais de trabalho privilegiados.

Sua rotina diária era fixa e raramente alterada. Se estava trabalhando, deixava a George Street por volta das 7 horas da noite e caminhava sentido leste rumo a Limehouse. Lá, exercia seu trabalho na rua até aproximadamente 2 horas da manhã, quando voltava para o albergue. Dormia, então, até de manhã, e passava o dia batendo papo e bebendo com os amigos. Nas noites em que não estava trabalhando, permanecia no albergue a noite toda.

Na noite do dia 2 de abril, saíra como de costume. Outra prostituta que a conhecia bem, Margaret Hayes, a viu um pouco depois da meia-noite na esquina da Farrant Street com a Burdett Road conversando com um homem que imaginou se tratar de um cliente. Sabendo como Smith reagiria se pensasse que Hayes estava tentando roubar-lhe o cliente, Hayes manteve distância do casal.

A próxima pessoa a ver Smith foi Mary Russell. Por volta de 3 horas da manhã, Smith chegou de volta em George Street em péssimas condições. Seu rosto estava todo ferido, sua orelha, rasgada, e ela segurava seu xale na região da virilha de onde saía muito sangue. Smith conseguiu dizer que havia sido atacada e roubada antes de desmaiar. Chamaram a polícia, mas Russell não esperou pela chegada desta. Ela acordou uma inquilina chamada Annie Lee, e juntas carregaram Smith até o London Hospital localizado na Whitechapel Road. Ela foi tratada por um cirurgião que estava de plantão, George Haslip, e ficou consciente o período de tempo suficiente para dar um breve relato do que havia se passado. Ficou, em seguida, inconsciente e morreu na quarta-feira sem recuperar a consciência.

De acordo com Smith, ela caminhava ao albergue quando, perto da Whitechapel Church, vira um grupo de quatro homens vindo em sua direção. Suspeitando dos olhares dos homens, um dos quais era muito jovem, de 19 anos, aproximadamente, atravessou a rua a fim de evitá-los. Porém, os homens começaram a segui-la e, na esquina da Brick Lane com a Wentworth Street, a atacaram.

Os homens espancaram-na até que ela caísse. Então chutaram seu rosto e lavaram sua bolsa. Um deles então levantou sua saia e enfiou alguma coisa com força em sua vagina. Foi esse golpe que a teria matado, uma vez que rompera seus órgãos internos, causando intenso sangramento interno que não podia ser contido.

O caso foi levado ao Inspetor Chefe West da Divisão H da Polícia Metropolitana, que cobria a região de Whitechapel. West começou as investigações conversando com os guardas das rondas que cobriam a área na vizinhança da George Street e da cena do crime. Eles não tinham visto nem ouvido nada na noite do ataque. Porém, sabiam que algumas gangues de arruaceiros de rua operavam um esquema de proteção, extorquindo dinheiro das prostitutas de rua em troca de uma forma de proteção que equivalia a pouco mais do que não ser roubado pela mesma gangue.

Havia grandes suspeitas entre a polícia de que a valente Smith havia se recusado a pagar e havia sido atacada por conta disso. Não era normal para nenhuma gangue utilizar violência extrema, sabendo, como eles sabiam, que poderiam facilmente ser levados à forca. Achava-se que talvez o homem mais jovem destacado por Smith fosse um novo membro da gangue que havia passado dos limites. Uma vez que a única testemunha estava morta e os guardas de patrulhamento não conseguiam encontrar ninguém disposto a oferecer qualquer evidência contra a gangue, a pista logo esfriou.

O inquérito aconteceu na frente do Médico Legista Wynne Baxter no sábado, dia 7 de abril. O assassinato de qualquer pessoa nas ruas de Londres era um evento raro. Até mesmo se a vítima fosse somente uma prostituta de rua de Whitechapel, a capital ficava afoita esperando detalhes bem como o país todo de forma geral. O jornal *The Times* enviou um repórter ao inquérito que registrou o seguinte relato, impresso na segunda-feira, 9 de abril:

Sr. Wynne E. Baxter, o Médico Legista de East Middlesex, levantou um inquérito no sábado [7 de abril] no London Hospital a respeito da morte de EMMA ELIZABETH SMITH, de 45 anos de idade, viúva, ultimamente residente na George Street, número 18, em Spitafields, supostamente assassinada.

O Inspetor Chefe West, da Divisão H da Polícia, integrou os Comissários da Polícia.

Sra. Mary Russell, mantenedora substituta de um albergue comum, declarou que conhecia a vítima havia apenas dois anos. Na noite de Feriado Bancário [2 de abril], deixara o albergue às 7 horas, retornando às 4 ou 5 horas da manhã seguinte em estado lastimável. Seu rosto e cabeça estavam muito feridos, e uma das orelhas havia quase sido arrancada. Ela contou à testemunha que havia sido atacada e que haviam levado todo o seu dinheiro. Ela também reclamou de dores na parte inferior do corpo. A testemunha a levou ao hospital, e ao passar pela Osborne Street, a vítima apontou para o ponto exato onde havia sido atacada. Disse que havia três homens, mas não conseguia descrevê-los.

Sr. George Haslip, cirurgião do hospital, declarou que a vítima havia bebido, ainda que não estivesse embriagada, ao ser admitida no hospital. Sua cabeça e orelha sangravam, e havia outros ferimentos de natureza asquerosa. A testemunha descobriu que ela havia sofrido ruptura do peritônio, que havia sido perfurado por algum instrumento grosseiro com muita força. A vítima lhe disse que à 1 hora e trinta minutos da manhã, passava perto da Whitechapel Church quando percebeu que alguns homens vinham em sua direção. Ela então cruzou a rua a fim de evitá-los, mas eles a seguiram, a atacaram, levaram todo o dinheiro que possuía e então cometeram a atrocidade. Ela não conseguia dizer que tipo de instrumento haviam utilizado, nem conseguia descrever os agressores, exceto que um deles era um jovem de 19 anos de idade. A morte aconteceu na quarta-feira pela manhã [4 de abril] por conta da peritonite provocada pelos ferimentos.

Margaret Hayes, que morava no mesmo endereço da vítima, disse, em seu depoimento, que tinha visto Sra. Smith na companhia de um homem na esquina da Farrant Street com a Burdett Street.

O homem vestia um terno escuro e um lenço de seda branco amarrado no pescoço. Tinha estatura mediana, mas a testemunha não achava que conseguiria identificá-lo.

O Inspetor Chefe West, da Divisão H, declarou que não possuía informações oficiais sobre o assunto, e que só tinha ciência do caso através dos jornais diários. Ele questionou os guardas da região de patrulhamento, mas nenhum deles parecia saber nada sobre o assunto.

O Médico Legista disse que, pelas evidências médicas, que devem ser verdadeiras, ficou claro que a mulher havia sido brutalmente assassinada. Não era possível imaginar um ataque mais feroz e covarde, e ele achava que a realização da justiça seria feita de maneira ainda melhor pelo júri pronunciando logo seu veredito do que o adiando para data futura na esperança de encontrar mais evidências.

O júri pronunciou o seguinte veredito: 'Assassinato doloso de uma pessoa ou mais pessoas desconhecidas'.

OS PROBLEMAS DA PROSTITUIÇÃO

Relatos sobre o caso continuaram a aparecer nos jornais que eram mais locais por vários dias. No dia 15 de abril, o *Sunday People* usou o assassinato como um gancho para chamar para uma reportagem sobre prostituição em Londres e a necessidade de tirar as prostitutas da rua. Acabava assim:

O estado de nossas ruas de Londres à noite é uma ferida antiga e dolorida. Não se pode dizer em nenhum momento de que se tenha lembrança sua condição corresponda particularmente à reputação da melhor capital do mundo. Ainda assim, é certo que houve uma época, e não faz tanto tempo assim, em que as coisas eram muito menos deploráveis do que são agora. A parte sórdida da vida em Londres que é revelada a qualquer pessoa cujo caminho de volta para casa localize-se nas redondezas da Regent Street ou Picadilly à meia-noite é, sem sombra de dúvidas, vergonhoso. Casos (um em particular do qual nossos leitores se lembrarão, que ainda não está decidido) continuam sendo provocados por tumultos e ataques a mulheres e também a homens; e a polícia é impotente para prevenir a prostituição e o aborrecimento. A razão é que desde o 'Caso Cass', os guardas possuem ordens para não prender nenhuma mulher por prostituição, a menos que elas sejam de fato incriminadas, uma decisão que nem sempre é muito fácil ou segura. A consequência disso é que é impossível para qualquer homem digno passar tranquilamente por algum lugar sem ser abordado, e talvez atacado, por mulheres e por seus companheiros. Isso precisa ser alterado, e o pedido absurdo à polícia, anulado. Senão, nada será feito para formar um comitê robusto de vigilância a fim de se obter evidências em um número suficiente de casos para aterrorizar essas serpentes diabólicas noturnas. Até o momento, pessoas respeitáveis estão praticamente à mercê da situação.

O Caso Cass relatado dizia respeito ao aprisionamento de uma mulher completamente respeitável, embora fosse pobre, chamada Elizabeth Cass. Ela foi presa quando saiu às compras na noite de 28 de junho de 1887, jogada na prisão e acusada de prostituição. O policial que a predeu estava convencido de que Srta. Cass era uma mulher que havia escapado dele três vezes antes e que dessa vez finalmente a havia capturado. Acabou sendo um caso de confusão de identidade. Srta. Cass foi libertada, no fim das contas, extremamente envergonhada.

Ao fim de abril, até mesmo a imprensa local de East End havia perdido o interesse no assassinato brutal de Emma Smith. A falta de qualquer informação nova a ser dita e a falta de progresso por parte da investigação policial significava que outras notícias estavam chamando a atenção do público. Não demoraria muito até que as notícias recebidas fossem muito piores.

CAPÍTULO 4

O ASSASSINATO MAIS SANGRENTO

Na Era Vitoriana, a cidade de Londres simplesmente não estava acostumada a assassinatos hediondos, aleatórios, então a descoberta de uma mulher morta cujo corpo havia sido cruelmente mutilado foi extremamente chocante para todo mundo. Conforme os detalhes macabros do assassinato começaram a aparecer, as pessoas de Londres ficaram, inicialmente, horrorizadas, depois perplexas, e então apavoradas conforme se compreendia que o assassino estava à solta.

O PRIMEIRO CORPO É ENCONTRADO

Foi o jornal *Evening Star* em 7 de agosto de 1888 que alertou os Londrinos, pela primeira vez, sobre o iminente terror. Ocultada na página 3 da seção reservada às últimas notícias, encontrava-se uma história cuja manchete dizia 'Um Terror em Whitechapel'. A história era curta e direta, mas carecia de muitos detalhes. Ela dizia o seguinte:

> *Uma mulher, neste momento estendida sem identificação no necrotério, foi esfaqueada de maneira feroz, vindo à óbito, entre duas e quatro horas, no patamar de uma escadaria de pedras nas edificações da George Street, em Whitechapel.*
>
> *As edificações da George Street são cortiços ocupados por pessoas pobres de classe trabalhadora. Um inquilino indo para o trabalho de manhã encontrou o corpo. Outro inquilino diz que o assassinato não havia sido cometido quando chegou em casa, aproximadamente às duas horas. O mulher foi esfaqueada em 20 lugares diferentes.*

Nenhuma arma foi encontrada perto dela, e o assassino não deixou nenhum rastro.

É uma mulher de meia idade e altura mediana, cabelos pretos e o rosto grande, redondo, e aparentemente pertencia à classe baixa.

Em 9 de agosto, o *London Echo* trazia muitos outros detalhes. A história no jornal dizia o seguinte:

O MISTÉRIO DE WHITECHAPEL. NENHUMA PISTA DO ASSASSINO.

INQUÉRITO SOBRE A VÍTIMA.

Embora dois dias tenham se passado desde que o corpo de uma mulher – que não foi identificada – foi encontrado no corredor de um dos edifícios de George Yard, número 37, em Whitechapel, a descoberta ainda se encontra envolta em mistério. Os agentes do Departamento de Investigação Criminal estão se esforçando muito nas buscas por alguma pista que leve à captura do suposto assassino, mas nenhuma captura foi feita até o momento. O inquérito foi aberto esta tarde pelo Médico Legista Subsitituto Collier, na biblioteca do Working Lads' Institute, na Whitechapel Road. Os inspetores Ellisdon e Reid assistiram ao caso em nome das autoridades policiais.

NÃO VI O CORPO. *Elizabeth Mahoney disse que residia no número 47 do edifício de George Yard. Era uma habitação de artesãos, e uma das regras era que todas as luzes deviam ser apagadas nas escadas depois das onze horas. A testemunha saiu no Feriado Bancário e voltou com seu marido por volta das duas horas na terça-feira de manhã. Depois ela desceu as escadas novamente a fim de pegar* *alguma coisa para jantar. Não viu ninguém nas escadas e não ouviu barulho algum, mas ela admite que não havia luz e que seria possível passar pelas escadas sem perceber que o corpo da mulher estava ali.*

VI ALGUÉM – 'NÃO NOTEI.' *Alfred George Crow, motorista de táxi, disse que morava no número 35 do mesmo bloco de edifícios. Ele voltou para casa na terça-feira de manhã por volta das três e meia, e passou pelas escadas nas quais o defunto foi encontrado. Ele percebeu que havia alguém deitado no primeiro patamar. Ele não notou o fato, uma vez que era constante encontrar um sujeito dormindo nas escadas.*

COMO O CORPO FOI DESCOBERTO. *John Reeves, o primeiro homem a descobrir o defunto, foi então interrogado. Ele disse que residia no número 37 dos edifícios de George Yard. Ele trabalhava à beira-mar. Na terça-feira pela manhã, saiu de casa por volta das cinco horas para ir trabalhar. Ao chegar no primeiro patamar das escadas encontrou o corpo de uma mulher. A mulher estava deitada sobre uma poça de sangue, de barriga para cima. Ele não averiguou nada além disso. Sentindo-se apavorado, apenas informou à polícia sobre o corpo.*

UM MODUS OPERANDI QUE LOGO SE TORNARIA CONHECIDO

Aqueles breves parágrafos cobriam a maior parte das atividades da polícia. Faltavam poucos minutos para as 5 horas da manhã quando a ronda regular do guarda Thomas Barrett foi interrompido por um homem, John Reeves, que gritava que tinha encontrado um cadáver. Barrett seguiu Reeves até os Edifícios de George Yard, na Wentworth Street, e o seguiu pelas escadas onde havia encontrado o cadáver de uma mulher.

O corpo havia sido disposto em uma posição que imitava, de modo repulsivo, uma mulher praticando sexo, suas pernas estavam abertas de frente para as escadas que levavam ao segundo pavimento. A saia da mulher estava arregaçada para mostrar a região da virilha, que havia sido esfaqueada diversas vezes. Um poça enorme de sangue cobria a maior parte do patamar. Barrett mandou Reeves chamar um médico e mais policiais enquanto ele guardava o corpo e a cena do crime.

Os detetives logo chegaram ao local. Às 5:30 da manhã, a área havia sido revistada em busca de pistas, mas nada foi encontrado. O corpo foi então levado ao Dr. Timothy Killeen para que se realizasse uma autópsia, que aconteceu mais tarde naquele dia. Dr. Killeen relatou que a mulher havia sido assassinada por volta das 2:30 da manhã, sendo a causa da morte os ferimentos provocados pelas punhaladas. Havia 39 ferimentos no total, a maior parte dos quais localizados nos seios, na barriga e na virilha. Killeen acreditava que 38 dos ferimentos haviam sido feitos com um canivete comum, mas que um deles era muito mais profundo e estreito do que um canivete desses poderia causar.

A mulher era ligeiramente cheinha, de meia idade e parecia ter boa saúde. Estava usando uma boina preta, uma jaqueta preta comprida, camisa verde escura, anágua marrom, meias-calças e botas com elásticos laterais. Embora as roupas estivessem razoavelmente limpas e bem cuidadas, eram de má qualidade e mostravam indícios do tempo, especialmente as botas, que estavam extremamente desgastadas. Claramente, a mulher morta era bastante pobre, até mesmo pelos padrões de Whitechapel.

A localização do assassinato deve ter parecido um pouco esquisita para a maioria das pessoas. George Yard ("Pátio de George", em português) parecia um nome bastante equivocado, dado que estava mais para beco do que para pátio de fato. Começava na Wentworth Street a sul chegando à Whitechapel High Street. As entradas nas duas pontas eram estreitas, mal se passava um cavalo e uma carroça por ali, mas alargava no comprimento. Na ponta da High Street, o pátio passava por baixo de um arco de tijolos baixo e do átrio de um bar, o White Hart.

Os Edifícios de George Yard ocupavam a ala oeste deste beco na ponta norte, próximo à Wentworth Street.

Os edifícios tinham a forma de um cortiço de tijolos de três pavimentos. Havia apenas um acesso, um arco de tijolo em estilo gótico que levava ao vestíbulo e à escadaria. Os edifícios tinham um síndico residente que ocupava uma pequena habitação no primeiro pavimento, e havia um escritório perto da entrada. O síndico deixava o expediente às 10 da noite e, de costume, saía apagando os lampiões a gás que iluminavam os corredores e as escadas. Havia mais de 45 cômodos e habitações separados de diversos tamanhos dentro dos edifícios, cada um ocupado por pelo menos um inquilino. A entrada em si permanecia sempre aberta e jamais era trancada, pelo simples motivo que várias das pessoas que alugavam acomodação ali trabalhavam em diferentes turnos e precisavam entrar e sair a todo momento do dia e da noite.

Assim como as áreas abertas de outras propriedades residenciais, as escadas e os corredores dos Edifícios de George Yard feitos como espaço que convidasse ao descanso para que os muito carentes, ou demasiadamente embriagados, fossem aceitos por pelo menos um albergue comum. Também não era atípico que prostitutas de rua levassem seus clientes para um local desses para conduzir seus negócios protegidas do frio ou da chuva. Mas como um local para assassinatos, parecia extremamente bizarro. Os moradores entravam e saíam o tempo todo, de modo que um assassino poderia esperar ser interrompido a qualquer momento. E se a pessoa interrompendo fosse um operário fabril robusto, não seria difícil que ele decidisse atacar o assassino, o primeiro passo para mandar o assassino à forca.

A POLÍCIA ENTRA EM AÇÃO

Desde o início, o assassinato era tão esquisito que chegava a ser bizarro. Ainda assim, a polícia não deixou de entrar em ação. Começaram batendo em todas as portas de George Yard, e pela Wentworth Street e Whitechapel Hight Street também. Os detetives queriam saber se alguém havia ouvido ou visto qualquer coisa estranha por volta das 2:30 da manhã e, especialmente, se alguém conhecia a mulher morta.

Nesta última missão, receberam ajuda de um novo advento tecnológico: a fotografia. Uma fotografia foi tirada do rosto e dos ombros da mulher morta antes de a autópsia ser realizada. Dezenas de cópias da foto foram reproduzidas e entregues aos policiais que realizavam a investigação de porta em porta na esperança de que alguém reconhecesse a mulher.

O caso foi dado ao inspetor Edmund Reid. Reid, que havia chegado tarde à força policial, antes, ganhava a vida como cozinheiro tanto em Londres quanto a bordo de navios mercantes. Entrou para a Met em 1872 aos 26 anos de idade como guarda fixo de rondas. Dois anos depois, entrou para o CID e, em 1880, foi promovido para Detetive Sargento. Em 1888, era chefe do CID na Divisão H, que cobria Whitechapel, sendo, desta forma, o detetive mais velho na região. A polícia não podia ser acusada de não levar o assassinato a sério. Reid também tinha uma carreira fora da polícia. Era balonista amador, tendo andado de balão pelo menos 23 vezes – e em 1977 havia descido de um balão com um paraquedas pela primeira vez na Grã-Bretanha. Era também um talentoso ator amador e cantor de óperas.

A primeira testemunha a apresentar alguma informação potencialmente útil foi o próprio guarda Barrett. Às 2 horas da manhã, ele estava vigiando a Wentworth Street quando avistou um homem fazendo cera. Quando Barrett viu que o homem estava vestindo um uniforme do exército, pensou que se tratava de um dos Guardas de Granadeiros e se dirigiu a ele para conversar. Depois de comentar sobre o tempo, Barrett insinuou que era um pouco tarde e questionou sobre o horário que o soldado deveria voltar ao quartel. O soldado respondeu que partiria logo e que 'esperava por um companheiro que havia saído com uma garota'. Barrett deixou passar. Agora o incidente ganhou nova importância. Apenas meia hora antes do horário de morte estimado, e o ferimento profundo e estreito poderia ter sido provocado por uma baioneta. Os superiores de Barrett se empenharam para organizar um enfileiramento de suspeitos.

Enquanto isso, os moradores dos Edifícios de George Yard contavam suas histórias. Joseph e Elizabeth Mahoney viviam no último pavimento. A declaração de Elizabeth Mahoney foi a seguinte:

Segunda-feira era Feriado Bancário, e meu marido e eu saímos o dia todo e não voltamos até as vinte para as duas da manhã de terça-feira. Subimos direto para nosso cômodo, e depois tirar meu chapéu e minha capa, desci novamente e fui até a loja de velas na Thrawl Street para comprar alguns mantimentos para o jantar. Voltei cinco minutos depois; e depois de jantar, fui dormir. Em nenhuma ocasião, nem ao subir ou descer as escadas, vi o corpo de uma mulher caído ali. É bem possível que um corpo estivesse ali e eu não tenha percebido, porque as escadas eram muito largas e estavam em completo breu, uma vez que todas as luzes tinha sido apagadas às onze horas como de costume. Não me levantei até oito e meia da manhã, e durante a noite nenhum barulho ou perturbação de nenhum tipo chamou minha atenção.

A primeira vez que os Mahoneys ficaram sabendo sobre o assassinato foi quando a polícia bateu forte em sua porta.

Alfred Crow vivia no primeiro pavimento. Havia chegado em casa às 3:30 da manhã. Ele também disse que as escadas estavam muito escuras, mas que vira um corpo claramente. Havia imaginado ser um mendigo dormindo no patamar e não fez nada. Ele também foi avisado quanto ao assassinato pela polícia.

Francis e Amy Hewitt, que moravam no primeiro pavimento e perto do local onde a mulher havia sido morta, tinham importância fundamental no caso. Não só isso, mas Francis Hewitt era o síndico dos edifícios, encarregado pela manutenção e cobrança do aluguel.

Sra. Hewitt se mostrou uma testemunha relutante, revelando apenas que concordava com o que o marido dissera. Francis era pintor e decorador. Disse que ele e sua esposa haviam ficado em casa a noite toda. Cedo na noite anterior, haviam escutado um tumulto lá fora, mas não escutaram nada de dentro do edifício às 02:30, pois estavam dormindo. Dado que a distância do corpo até sua cama era de menos de 4 metros, tendo apenas uma porta de madeira entre eles, a polícia logo concluiu que se tratava de um assassinato admiravelmente ágil e silencioso.

O PAPEL DA IMPRENSA

Mais tarde, Hewitt contou a um repórter de jornal que achava que a mulher havia sido assassinada por um homem depois de subirem as escadas e discutirem. Não é possível saber se ele realmente havia escutado alguma coisa ou se estava apenas supondo a fim de bajular o repórter.

A polícia sabia que a grande maioria dos assassinatos eram cometidos por um parente ou conhecido da vítima. O padrão das marcas de facada no corpo indicavam certo interesse nos órgãos sexuais, o que, por sua vez, apontavam para um motivo sexual. Talvez o assassino fosse um marido ou amante a quem a mulher havia sido infiel, ou talvez o assassino fosse um homem rejeitado pela vítima. Com pouca evidência extraída da cena do crime, a polícia estava então desesperada para identificar a mulher. O jornais publicaram gravuras com base na foto do necrotério na esperança de que isso levasse à identificação.

Nessa época não havia nenhuma relação formal entre a polícia e a imprensa. Os inspetores policiais não realizavam reuniões em que compartilhavam novidades com os repórteres, nem faziam pedidos para testemunhas através da imprensa. Todavia, nem a polícia nem a imprensa ignorava as funções um do outro. Os repórteres conversavam com guardas policiais e detetives que trabalhavam em um caso na esperança de obter informações, da mesma forma que conversavam com testemunhas, vítimas e seus parentes habitualmente. A polícia também sabia que a imprensa alcançava um público mais amplo mais rapidamente do que eles poderiam esperar fazê-lo. Os detetives comentavam com frequência com os repórteres que eles procuravam essa ou aquela pessoa ou que queriam interrogar alguém que correspondia uma descrição específica. A polícia também tinha plena ciência de que a mídia existia para vender jornais e poderia estar inclinada a sensacionalizar o caso. Consequentemente, um superior da polícia costumava ser cuidadoso ao falar com repórteres e retinha informações se achava que seria melhor se o público não soubesse sobre certos fatos.

Neste caso, a polícia não compartilhava com os repórteres detalhes dos ferimentos hediondos causados à mulher assassinada. Diziam apenas que havia numerosos ferimentos provocados por facadas. Rumores e fofocas, porém, corriam rapidamente de maneira disparada. Logo ficou claro, por conta da maneira como a polícia agia, que esse assassinato tinha algo de especial. Que a vítima havia sido 'decepada', 'esquartejada' ou 'cruelmente mutilada' tornara-se assunto nos pubs e nas ruas em questão de horas. Se os assassinos de Whitechapel eram raros, assassinatos brutais envolvendo mutilações eram inéditos.

UM DOS PRIMEIROS DOS MUITOS IMPASSES

Enquanto isso, o primeiro suspeito era o soldado inativo, então Reid manteve essa linha de investigação. No dia 8 de agosto, Barrett havia sido levado à Torre de Londres onde se localizavam os Guardas de Granadeiros. Barrett havia descrito o soldado como tendo entre 22 e 26 anos de idade, 1 metro e 75 ou 78 centímetros de altura, pele clara e um pequeno bigode castanho com as pontas levantadas. Não tinha medalhas, mas usava um distintivo de boa conduta em sua túnica. Também no enfileiramento de suspeitos estava uma mulher, Sra. Goldhawk de Aldgate, que havia testemunhado uma mulher que correspondia à descrição da mulher morta com um um soldado na noite do assassinato.

Os homens foram enfileirados enquanto Barrett e a Sra. Goldhawk caminhavam para cima e para baixo entre eles. Goldhawk não reconheceu ninguém, mas Barrett selecionou um dois que ele dizia se parecerem com o homem que ele havia encontrado, embora não tivesse certeza absoluta. Um dos soltados logo foi eliminado, dado que havia estado no quartel, mas o outro – o soldado John Leary – havia saído na noite em questão. Quando entrevistado, Leary disse que ele e o soldado Law haviam saído para beber na Cidade, permanecendo até o fechamento dos pubs, fazendo, em seguida, uma caminhada até a Strand com a Charing Cross, voltando depois a Billingsgate, onde os pubs das feiras estavam abertos pela manhã, e de volta ao quartel às 6 da manhã. Law confirmou a história.

Outro guarda, o soldado Benjamin, estivera ausente sem licença no domingo. Quando finalmente apareceu na Torre de Londres, foi preso imediatamente. Suas roupas e pertences foram apreendidos e a informação chegou a Reid. Quando o inspetor chegou, Benjamin disse que havia corrido para visitar sua família em Kingston perto do Tâmisa devido a uma crise familiar repentina. Ele não deveria estar em serviço e não se importou em avisar seu superior que estava partindo. Reid deu uma declaração detalhada sobre os deslocamentos de Benjamin, e então enviou um policial para averiguá-los. Tudo coincidia. Benjamin havia sido visto por diversas pessoas em Kingston na noite do assassinato e foi, assim, descartado.

MARTHA TABRAM É IDENTIFICADA

Na manhã de 10 de agosto, duas pessoas apresentaram-se à polícia para dizer que haviam reconhecido a mulher assassinada. Infelizmente, elas informaram dois nomes diferentes, portanto, a polícia precisou realizar maiores investigações antes de se certificarem de qual deles estava correto. Um homem, James Hunt, era morador de Guildford, Surrey. Sua esposa o havia abandonado alguns anos antes em busca de uma vida melhor em Londres. Depois de ler sobre o assassinato e a descrição da vítima, achou que podia se tratar da esposa. A outra possível identidade era a de Emma Turner, uma prostituta que vivia no albergue de Satchell, na George Street, número 19, em Spitafields, que não era vista desde a noite do assassinato. Reid pensou que Turner fosse uma vítima mais provável, por isso, a polícia começou suas investigações do modo que fazia sentido. No dia 15 de agosto, uma mulher chamada Mary Connelly identificou o cadáver como sendo Emma Turner.

Connelly também era uma prostituta que trabalhava nas ruas de East End. Ela contou que ela e Emma haviam trabalhado juntas com frequência, e que havia feito isso e aquilo na noite do assassinato. Elas haviam encontrado um soldado e um cabo, ambos das Guardas Escocesas, por volta das 10 da noite no Two Breweres na Brick Lane. Os quatro continuaram bebendo e conversando, indo de um pub ao outro, durante algum tempo. Por volta da meia-noite, estavam na Wentworth Street, e os soldados deixaram claro que era hora de fazerem sexo.

Connelly levou o cabo para um beco estreito, enquanto Emma conduzia seu cliente a George Yard. Quando Connelly havia terminado e recebido seu pagamento, ela e o cabo retornaram à Wentworth Road. Ela o deixou ali esperando por seu amigo.

A história batia com o que Reid sabia até então. O guarda Barrett avistara um soldado esperando por um amigo que havia saído com uma garota na Wentworth Street. Agora Connelly avistara a vítima se dirigir com um soldado a George Yard, onde seu corpo fora encontrado depois. Presumivelmente, o cabo deixado por Connelly foi o mesmo soldado visto por Barrett – embora fossem identificados como pertencentes de diferentes regimentos. Os horários não batiam exatamente. Connelly disse que deixara seu soldado por volta das 12:30, enquanto Barrett encontrara o seu por volta das 2 da manhã – e o horário da morte era por volta de 3 da manhã, – mas eram razoavelmente próximos.

Embora parecesse provável que o assassino fosse um soldado, Reid, agora em posse de um nome para a vítima, pôde examinar seus movimentos, amigos e parentes. Emma Turner vivera por alguns anos com um carpinteiro chamado Henry Turner como sua esposa. Na verdade, os dois não eram casados pelo simples motivo de que 'Emma Turner' já era casada. Turner revelou que seu nome verdadeiro era Martha Tabram. Ela havia nascido sob o nome de Martha White em Londres em 1849, fazendo 39 anos no momento de sua morte. Seu pai morrera em 1865 e, em 1869, ela se casou com Henry Tabram de Newington depois de o casal ter vivido junto por algumas semanas. Tabram trabalhava como capataz e tinha um bom salário, por isso o jovem casal tinha sua própria casa e ıoupas elegantes. Em 1871, nasceu um filho, Frederick, e no ano seguinte um segundo filho, Charles. Mas, em breve, as coisas começaram a dar errado. Martha passou a beber, embora não se saiba por quê. Em 1875, Tabram estava tão preocupado com a influência de Martha nos filhos e com seu consumo de álcool que ele a mandou embora de casa, combinando de pagar-lhe um montante de 12 xelins por semana para seu sustento. Era uma soma considerável e teria sido suficiente para garantir algum conforto a Martha. Mas o álcool acabou com tudo. Martha gastou cada centavo que possuía em álcool, negligenciando suas vestimentas e higiene pessoal, e começou a viver em albergues comuns.

Quando Tabram soube que sua esposa separada havia encontrado um novo homem, deixou de pagar-lhe a quantia para seu suposto sustento. Martha continuou bebendo, embora, inicialmente, Turner não pareça ter se importado. Era frequente seu uso excessivo do álcool que podia durar uma noite inteira, embora em outros momentos exercesse muito bem suas obrigações como dona de casa. Não que Turner fosse exigente. Quem o conhecia o descrevia como um sujeito sujo, desleixado e mal vestido.

Na primavera de 1888, Turner ficou sem trabalho. Ao invés de ganhar a vida com a carpintaria, caminhava pelas ruas vendendo alfinetes, agulhas e outras bugigangas em um tabuleiro. O casal estava alugando um cômodo da Sra. Mary Bousfield em Star Place, número 4, na Commercial Road. Reid rastreou Bousfield e a interrogou a respeito de Martha e Turner. Bousfield disse que Martha sempre preferiu um copo de cerveja a uma xícara de chá e que às vezes ficava muito bêbada, embora, via de regra, estivesse somente tocada na maior parte do tempo. Bousfield também desconfiava que Martha ganhava dinheiro como prostituta de rua, embora também vendesse fósforos nas esquinas.

No fim de junho, Martha e Turner haviam deixado seus albergues, com dívidas consideráveis de aluguéis vencidos. Bousfield não os vira desde então, embora Martha tivesse retornado alguns dias depois e deixado o dinheiro para o aluguel não pago junto com um bilhete.

Quando Turner foi encontrado, Reid o interrogou sobre o que ele e Martha haviam feito desde que deixaram a Commercial Road. Reid respondeu que havia se separado de Martha devido à irritação que sentia em relação ao alcoolismo de Martha e à maneira como ela gastava o dinheiro que ele lhe dava em bebida ao invés do necessário. Disse também que ele não a vira por algumas semanas, mas que então a encontrou por acaso no dia 4 de agosto na Leadenhall Street na Cidade de Londres. Seu estado, disse ele, era de necessidade e pobreza. Sentindo pena dela,

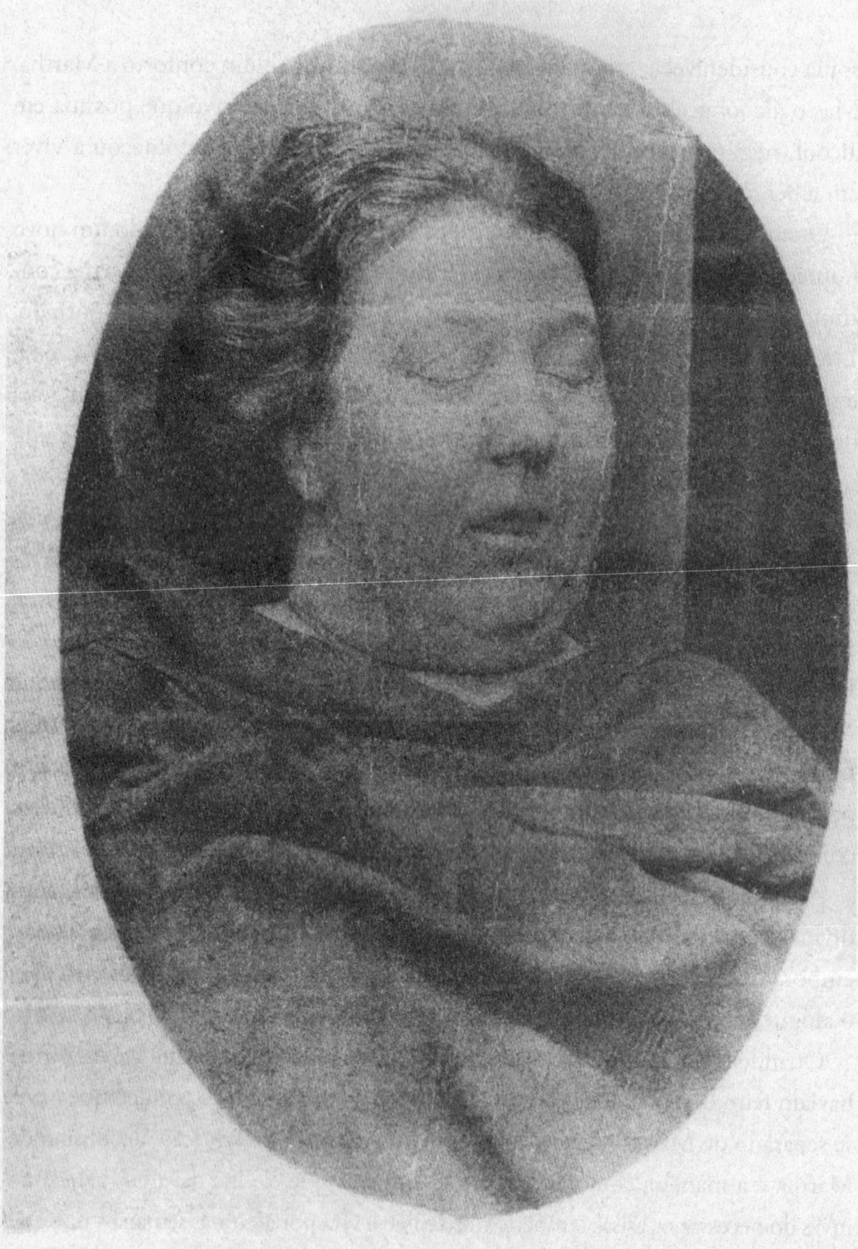

A fotografia do mortuário de Martha Tabram. O advento da fotografia era incipiente e visto como um suporte moderno vital na luta contra o crime.

dera-lhe algumas bijuterias de seu tabuleiro, no valor de um xelim e seis centavos na esperança de que ela poderia vendê-la para ganhar dinheiro. Ele lhe aconselhou que gastasse qualquer dinheiro que obtivesse em uma nova ação para gerar lucros, mas suspeitou que ela gastaria tudo em álcool. Nunca mais, disse ele, havia visto Martha desde então. O relato de Turner de seus deslocamentos conferiam e ele foi, desta forma, eliminado da lista de suspeitos.

UM ASSASSINATO SEM MOTIVO – OU SUSPEITO

Reid acabou com uma vítima que havia sido uma mulher alcoólatra, que havia trabalhado como prostituta por alguns meses, aparentemente, que havia sido vista pela última vez com um soldado, e que havia, além de tudo, sofrido um ferimento que parecia muito ter sido provocado por uma baioneta. O policial-principal Barrett vira um soldado próximo à cena do crime, enquanto a prostituta Mary Ann Connelly passava algumas horas com a vítima e seu cliente soldado. Era hora de identificar esses soldados.

Infelizmente, Connelly havia desaparecido. O corpo da polícia ficou ao mesmo tempo zangado por ter perdido uma testemunha e preocupado caso o assassino tivesse retornado a fim de calá-la. Depois de uma boa dose de investigação, Connelly foi encontrada hospedada com uma prima na Drury Lane e foi levada de volta à Whitechapel para mais interrogatórios. Connelly dissera que os soldados eram das Guardas Escocesas, não das Guardas de Granadeiros, portanto, um novo enfileiramento de suspeitos foi organizado. O sargento Caunter do CID de Whitechapel a conduziu por uma série de fileiras das Guardas Escocesas, mas eles mal haviam começado quando Connelly declarou que os dois homens que ela conhecera não estavam ali. Quando lhe perguntaram como ela poderia ter certeza, ela respondeu que os homens que ela conhecera tinham faixas brancas em seus chapéus, algo que os Guardas Escoceses não tinham.

Uma conversa rápida entre Caunter e os oficiais das Guardas Escocesas revelou que somente um regimento com homens localizados em Londres tinham faixas brancas em seus chapéus: os Guardas de Coldstream. Outro enfileiramento de suspeitos foi preparado com os Guardas de Coldstream em seus quarteis no dia 15 de agosto.

Desta vez, Connelly identificou dois homens que dizia reconhecer: Os soldados Skipper e George. Embora nenhum deles tivesse a graduação de cabo, ambos tinham distintivos de boa conduta como Connelly e Barrett podiam ver muito bem. Logo foi revelado que os dois homens dormiam em suas camas na noite do assassinato, e muitas testemunhas podiam comprovar o fato. Outros suspeitos se esvaíam.

No dia 19 de agosto, Reid finalmente localizou Henry Tabram. Qualquer pensamento persistente quanto ao assassinato ter sido cometido pelo marido separado foi deixado de lado por alguma razão. Tabram viviam em Greenwich e trabalhava em navios que navegavam o mar do Norte. Ele havia ficado fora do país quando o assassinato aconteceu.

O inquérito do Médico Legista foi restabelecido e concluído em 23 de agosto. O Médico Legista substituto George Collier ouviu novamente os pontos chave da evidência, com Connelly, Turner e Bousfield apresentando as provas pessoalmente. Neste resumo, Collier disse que 'o crime era um dos mais sangrentos dos crimes ocorridos dentro de alguns anos. Para uma mulher pobre e indefesa ser atacada e esfaqueada da maneira com que esta mulher foi é quase um fato inacreditável.' O júri pronunciou veredito de crime doloso por uma pessoa ou mais pessoas desconhecidas.

Que o crime havia atraído mais do que o interesse normal é possível notar pelo fato de que além de ter sido publicado nos jornais de Londres e em jornais nacionais, o inquérito merecia uma menção no *Bradford Observer* em Yorkshire. O *Manchester Guardian* também trazia um artigo extenso.

Reid redigiu um artigo sobre o caso até aquele momento e o levou a Donald Swanson, Inspetor Chefe do CID em Scotland Yard. Era um passo rotineiro para qualquer crime que permanecesse não solucionado e parecesse improvável de ser resolvido. Swanson examinou o arquivo e providenciou testemunhas para responderem questionamentos adicionais. De Dr. Kileen, ele conseguiu o importante esclarecimento de que o ferimento profundo e estreito havia sido feito com uma faca estreita, de lâmina plana, e não com uma baioneta, que era triangular na seção transversal. A opinião de Killeen era de que haviam usado duas facas diferentes – uma para matar e uma segunda para apunhalar o corpo repetidamente.

HOMEM DESTRO

Os ferimentos haviam sido cometidos por um homem destro e pareciam ter sido executados repetida e rapidamente, com somente um vago esforço em mirar os golpes. Era como se o ataque tivesse acontecido durante um ímpeto de raiva ou tensão emocional. Um ferimento, porém, se destacava. Era um ferimento com cerca de oito centímetros de comprimento e três de profundidade que percorria a região da virilha. Diferentemente dos outros ferimentos, não se tratava de um corte, nem facada, e parecia ter sido executado deliberadamente.

Swanson também tinha a opinião de que Connelly e Barrett podiam agora ser eliminados como testemunhas no que dizia respeito a identificar um suspeito. Ambos haviam identificado positivamente como o soldado misterioso homens que haviam comprovado seu álibi. Até mesmo se um deles agora identificasse um homem que não tivesse um álibi, a identificação seria inútil frente ao juiz.

Swanson também examinou os horários fornecidos pelas diferentes testemunhas e os corrigiu. Estava claro que o assassinato havia ocorrido depois da 01:50 da manhã, quando os Mahoneys já haviam subido as escadas e antes das 03:30 da manhã, quando Alfred Crow vira o corpo, mas pensou ser alguém dormindo. Estava igualmente evidente que Martha havia prestado serviço a seu cliente por volta da meia-noite. Embora Connelly não tivesse esperado por ela, era impossível acreditar que o ato tivesse acontecido depois da meia-noite e meia. Embora o guarda Barrett dissesse ter visto o soldado às 2 horas da manhã, ele não havia anotado isso em seu caderno, então era possível que o incidente tivesse ocorrido quando ele descia a rua, à 1 hora da manhã. De qualquer forma, Swanson concluiu que Martha Tabram havia concluído o

O Inspetor Chefe Donald Swanson, após se aposentar em 1903.

trabalho com seus soldados até 12:30 ou 1 hora no máximo. Era provável que ela tivesse então encontrado outro cliente e o levado também às escadarias em George Yard. Esse novo cliente a matou em seguida.

Reid tinha certeza de que ele havia rastreado e eliminado todo mundo que conhecia Martha Tabram. O assassinato não havia sido executado por nenhuma motivação pessoal que tivesse relação com Tabram e parecia ter sido cometido por alguém que não conhecera a vítima anteriormente. E ainda assim, a natureza das lesões e dos ferimentos indicavam que o assassino agira em ímpeto de raiva ou fúria. Isso seria improvável caso o assassinato tivesse acontecido por conta de uma disputa sobre, digamos, o valor cobrado por Tabram por seus serviços. Não havia um motivo possível para o assassinato. O ataque a Smith pelo menos tinha alguma causa provável, mas no caso de Tabram, nada havia. Contudo, agora havia duas mulheres mortas em Whitechapel, ambas prostitutas a ambas tendo recebido ferimentos na região da virilha. À polícia não sobrou, senão, a desconfortável conclusão de que havia algum lunático à solta.

Já haviam se passado quase duas semanas desde que o assassinato ocorrera. Todos os suspeitos que a polícia havia encontrado foram eliminados sem restar nem mesmo um.

Nas ruas, porém, o assassinato não fora esquecido. No dia 25 de agosto, Francis Hewitt escreveu uma carta curta, porém zangada, ao editor do *Sunday People* sobre uma publicação naquele jornal que o havia causado problemas. A carta dizia:

> *Senhor, – Minha atenção foi atraída por uma publicação em sua edição do dia 12 deste mês. Sob a manchete acima. Nela, as seguintes declarações se apresentavam:– (1) Que muitos inquilinos dos Edifícios de George Yard 'deixam a cama durante a noite para viajantes.' (2) Que consequentemente, 'homens vão para lá com mulheres que dizem ser suas esposas.' Em nome dos inquilinos, eu afirmo que essas declarações não se qualificam como verdadeiras. As camas são deixadas durante a noite neste local, mas nunca nesses edifícios.*

Hewitt sofria de outros problemas. Conforme publicado em um pequeno artigo no *East London Observer*, ele foi atormentado por um fluxo constante de visitantes aos edifícios de que ele cuidava.

Apareceram muitos visitantes aos edifícios de George Yard desde o assassinato com o propósito bastante mórbido, diga-se de passagem, de ver o local onde o corpo havia sido encontrado. Há aqui uma grande superfície de pedras manchadas de sangue. Foi neste ponto onde o sangue pingou do coração da pobre criatura.

O interesse no assassinato bizarro, repugnante e profundamente perturbador de Martha Tabram ainda não havia terminado no fim de agosto. O fato de ninguém ter sido capturado apenas acrescentava mistério e horror ao contexto do assassinato. Ninguém sabia por que Tabram havia sido escolhida para morrer. As mulheres, em especial, prostitutas, imaginavam se poderiam ser as próximas. Mas a vida precisava continuar. As mulheres necessitadas demais para fazer qualquer coisa além de depender da prostituição precisavam trabalhar na rua para não morrerem de fome.

Em 30 de agosto, a rotina em Whitechapel voltava ao normal. Mas isso logo mudaria.

CAPÍTULO 5

O INÍCIO DO TERROR

Foi o segundo assassinato em menos de um mês em East End, Londres, que levou Londres a um frenesi de medo e recriminação. Havia muitos rumores em todo lugar a que você fosse. As pessoas falavam pouco sobre outros assuntos, e as autoridades subitamente foram pressionadas a fazerem alguma coisa sobre a situação. Duas mulheres haviam sido assassinadas e mutiladas, ao que parecia, aleatoriamente. Ninguém estava seguro nas ruas, e as mulheres andavam apavoradas. O que elas poderiam fazer?

ASSASSINATO NÚMERO DOIS

Às 3:45 da manhã do dia 31 de agosto, o guarda John Neil caminhava com os passos firmes, medidos, digno de um policial, pela Buck's Row, uma rua paralela à Whitechapel Road, a alguns metros da via principal. Era uma rua de pedra, larga o suficiente para o passeio de carroças, margeada nos dois lados por calçadas. Havia fileiras de casebres e oficinas, mas não era bem iluminada, contando apenas com um poste de luz.

Conforme Neil caminhava, notou algo na direção norte da calçada, perto de uma porta que dava acesso a uma cavalariça. Estava escuro, então Neil iluminou o objeto com sua lanterna e viu uma mulher deitada de barriga para cima, com olhos que fitavam o céu e uma boina a uma pequena distância. Suas pernas estavam levantadas e separadas com a mesma conotação sexual sinistra do que fizeram com o corpo de Martha Tabram.

Em seguida, Neil escutou passos pela Brady Street no fim da Buck's Row, e quando outro policial apareceu, o guarda John Thain, Neil o chamou. Juntos, os dois homens examinaram a mulher e descobriram que seu pescoço havia sido brutalmente cortado, embora o corpo ainda estivesse morno. Usando suas lanternas, olharam a sua volta em busca de qualquer pista possível, mas não encontraram nada. Um pequeno trecho de lama ao lado não mostrava nenhuma pegada ou marca de rodas.

Thain havia patrulhado a Buck's Row apenas meia hora antes e não havia visto nada. Neil enviou Thain para buscar Dr. Rees Ralph Llewellyn, que morava por perto. Como Thain precisou ir embora, um terceiro policial chegou correndo. Era Jonas Mizen, que caminhava pela Hanbury Street quando dois homens se aproximaram para comunicar sobre uma mulher embriagada

O guarda John Neil descobre o corpo mutilado da segunda vítima na Buck's Row perto dos portões fechados da cavalariça.

ou machucada jogada na Buck's Row. Após anotar os nomes dos homens, Charles Cross e Robert Paul, Mizen havia ido embora para ver se podia ajudar a mulher. Mizen levou a notícia de que os dois homens haviam encontrado a mulher com a saia erguida, revelando a região da virilha e a barriga, mas havia abaixado a saia por questão de decência antes de ir em busca de um policial em ronda. Mizen foi enviado para buscar uma ambulância para levar o corpo ao necrotério.

Neste momento, três homens que iam para casa depois de trabalharem no turno da noite em uma empresa por perto haviam visto a polícia e se aproximaram a fim de saber o que estava acontecendo. A conversa a seguir acordou os moradores dos casebres, que também observavam ou saíam para ver o que estava acontecendo. Neil afastava a crescente aglomeração do corpo e da cena do crime. No fim das contas, Dr. Llewellyn chegou para confirmar o que o policial já sabia, que a mulher estava morta. O corpo foi levado ao necrotério para ser examinado na manhã seguinte. Thain foi então enviado à delegacia para encontrar um inspetor – era o inspetor Joseph Helson, que estava de plantão – e alertá-lo quanto à descoberta de outra vítima assassinada em Whitechapel.

MUTILAÇÕES ABOMINÁVEIS

Assim como aconteceu com a descoberta do corpo de Martha Tabram, a polícia começou a bater de porta em porta da Buck's Row e das vias vizinhas para ver se alguém havia visto ou ouvido alguma coisa estranha entre 03:15 da manhã, quando o guarda Thain havia vigiado a Buck's Row, e 03:45, horário em que o corpo foi encontrado. Novamente, a polícia conseguiu que tirassem uma foto da mulher morta no necrotério na esperança de que alguém a pudesse reconhecer.

Não havia nada no corpo que a identificasse. Antes de Dr. Llewellyn realizar a autópsia, dois funcionários do necrotério, Robert Mann e James Hatfield, haviam esvaziado os bolsos da mulher e guardado o corpo até a chegada do inspetor John Spratling e o início da autópsia. Seus únicos pertences consistiam em um pente, um lencinho branco e um pedaço de espelho quebrado. As roupas eram de má qualidade em sua maior parte, velhas e manchadas em alguns lugares, mas em geral limpas e em boa condição. O vestido era, porém, razoavelmente novo, de melhor qualidade que o restante. Uma das duas anáguas que a mulher estava vestindo tinha um carimbo escrito 'Asilo Lambeth'. Assim que a informação foi relatada ao inspetor Helson, este enviou um guarda com uma foto da mulher morta ao galpão para tentar identificá-la.

Llewellyn e Spratling tinham a opinião de que a mulher assassinada era muito pobre, quase indigente, e especularam que ela devia ter ganhado a vida como prostituta.

Dr. Llewellyn iniciou a autópsia propriamente e encontrou algumas coisas terríveis. Posteriormente, redigiu um relatório:

Cinco dentes faltando, e houve um leve dilaceramento da língua. Há um hematoma ao longo da parte inferior do maxilar do lado direito do rosto. Pode ter sido causado por um golpe com o punho ou pressão de um polegar. Havia um hematoma circular no lado esquerdo do rosto, que também poderia ter sido causado pela pressão dos dedos. No lado esquerdo do pescoço, a cerca de 3 centímetros abaixo do maxilar, havia uma incisão de cerca de 10 centímetros de comprimento que ia até abaixo da orelha. Do mesmo lado, mas uns 3 centímetros ainda mais abaixo, começando a cerca de 3 centímetros na frente, havia uma incisão circular, que acabava em um ponto cerca de 8 centímetros para baixo do maxilar. Essa incisão percorria todos os tecidos até as vértebras. Os grandes vasos sanguíneos nos dois lados do pescoço estavam cortados. A incisão tinha cerca de 20 centímetros de comprimento. Os cortes devem ter sido provocados por uma faca de lâmina longa, moderadamente afiada, utilizada com muita violência. Não foi encontrado vestígio de sangue na parte do peito, nem no corpo nem nas roupas. Não havia ferimentos no corpo até mais ou menos a parte inferior do abdômen. A cinco a dez centímetros do lado esquerdo, havia um corte serrilhado. O ferimento era muito profundo, e os tecidos haviam sido cortados. Havia diversas incisões que percorriam o abdômen. Havia três ou quatro cortes semelhantes que desciam, do lado direito, todos feitos com uma faca de maneira violenta descendo pelo corpo. Os ferimentos iam da esquerda para a direita e poderiam ter sido executados por uma pessoa canhota. Todos os ferimentos haviam sido feitos com o mesmo instrumento.

ASSASSINATO ATROZ

A mulher morta havia sido golpeada ou agarrada pelo maxilar, e em seguida teve o pescoço cortado com tanta brutalidade que a fez sangrar até morrer em poucos segundos. A saia e a anágua haviam sido levantadas, e a série de cortes e incisões foram feitas no abdômen e na região da virilha. A natureza das mutilações não foi completamente divulgada pela polícia. Isso se dava pela noção de decência e consideração pela mulher morta e quem quer fossem seus parentes, mas também porque a polícia não queria que todo mundo soubesse exatamente o que tinha acontecido. Era preferível manter o caso entre eles e o assassino.

De volta às ruas, o questionamento de porta em porta se mostrava infrutífero. Entre os primeiros a serem questionados estava a família Green, que vivia em um casebre perto de onde o corpo havia sido encontrado. A chefe da família era Emma Green, que vivia no casebre com seus dois filhos e uma filha adultos. Seu marido havia falecido alguns anos antes. Ela relatou que seus dois filhos haviam ido dormir antes das 10 horas da noite no quarto dos fundos. Ela e sua filha haviam ido para a cama no quarto da frente, no pavimento superior às 11 da noite e haviam dormido até as 4 da manhã, quando foram despertadas pelo barulho dos policiais conversando na rua. Sra. Green declarou ter sono leve. Uma vez que sua cama ficava a praticamente 5 metros do corpo, separada deste por somente uma janela com vedação deficiente, isso indicava que o assassinato e as mutilações deveriam ter acontecido quase em total silêncio, como havia sido o caso do assassinato de Martha Tabram.

Um vigilante chamado Patrick Mulshaw havia ficado no plantão noturno na Winthrop Street, ao lado da Buck's Row. Era empregado pelo Conselho do Trabalho e vigiava um buraco na via onde um esgoto estava sendo reparado, ao lado das ferramentas dos trabalhadores deixadas no local. Ele declarou que havia ficado acordado, sentado em sua cadeira entre 3 e 4 horas da manhã. Havia visto o guarda Neil, que fazia sua ronda. Assim como a Sra. Green, não havia escutado nada, nem visto a vítima entrar na Buck's Row nem um homem deixando o local.

Dado o ponto onde Mulshaw estava sentado, isso quase certamente indicava que a vítima e seu assassino haviam vindo da direção oeste, chegando na Buck's Row a partir da Baker's Row (hoje chamada Vallance Road), e que o assassino fora embora pelo mesmo caminho. Walter e Mary Purkiss e sua família também estiveram muito perto. Purkiss era gerente da oficina de Essex Wharf na parte sul, a cerca de 20 metros de onde o assassinato havia acontecido. Ele vivia no local com sua família. O quarto que dava para a rua era compartilhado por Walter e sua esposa. Mary Purkiss não se sentia muito bem naquela noite e havia acordado um pouco depois das 3 da manhã. Ela havia saído da cama e caminhado de um lado pro outro no quarto por meia hora antes de voltar para a cama e adormecer novamente. Bem como a Sra. Green, ela havia escutado ruídos vindos da rua.

No meio da manhã, o inspetor Spratling estava de volta a Buck's Row depois de participar da autópsia, e agora tinha completa consciência da gravidade do crime. Auxiliado pelo sargento George Godley, Spratling visitou novamente todas as propriedades nas redondezas, mas não descobriu nada de novo. Ele mandou que fosse realizada uma busca por todos os pátios, sarjetas e calçadas na área, assim como nas linhas de trem da Ferrovia do Distrito que ficava logo ao sul de Buck's Row.

Os funcionários da ferrovia foram interrogados, e um deles disse algo que soou positivo. O sinaleiro Thomas Ede disse ter visto um homem agindo de forma suspeita em Darling Row, a cerca de 300 metros da cena do crime. Ele disse que o homem havia agido de modo furtivo e estranho. Ede descreveu o homem como sendo magro, mancando levemente para caminhar, medindo cerca de 1 metro e 72 centímetros, tinha 35 anos de idade, bigode e barba escuros. Usava um chapéu com duas protuberâncias, jaqueta castanho-escura e um macacão limpo e calças escuras. Não era muito para levar a investigação adiante, mas pelo menos era alguma coisa.

AS NOTÍCIAS DOS ASSASSINATOS SE ESPALHAM

Na noite após encontrarem o corpo, o Evening Echo publicou uma história sob a manchete 'ASSASSINATO TERRÍVEL EM WHITECHAPEL'. Dado quão logo após o corpo ter sido descoberto a história fora escrita e impressa, tratava-se de uma versão extremamente completa e precisa. A publicação também traz uma foto bastante fiel do que a polícia achava sobre o crime nessa fase inicial.

Uma tragédia, ainda mais revoltante em seus detalhes do que aquela em George Yard, cercada aparentemente por circunstâncias ao menos misteriosas, acabou de acontecer na Buck's Row, uma vizinhança de classe baixa, contígua à Whitechapel Road. Passando Essex Wharf, em Buck's Row, cerca de 04:30 desta manhã, o guarda Neale [sic Neil], 97J, encontrou o corpo de uma mulher jogado na calçada. Após o exame, descobriu-se que sua cabeça havia sido quase decepada do corpo. Um corte terrível, com cerca de 3 centímetros de abertura, se estendendo de um lado do pescoço até o outro, cortando completamente sua traquéia. A parte inferior do abdômen também foi encontrada completamente estripada, causando protrusão dos intestinos. A mulher foi imediatamente levada ao necrotério, onde se encontra neste momento. Ela tem aparentemente cerca de trinta e cinco anos de idade, cabelos escuros, estatura mediana e aspecto pequeno. Suas roupas, que foram examinadas pelo inspetor Nelson [sic Helson], são modestas, consistindo em somente um manto desgastado, com um capuz, um vestido marrom, e uma anágua, que tem a marca do asilo Lambeth. A mulher ainda não foi identificada.

Imagina-se que tenha sido ataca por algum homem com quem haveria estado. Por conta de seus dentes da frente golpeados, é provável que o agressor tenha chutado a mulher na boca.

RELATO POSTERIOR. *Nenhum outro crime repulsivo foi cometido em Whitechapel além daquele ocorrido em Buck's Row, na Thomas Street, uma via relativamente erma – especialmente à noite – às costas da Whitechapel Road. Conforme o guarda policial Neal [Neil] deixava sua área de ronda naquela região, viu algo que à priori pensou ser uma mulher embriagada. Uma observação mais próxima fez o oficial chegar a uma conclusão diferente, pois, ao se inclinar, viu que a garganta da mulher estava completamente dilacerada, de orelha a orelha, e sua cabeça, quase decepada. Os ferimentos no pescoço se estendiam até a coluna vertebral. Dr. Llewelyn, da Bethnal Green Road, logo foi chamado. Ele só podia confirmar que se tratava de um caso de assassinato. Presume-se que a morte aconteceu por volta das duas horas, pois só foi descoberta um pouco antes das quatro, e o corpo ainda estava morno.*

FERIMENTOS TERRÍVEIS. *O inspetor Helston [sic Helson], o inspetor Enwright [sic Enright], e sargento Godley logo chegaram ao local e realizaram uma busca empenhada por qualquer arma que pudesse ter sido usada na execução do crime. Seus esforços, neste quesito, foram inúteis, mas, dada a natureza dos ferimentos, conjecturou-se que o assassino manipulou uma faca, tal qual usada por açougueiros. Quando o corpo da pobre criatura – ainda não identificada – foi levado ao necrotério, mais um minuto de apreciação do corpo mostrou que os ferimentos eram realmente assustadores demais para serem mencionados em detalhes. Como um oficial de Investigação*

Criminal observou nesta tarde, 'As características dos ferimentos mostram que eles só podem ter sido causados por um louco.'

EM BUSCA DE IDENTIFICAÇÃO. *Quando o corpo foi revistado, encontraram um pente e um pedaço de sabonete em um dos bolsos da mulher, e a única pista quanto ao seu local de residência foi encontrada nas peças de roupas que portava, uma das quais mostrava que ela havia, em algum momento, sido inquilina de um asilo. Imagina-se que tenha vivido como uma mulher imoral.*

NENHUMA PISTA ESPECIAL. *O cadáver fora encontrado na parte de dentro do portão de Essex Wharf – na esquina de Buck's Row, onde há um vigia noturno, que dizem não ter ouvido nada de incomum ocorrendo na vizinhança ontem à noite. Não parece ser improvável que a mulher tenha sido assassinada a alguma distância, e que o corpo tenha sido então levado a Buck's Row e jogado para dentro do portão.*

A POLÍCIA INVESTIGA. *Não só os policiais imediatamente envolvidos no caso, mas toda a força de detetives disponíveis em East End estão realizando buscas por pistas, mínimas que sejam, desta tragédia, e suas investigações estão sendo substancialmente auxiliadas pelos conselhos do inspetor Reid, cuja experiência recente em crimes desta espécie foi o terrível caso dos edifícios de George Yard, em que Martha Turner veio a óbito em decorrência dos ferimentos, alguns dos quais muito semelhantes àqueles causados à mulher desconhecida encontrada em Buck's Row. Os detetives supõem que vários dos crimes hediondos não descobertos tenham sido causados por uma mesma pessoa, que imaginam ser um louco. Outra teoria avançada é que a mulher morta tenha sido confundida com outra e assassinada por causa de ciúmes. Uma característica incompreensível aos médicos e* *à polícia, no caso, sendo a mesma característica que os leva a pensar que se trata de um louco, é o fato de que os ferimentos na garganta da mulher foram suficientes para causar sua morte. Ainda assim, há diversos ferimentos no corpo que só podem ter sido causados para fins de mutilação. É isso que faz a polícia pensar que o cadáver fora vítima de um criminoso que havia, ainda que sofrendo de algum tipo de insanidade, perambulado por Londres e cometido crime de natureza misteriosa. Há ainda outra sugestão, de que esses assassinatos possam ter sido cometidos por uma gangue de crápulas chantageadores de pobres mulheres. Mas é difícil acreditar que se trata de um trabalho realizado por pessoas sãs, ainda que depravadas.*

O VESTIDO DA VÍTIMA *A mulher vestia um sobretudo marrom, com botões de metal que traziam em sua face a forma de uma mulher montada em um cavalo e um homem parado ao lado. Ela havia perdido um dente, mas não havia evidência de qualquer tipo de luta, pois as roupas não haviam sido rasgadas. Isso acrescenta ainda mais ao mistério do caso, mas o fato de que os ferimentos podem ter sido provocados sem considerável combate é de deveras extraordinário. A opinião da polícia, que está realizando uma investigação minuciosa da questão, é que a mulher foi assassinada por uma pessoa canhota a julgar pela natureza dos ferimentos. Naturalmente, a ocorrência causou grande comoção no distrito movimentado onde aconteceu, e a cena da tragédia foi cercada esta manhã por grande aglomeração.*

MORTA IDENTIFICADA COMO MARY ANN NICHOLS

Enquanto isso, a identidade da mulher morta estava sendo rastreada pela polícia. Se ninguém nas redondezas do local do crime a reconhecesse, a viagem ao Asilo Lambeth havia sido mais produtiva. Mary Ann Monk, que vivia na no asilo, reconheceu a fotografia imediatamente. Ela disse que a mulher era uma antiga residente chamada Mary Ann Nichols, frequentemente chamada de Polly. Monk foi levada ao necrotério para ver o corpo e o identificou às 07:30 da noite do dia 31 de agosto.

No dia seguinte, as notícias sobre o assassinato tinham se espalhado para fora de East End, em Londres.

O *Daily Telegraph*, que tinha a maior circulação da Grã-Bretanha, publicou a história na página 4 e dizia, 'Outro assassinato brutal executado em Whitechapel ontem pela manhã.'

O *Daily News*, outro jornal nacional diário, trazia uma cobertura extensa na primeira página sob a manchete, 'ASSASSINATO BRUTAL EM WHITECHAPEL'.

O *East London Advertiser* também abria com o assassinato na primeira página, dizendo, 'OUTRO MISTÉRIO EM WHITECHAPEL – ASSASSINATO TERRÍVEL EM BUCK'S ROW, EM WHITECHAPEL'.

O *London Evening Standard* publicou a seguinte manchete, 'ASSASSINATO EM WHITECHAPEL' e, em seguida: 'Uma mulher da classe conhecida como "desafortunada" foi assassinada sob as mais repugnantes circunstâncias em Buck's Row, na Whitechapel Road, na manhã de ontem.'

Até mesmo o requintado *Times*, do qual poucos leitores sequer sonhariam em ir a Whitechapel, cobriu o caso com certo detalhamento sob a manchete 'OUTRO ASSASSINATO EM WHITECHAPEL'. Logo depois que as pessoas se aglomeraram nos Edifícios de George Yard para ver onde Martha Tabram havia sido morta, elas se dirigiram a Buck's Row para ver onde Mary Ann Nichols havia morrido. Encontraram uma rua bastante comum, mas não encontraram nenhum vestígio de sangue. Sra. Green havia feito seus filhos esfregarem a calçada e a sarjeta até que ficassem limpas. Embora houvesse a desconfiança quase certa de que a mesma pessoa que havia matado Tabram também havia matado Nichols, a polícia precisou estudar a vida de Nichols para ver se havia algum suspeito provável, ou talvez uma ligação com Tabram.

A polícia levou alguns dias para levantar a vida e os hábitos da mulher assassinada. Mary Ann 'Polly' Nichols (nascida Walker) havia nascido na

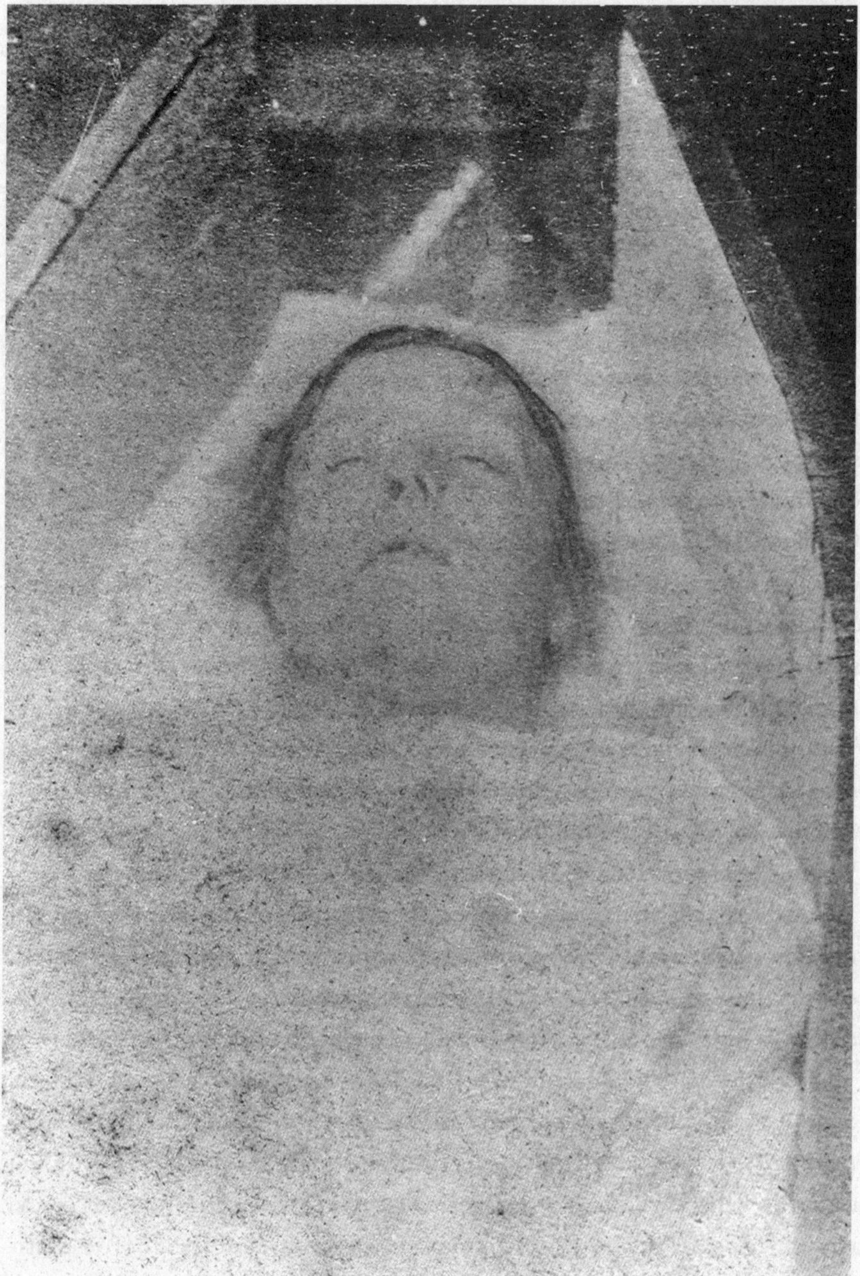

A foto de Mary Ann Nichols no necrotério foi fundamental na identificação do corpo quando foi mostrada aos residentes do Asilo Lambeth.

Fleet Street, em Londres, em agosto de 1845, completando 43 anos no momento de sua morte. Seu pai Edward era ferreiro, e a esposa, Caroline, não trabalhava. Aos 22 anos de idade, casou-se com William Nichols, que trabalhava com os prelos de Perkins, Bacon & Co. O casal teve cinco filhos – Edward, nascido em 1866, Percy, em 1868, Alice, em 1870, Eliza, em 1877, e Henry Alfred, em 1879.

O casamento não foi, contudo, tranquilo e feliz. Mary Ann deixara a família diversas vezes por alguns dias, presumivelmente devido a brigas, mas sempre retornava ao marido. Em 1881 foi embora para sempre, deixando os filhos com o pai. A causa verdadeira da separação nunca foi esclarecida. O pai de Mary Ann dissera que William mantinha um caso extraconjugal, que William justificava com o alcoolismo e as ausências de Mary Ann. Seja qual for a causa, William cuidou dos filhos e enviava uma quantia semanal para que a ausente Mary Ann se sustentasse. Logo depois, o filho mais velho foi viver com o avô,

Em 1882, William descobriu que Mary Ann estava vivendo com um novo homem, Thomas Dew. Deixou de lhe enviar o dinheiro para seu sustento, e com isso Mary Ann apelou às autoridades paroquiais, que colocaram William diante do juiz para obter o dinheiro. William se defendia com as justificativas que era ele que cuidava dos filhos e também porque sua mulher, trabalhando como prostituta, era moralmente depravada. William conseguiu provar suas acusações, e assim, ele e os filhos deixaram a vida de Mary Ann.

Nos anos que se seguiram, Mary Ann perambulava de asilo a albergues comuns várias vezes. Ela ganhava dinheiro como prostituta de rua e, na primavera de 1883, teve um briga intensa com seu pai a respeito de seu estilo de vida. Não viu sua família novamente até o velório de seu irmão em 1887, ocasião em que disseram estar bem vestida, mas ignorou praticamente todo mundo.

Em abril de 1888, foi admitida no Asilo Lambeth, onde conheceu Mary Monk, que identificou seu corpo posteriormente. Ela provou ser uma residente estável e trabalhadora diligente. Assim, as autoridades do asilo a incluíram em seu programa de empregos, e logo conseguiu um emprego como governanta com Sr. e Sra. Cowdray de Rose Hill Road, em Wandsworth, no Sul de Londres. Nessa época, escreveu ao pai em busca de conciliação. Seu pai lhe escreveu de volta, carinhosamente, mas não obteve mais respostas.

A razão era que Nichols havia voltado a beber. No fim de julho, Nichols roubou três libras e dez xelins de seus patrões e fugiu, levando consigo uma grande quantidade de roupa, tendo vendido a maior parte delas e ficado com o vestido com que foi encontrada após o assassinato. Ela foi primeiro ao Albergue Wilmott, que era razoavelmente respeitável, localizada na Thrawl Street, em Spitafields, mas logo se mudou para outra mais barata e muito menos respeitável chamada White House, na Flower and Dean Street. Nessa época, ela trabalhava como prostituta novamente, e pode ter sido atraída pela política da White House que permitia que homens e mulheres compartilhassem camas sem a necessidade de serem casados.

Na noite do dia 30 de agosto, saiu em busca de clientes, mas quando voltou à White House logo depois da meia-noite, não tinha nem um tostão. O síndico lhe disse que ela não poderia ficar caso não pagasse, e assim, Nichols foi embora. Suas últimas palavras foram, 'Deixa para lá! Logo conseguirei meu dinheiro para hospedagem. Veja que linda boina eu tenho agora.' Ela se foi, na verdade, usando uma boina preta nova que ninguém nunca tinha visto. Às 02:30 da manhã, outra residente da White House, Emily Holland, encontrou Mary Ann na esquina da Whitechapel Road com a Osborn Street. Holland percebeu que Mary Ann estava embriagada e trôpega. Holland perguntou se ela estava bem, ao que Nichols respondeu que havia conseguido seu dinheiro, mas que o tinha gasto completamente em bebida, deixando-a sem um tostão mais um vez. Holland observou que era tarde, e Mary Ann disse-lhe para que fosse para casa, acrescentando: 'Muito em breve estarei de volta.' Esta foi a última vez que Mary Ann Nichols foi vista antes de seu corpo ser descoberto uma hora e 15 minutos depois.

SUSPEITA-SE DE UM GRANDE ASSASSINO

A polícia interrogou todo mundo que havia encontrado ou tido contato com Nichols nos seus últimos dias de vida. Não encontraram ninguém que pudesse ter a mais remota razão para matá-la. Assim como aconteceu com Martha Tabram, a conclusão foi de que ela havia sido assassinada por um cliente que havia encontrado apenas alguns minutos antes de sua morte. Havia outras semelhanças entre as duas mortes. Ambos os corpos foram dispostos em posição sexual, ambas com as saias levantadas revelando a virilha e a barriga, e ambas tendo sofrido múltiplos ferimentos na parte inferior do abdômen e na região da virilha.

Também havia a questão de onde os assassinatos haviam sido cometidos. Ambas as mulheres haviam sido mortas em locais onde transeuntes poderiam aparecer a qualquer momento. E, de fato, o guarda Neil encontrou o corpo de Nichols alguns minutos depois de sua morte. E ambas as cenas do crime localizavam-se a apenas alguns passos de onde as pessoas dormiam, e o assassinato foi cometido sem qualquer ruído que as acordasse. Além do mais, ambos os assassinatos haviam sido cometidos em ruas laterais ao norte da Whitechapel Road, a menos de meia milha de distância. E ambos os assassinatos haviam sido cometidos no fim de semana, com quatro semanas entre eles.

Para a polícia investigando os dois assassinatos, a conclusão era inescapável. As duas mulheres haviam sido assassinadas pelo mesmo homem. Era um pensando perturbador mesmo. A grande maioria dos assassinatos na Grã-Bretanha no século XIX correspondia a uma ou duas categorias. Ou a pessoa era assassinada fria e deliberadamente por algum conhecido que tinha razão para querê-la fora do mapa, ou era morta no calor do momento durante uma briga ou roubo.De qualquer maneira, os assassinatos eram eventos únicos. O assassino nunca havia matado antes e, levando-se em conta que ele ou ela não fosse pego ou enforcado, não parecia matar novamente. É claro que havia raras ocasiões em que a pessoa matava mais que uma vez. Mas tirando seus assassinatos múltiplos, eles se encaixavam mais ou menos no padrão comum dos assassinos britânicos.

A Osborn Street, anteriormente chamada de Dirty Lane, e, onde encontra a Brick Lane, a cena onde aconteceu o ataque a Emma Smith: o local ficava a apenas alguns passos do local onde o corpo de Nichols fora encontrada.

ASSASSINOS EM SÉRIE ANTERIORES NO SÉCULO XIX

Em 1888, o exemplo mais recente de um assassino em série fora Mary Ann Cotton, que havia sido enforcada em 1873. Cotton nascera em uma família de classe trabalhadora nas regiões carboníferas do Condado de Durham. Aos 20 anos, casou-se com William Mowbray. Tiveram cinco filhos, quatro dos quais morreram ainda bebês. Mowbray morreu depois de 13 anos de casamento, e a viúva recebeu o equivalente a seis meses de seu salário em seguro de vida. Algumas semanas depois, a viúva se casara novamente, com outro homem que adoeceu e morreu, deixando à esposa um seguro de vida considerável. Ela se mudou então para Sunderland e se casou com um terceiro marido cujos filhos então morreram ao mesmo tempo que a mãe de Mary Ann, que havia se mudado para a casa deles. Quando seu terceiro marido, James Robinson, descobriu que sua esposa havia acumulado uma quantia imensa de dívidas em seu nome sem lhe dizer nada, a expulsou de casa. Mary Ann se mudou dessa vez para Northumberland onde se 'casou' pela quarta vez, com Frederick Cotton, embora este novo marido, sua irmã e três de seus filhos tenham todos morrido rapidamente com suas vidas bem asseguradas. Mary Ann não se quis se casar com o próximo amante. Simplesmente se mudou para a casa dele. Algumas semanas depois ele também morreu, juntamente ao filho, perto de Mary Ann.

A esse ponto, o quarto filho de Frederick Cotton, que havia sobrevivido de alguma forma, morreu subitamente. O escrivão da paróquia, Thomas Riley, conhecia bem o menino e estava convicto de que ele se encontrava no auge de sua saúde. Riley foi até o médico que havia atendido o menino, e os dois foram juntos à polícia. A polícia exumou o corpo e testes indicaram a presença de uma quantidade letal de arsênico. Mary Ann Cotton foi presa, e em março de 1873, foi a julgamento. Foi acusada pelo assassinato do jovem Cotton e foi enforcada. Cogitando que não fazia sentido em gastar mais recursos com isso, a polícia não investigou as outras mortes que haviam acompanhado Mary Ann Cotton. Porém, estimava-se que ela havia assassinado de 15 a 21 pessoas.

Independente de quão horrível esse número possa parecer, os motivos para as mortes eram muito simples. Cotton os assassinara para obter seu dinheiro e o dinheiro que ela obtinha então com seus seguros de vida.

Outro assassino em série notório na Grã-Bretanha no século XIX foi William Palmer, enforcado em 1856. Palmer vinha de uma família rica de Staffordshire e estudou medicina em Londres. Perdeu seu primeiro emprego quando foi suspeito por roubo, e depois disso, voltou a Staffordshire. Em seguida, deu início a um relacionamento com uma jovem atraente, cujo marido morrera após uma refeição feita com Palmer. Quando o romance terminou, Palmer se casou com Ann Thornton, que esperava herdar uma fortuna quando sua mãe viúva morresse. Dois anos depois, a mãe de Ann morreu enquanto visitava a filha e o genro, deixando seu dinheiro ao jovem casal. Ao longo dos próximos cinco anos, quatro dos cinco filhos de Palmer morreram e, sem seguida, Ann, sendo que todos tinham seguro de vida. No ano seguinte, o irmão de Palmer morreu, também bem assegurado, seguido por Leonard Bladen, a quem Palmer devia uma grande quantia.

Em novembro, um agente de apostas local, amigo de Palmer, chamado John Cook, morreu subitamente depois de fazer uma refeição com Palmer. O grande montante de dinheiro que se sabia que Cook tinha em sua casa desapareceu, assim como seus rolos de apostas que comprovavam que Palmer devia dinheiro a ele. O pai de Cook exigiu que uma investigação sobre o caso, e com isso, Palmer foi preso pelo assassinato de Cook. Sem saber ao certo se poderiam garantir sua condenação com as evidências encontradas sobre a morte de Cook,as autoridades exumaram os corpos da esposa e do irmão de Palmer, ambos dos quais apresentavam grandes quantidades de veneno. Palmer foi acusado pelo assassinato de Cook e foi enforcado. Acredita-se que, no total, Palmer tenha matado oito pessoas. Mais uma vez, o motivo era, pura e simplesmente, ganância.

PÂNICO EM WHITECHAPEL

Os detetives que investigavam o que estava rapidamente sendo denominado os assassinatos de Whitechapel claramente lutavam com um tipo bem diferente de assassino. Tanto Tabram quanto Nichols eram pobres a ponto de serem consideradas miseráveis. Quando Nichols havia falado com Emily Holland apenas uma hora antes de sua morte, ela dissera que tinha gastado todo o seu dinheiro em álcool. Claramente, roubo não era o motivo. No que diz respeito a motivos pessoais, a única ligação entre Tabram e Nichols que a polícia podia encontrar era o fato de ambas serem prostitutas de rua. Elas não se conheciam nem tinham conhecidos em comum. Simplesmente não havia ligação entre elas. Cada ligação que a polícia buscava acabava em um beco sem saída. Parecia que as duas mulheres haviam sido escolhidas aleatoriamente por um homem que buscava alguém, qualquer pessoa, para matar.

O fato de não haver motivo óbvio não foi esquecido pelos moradores de Whitechapel. No dia 2 de setembro, corria um boato que um assassino lunático estava à solta. As pessoas começaram a procurar por ele. Na época, as doenças mentais eram pouco compreendidas, e a ideia de insanidade restringia-se àqueles claramente mentalmente incapazes. Outras pessoas que sofriam de problemas mentais eram consideradas simples, lentas ou simplesmente excêntricas. As pessoas acreditavam que um homem suficientemente insano a ponto de cometer assassinatos brutais de ferocidade sem precedentes em lugares públicos seria obviamente insano. Também se presumia que o assassino estaria ensopado dos sangues de suas vítimas. Ninguém encontrava nenhum lunático coberto por sangue falando bobagens. Juntamente à velocidade e ao silêncio com que o assassino claramente operava, isso deixou os assassinatos ainda mais angustiantes.

UMA TERRÍVEL CRISE DE NERVOS?

O fato de que as pessoas estavam nervosas pode ser notado pelos dois incidentes na noite do dia 1 de setembro. Um homem chamado Henry Birch tinha uma banca de leite na entrada de Little Turner Yard. Por volta das 11:15 da noite, um homem vestindo um terno de sarja azul e um chapéu justo, carregando uma grande sacola de tecido chegou e comprou um copo de leite. Enquanto bebia o leite, o homem observava a sua volta como se procurasse alguém e agia de maneira muito furtiva. Quando devolveu o copo, o homem perguntou a Birch se ele poderia entrar no pátio por alguns minutos. O pátio não pertencia a Birch, então ele assentiu. Passados vários minutos, não havia sinal do homem, então Birch foi ao pátio. Encontrou o sujeito então sem chapéu, usando um macacão limpo. Ao ver Birch, o homem pulou assustado e enfiou algo em sua sacola.

'Mas foi um terrível assassinato ontem à noite, não?' o homem disse. Então agarrou sua sacola, passou por Birch, empurrando-o, e correu pela Commercial Road em direção à High Street de Whitechapel.

Birch logo fechou sua banca e acenou para um policial que estava por perto. Ele estava convencido de ter visto o assassino, raciocinando que o homem havia trocado seu terno por um macacão para proteger suas roupas dos jatos de sangue de sua próxima vítima. Birch e o policial saíram pela High Street de Whitechapel, reunindo ajudantes por onde passavam. Todo mundo procurava um homem usando um macacão carregando uma sacola. Nunca o encontraram, mas a busca durou bastante tempo e causou uma grande bagunça na região.

Naquela mesma noite, um homem em um pub, em Whitechapel, começou a fazer perguntas sobre os assassinatos, querendo saber detalhes sobre os cortes e os ferimentos.

Depois de incomodar diversas pessoas, foi embora. Em seguida, o atendente do bar, percebendo seu comportamento estranho, imaginou que ele pudesse ser o assassino e, novamente, iniciou uma busca infrutífera.

Enquanto isso, o homem visto pelo sinaleiro ferroviário Ede havia sido identificado. No fim das contas, descobriu-se que era um sujeito local, chamado Henry James. Geralmente diziam que 'tinha a cabeça um pouco fraca,' mas que era completamente inofensivo. De qualquer maneira, a polícia logo descobriu onde ele havia estado na noite do assassinato de Tabram e o eliminou de suas investigações.

No dia 2 de setembro, o Médico Legista, Wynne Baxter, abriu seu inquérito quanto à morte de Mary Ann Nichols. Depois de ouvir evidências suficientes para concluir que a mulher estava morta, havia sido assassinada e que não havia nenhum suspeito provável, Baxter suspendeu o interrogatório. Dr. Llewellyn ofereceu evidência limitada em público, e ainda mais pormenores dos ferimentos causados à mulher em particular.

SCOTLAND YARD ASSUME O COMANDO

O curto inquérito contou com a chegada em Whitechapel do inspetor Frederick Abberline de Scotland Yard. Ele disse a Baxter que o caso havia sido assumido por Scotland Yard e que estava liderando a investigação. Era um sinal claro de que a polícia estava realmente levando os assassinatos a sério. Abberline nasceu em 1843 em Dorset e era aprendiz de um relojoeiro. Mas, aos 20 anos, foi a Londres a entrou para a polícia. Depois de dois anos fazendo rondas, foi promovido a sargento, e então foi rapidamente transferido para o CID. Lá recebeu a complicada missão de investigar os terroristas irlandeses que tratavam dos assassinatos e plantavam bombas como parte de uma campanha para obter a independência da Irlanda. Depois do sucesso de sua missão, em 1878, foi encarregado do CID de Whitechapel, onde ficou até 1887, quando foi promovido para Inspetor de Primeira Classe e transferido a Scotland Yard.

Em agosto de 1888, Abberline foi considerado um dos detetives mais tenazes e sistemáticos de Scotland Yard. Ainda que não lhe interessasse tanto trabalhar com conjecturas ou andar por aí dentro de táxis em velocidade, ele certamente se sobressaía quando o assunto era estudar as mais ínfimas pistas. Era isso, combinado com seu conhecimento de Whitechapel, que lhe rendia o cargo na investigação de Tabram–Nichols.

No dia seguinte, o inquérito de Baxter continuava com evidência da polícia, e de Charles Cross e Robert Paul, que haviam encontrado o corpo e ido à procura de um policial. Os moradores do albergue White House também apareceram. O interrogatório foi então adiada para duas semanas depois para que a polícia pudesse reunir mais evidências.

Em 5 de setembro, as opiniões nas ruas estava deixando de ser aquela de que um único maluco era o responsável. Corria um rumor em Whitechapel de que uma mulher respeitável da classe trabalhadora havia sido atacada em uma rua lateral à Brick Lane na noite anterior. Diziam que uma mulher participava de um conversa com um sujeito bem vestido quando de repente foi agarrada pelas costas e arrastada até um beco. Ali, outros três homens a seguraram firmemente enquanto o primeiro homem começou a revirar seus bolsos e retirar seus anéis Quando a mulher, que lutava contra os homens, conseguiu se livrar deles, um dos homens produziu uma faca e a pressionou contra seu pescoço, sibilando em tons malévolos: 'Fique quieta, ou eu hei de fazer com você o que eu fiz com as outras.' Destituída de todos os seus pertences, a mulher foi jogada ao chão e a gangue saiu correndo.

A história inspirou uma crença geral de que os assassinatos estavam sendo realizados por uma gangue particularmente impiedosa de ladrões de rua. Outras pessoas já não acreditavam na história. Elas apontavam que a perspectiva de ser enforcada significaria que seria muito improvável que uma gangue ousasse operar de tal maneira. Previa-se, com convicção, que mais cedo ou mais tarde um membro da gangue ficaria assustado e iria à polícia para salvar o próprio pescoço. Na verdade, alguns dos homens mais rígidos de Whitechapel, que poderiam ser esperados saber como os grupos de criminosos se comportam, eram os mais veementes em negar que os assassinatos haviam sido realizados desta forma.

Quando a polícia soube sobre a histórias, anunciaram que nenhum ataque a uma mulher como aquele havia ocorrido de fato, o que pôs um fim nos rumores. A ideia de um maluco único tornou a se afirmar.

A partir desta data, também ficou perceptível que o número de pessoas nas ruas de Whitechapel depois de anoitecer aumentara muitíssimo. A razão para isso era que mulheres respeitáveis se recusavam a sair sozinhas depois que escurecia. Aquelas que trabalhavam em turnos noturnos, ou que precisavam chegar ao trabalho cedo, insistiam que os maridos, pais, irmãos ou namorados as acompanhassem pelas ruas. Havia, portanto, pouquíssimas mulheres caminhando sozinhas, uma vez que a maioria delas era acompanhada por um homem. E aqueles homens tinham então que terminar sua jornada de trabalho sozinhos, aumentando ainda mais o número de pessoas caminhando pelas ruas. Alguns tinham a opinião de que com todas essas pessoas caminhando, seria impossível que o assassino atacasse novamente.

O *East London Advertiser* falava em nome de muitos quando sua coluna editorial no dia 8 de setembro dizia:

> *A esperteza do lunático, especialmente em se tratando de um lunático criminoso, é bem conhecida: mas um lunático deste tipo mal pode permanecer à solta por qualquer período de tempo que seja na vizinhança fervilhante de Whitechapel. O terror que, desde a última quinta-feira, inspirou cada homem e cada mulher no distrito, vai manter todo mundo alerta. Deve-se de fato manter uma vigilância por trás das janelas em todas as ruas de Whitechapel. O assassino precisará sair de algum lugar, precisará vigiar as ruas em busca de suas novas vítimas. Sem dúvida, ele sai toda noite. Três assassinatos bem-sucedidos terão o efeito de estimular seu apetite ainda mais, e*

O Inspetor Chefe Frederick Abberline, ao aparecer no momento dos assassinatos. Abberline foi enviado para chefiar a investigação depois que os assassinatos de Nichols e Tabram foram associados.

a menos que se mantenha uma vigilância das mais rígidas, o assassinato de quinta-feira certamente será seguido por um quarto. Toda East London tem interesse direto em trazer o assassino diante da justiça. Todas as mulheres por esses cantos correrão riscos toda noite se esse assassino continuar à solta. Por um lado, não há dúvidas, o fato de essa parte da metrópole ser superlotada oferece certa segurança para criminosos de todos os tipos, mas em um caso como esse, onde cada habitante é obrigado, por meros motivos de segurança pessoal, a se tornar uma espécie de detetive sem autorização, em vigilância contínua, as chances de fuga de um assassino como esse são menores do que seriam em uma região com menor população.

Em 6 de setembro, Mary Ann Nichols foi enterrada. O evento foi comunicado pelo *Evening Standard* da seguinte maneira:

O enterro de Mary Ann Nichols, que foi asassinada em Buck's Row na última sexta-feira, aconteceu ontem em Ilford. Os procedimentos foram muito simples. O horário em que o cortejo deveria começar foi mantido em segredo, e foi necessária uma manobra para conseguir tirar o corpo do necrotério, onde ficara desde o dia do assassinato. Os lamentadores foram o Sr. Edward Walker, pai da falecida, e seu neto, juntamente a dois dos filhos da falecida. A procissão prosseguiu por Baker's Row, passando pela esquina de Buck's Row até a avenida principal, onde havia policiamento a cada poucos metros. As casas na vizinhança tinham suas venezianas fechadas, e muta compaixão foi manifestada pelos parentes.

Se alguém esperava que o enterro colocasse um fim ao terror, infelizmente, logo se provaria haver um grande engano.

CAPÍTULO 6

VÍTIMAS E INFORMANTES

A desconfiança é uma coisa terrível. Conforme o número de corpos em Whitechapel começou a subir, a população de East End passou a acreditar que o assassino poderia ser muito bem um membro de sua comunidade. Logo informantes e transeuntes chegavam à polícia para contar sobre homens agindo de maneira estranha, homens com facas, homens se tornando violentos, e homens se comportando de maneira suspeita. As capturas eram frequentes, e o ressentimento levava muitos homens inocentes a serem colocados atrás das grades. Ainda assim, o assassino caminhava livremente.

A VÍTIMA NÚMERO TRÊS É DESCOBERTA

O corpo débil e mutilado de Mary Ann Nichols estava enterrado havia menos de 48 horas quando o *London Evening News* chegou às ruas com a perturbadora manchete:

OUTRO ASSASSINATO EM EAST END.
O PESCOÇO DE UMA MULHER FOI CORTADO , E O CORPO, ESTRIPADO.

Considerando que fazia apenas horas desde que o corpo fora encontrado, os detalhes disponíveis ao *Evening News* eram esparsos, mas suficientes para causar alarme.

> *Por volta das quinze para as seis desta manhã, o corpo de uma mulher foi encontrado atrás de uma porta em um quintal na Hambro Street próximo à Brick Lane, em Spitafields. Seu pescoço, assim como*

aconteceu no assassinato de Whitechapel, foi cortado, e seu corpo, estripado na parte da frente.A semelhança deste assassinato com os anteriores nos leva a acreditar que são todos trabalho de um mesmo homem. O caso criou grande alvoroço no distrito.

O corpo foi encontrado às 05:45 da manhã de sábado, 8 de setembro, por John Davis, um carroceiro de 56 anos de idade que vivia no terceiro pavimento de Hanbury (não Hambro) Street, número 29, em Whitechapel, com sua esposa e três filhos adultos. Às 05:45, ele se levantou para ir ao trabalho, enquanto escutava os sinos de uma igreja local tocarem. Desceu ao corredor que não só dava acesso às escadas, mas também ao quintal. A porta da frente estava escancarada, e a porta de trás fechada. Davis foi até a porta de trás, aparentemente intencionando ir ao banheiro, que ficava no fundo do quintal, antes de sair para o trabalho. Prostrado ali no chão perto do degrau dos fundos, estava o corpo de uma mulher, com sangue cobrindo todo o chão a sua volta.

Sem ter dúvidas de que tinha encontrado mais um corpo, Davis correu para a porta da frente para buscar um policial. Encontrou, porém, dois homens parados à porta de uma loja chamada Bayley's Packing Case, que ficava cinco lotes para baixo. Davis disse aos homens o que havia encontrado e os convenceu a lhe seguirem até o local e vigiarem o corpo enquanto ele buscava a polícia. Davis correu até a Delegacia da Commercial Street para denunciar o cadáver encontrado. Depois de encaminhar a polícia ao número 29, foi trabalhar.

Enquanto isso, os dois transeuntes que Davis havia arrastado até a cena do crime – James Green e James Kent – haviam se associado a um terceiro homem, Henry Holland, que tinha visto Davis correndo em grande velocidade e viera verificar o que estava acontecendo. Os três homens observavam o corpo, mas não o tocavam nem faziam mais nada. Depois de alguns minutos, dois guardas apareceram e assumiram o comando, e os três homens foram embora. Kent, um jovem pouco mais velho que um adolescente, ficou bastante perturbado com o estado do corpo. Desceu ao pub Black Swan na Hanbury Street e pediu uma dose forte de uísque antes de voltar ao trabalho.

Quando Kent voltou, uma pequena aglomeração já havia se formado no número 29 e era contida por dois policiais robustos. Embora Kent não soubesse, o inspetor Joseph Chandler estava lá dentro, e o inspetor Abberline havia sido

Havia uma aglomeração imensa na Hanbury Street no dia seguinte ao assassinato, com moradores cobrando um centavo por pessoa para entrarem para ver a cena do terceiro assassinato.

chamado. Também presente estava Dr. George Bagster Phillips, que vivia no local e havia sido trazido pela polícia. Mais tarde, Phillips descreveu os achados:

> *No último sábado, recebi um chamado da polícia às 06:20 da manhã à Hanbury Street, número 29, aonde cheguei dez minutos depois. Encontrei o corpo da falecida deitado com a barriga para cima, no lado esquerdo dos degraus que levam ao corredor. A cabeça estava a aproximadamente 15 centímetros do nível do degrau inferior, e os pés apontavam para um estábulo no fundo do quintal. O braço esquerdo estava cruzado sobre o seio esquerdo, e as pernas estavam abertas, com os pés inteiros sobre o chão, e os joelhos apontando para fora. O rosto estava inchado e virado para o lado direito, e a língua encontrava-se entre os dentes da frente, mas não saia pelos lábios, pois estava muito inchada. O intestino delgado e outros fragmentos localizavam-se ao lado direito do corpo no chão acima do ombro direito, porém ainda preso ao corpo. Havia grande quantidade de sangue, e uma parte do estômago localizava-se acima do ombro esquerdo. Inspecionei o quintal e encontrei um pedacinho de musselina grossa, um pente com dentes pequenos, e um pente de bolso, em uma capinha de papel, perto do corrimão. Pareciam ter sido dispostos ali. Também encontrei outros artigos, que entreguei à polícia. O corpo estava gelado, com exceção de um certo resquício de calor, sob os intestinos, dentro do corpo. A rigidez dos membros ainda não estava acentuada, mas estava começando. A garganta encontrava-se cortada profundamente. Percebi que a incisão na pele estava serrilhada, e chegava muito perto do pescoço. Na parede dos fundos da casa, entre os degraus e as estacas, no lado esquerdo, a cerca de 45 centímetros do chão, havia mais ou menos seis manchas de sangue, variando em tamanho, desde uma moeda de seis centavos até um pequeno ponto, e na cerca de madeira havia respingos*

de sangue que correspondiam ao ponto onde estava a cabeça da vítima, e bem acima da parte onde o sangue havia escorrido do pescoço, que estava bastante coagulado.

O SURGIMENTO DE UM PADRÃO CONHECIDO

Até mesmo antes da realização de uma autópsia, as semelhanças aos assassinatos anteriores eram claras. A vítima era uma mulher de meia-idade, provavelmente uma prostituta, que havia sido assassinada com uma faca e mutilada de maneira hedionda. O corpo havia sido colocado em posição sexual, as saias haviam sido levantadas, e o abdômen e a região da virilha cortados de modo assustador. Quando a autópsia foi realizada, pelo mesmo Dr. Phillips, foi descoberto que desta vez o assassino havia ido muito mais longe em suas mutilações e brutalidade. Mas em um quesito relevante o assassinato era idêntico àquele de Nichols, embora não ao de Tabram. Havia ferimentos no maxilar e na parte superior da garganta que haviam sido provocados por grande pressão de mãos fortes. O assassino parecia ter agarrado a mulher pela garganta e quase a estrangulado por completo antes de matá-la com um talho no pescoço. As manchas de sangue na cerca indicavam que o assassino havia levado a mulher presumivelmente inconsciente até o chão antes de cortar seu pescoço, e então mutilado seu corpo.

Assim como antes, as tarefas básicas enfrentadas pela polícia eram, primeiramente, questionar todo mundo na região para descobrir o que havia sido visto ou ouvido, e, em segundo lugar, descobrir a identidade da mulher.

As primeiras pessoas a serem interrogadas foram os moradores da Hansbury Street, 29, e das propriedades vizinhas. Esses foram reunidos pelo inspetor Chandler e levados à Delegacia de Polícia da Commercial Street para inquérito, o que levou três horas.

Amelia Richardson, uma viúva, e seu neto, Thomas, viviam no primeiro pavimento da casa, e dormiam no cômodo da frente. A frente do pavimento térreo era uma oficina administrada pela Sra. Richardson, auxiliada por seu filho John, de 37 anos de idade, que tinha seus próprios cômodos ali perto, e um funcionário chamado Francis Tyler. Juntos, eles faziam caixotes que eram então vendidos a várias outras lojas na região. Nos dias de feira, John Richardson ganhava dinheiro como porteiro na Feira de Spitafields a alguns metros apenas ao extremo oeste da Hanbury Street. A adega e o quintal também eram alugados pela Sra. Richardson, que os utilizava como depósito.

Sábado, dia 8 de de setembro, era dia de feira, então John deveria levantar cedo para ir à feira. Porém, houvera um arrombamento ao depósito algumas semanas antes, e algumas ferramentas haviam sido roubadas. John tinha o hábito de verificar o depósito em dias de feira. Por volta das 4:45 da manhã, John foi à Hanbury Street, 29, caminhou pelo corredor e chegou ao degrau dos fundos. De lá, observara o quintal e vira que a entrada da adega estava firmemente trancada. Ele se sentara então no degrau dos fundos para cortar um pedaço de couro de sua bota que havia se soltado e o estava perturbando.

O ASSASSINO ATACA AO AMANHECER

Nesse momento, ainda não havia amanhecido, mas a luz pálida cinzenta que antecede a alvorada já começava a surgir. John Richardson tinha certeza absoluta de que se houvesse um corpo no quintal ele o teria visto. Esse fato estabeleceu o horário de morte entre 04:45 e 05:45 da manhã. Amelia Richardson disse estar dormindo durante todo esse intervalo de tempo e que não escutou nada. Os outros moradores não foram muito mais úteis que isso. O sótão era ocupado pela viúva Sra. Cox, que estava dormindo e não ouvia nada. O fundo do primeiro pavimento era ocupado pelas irmãs Copsey, que também dormiam. Potencialmente, o morador mais útil seria o Sr. Waker, que ocupava os fundos do pavimento térreo juntamente a seu filho, que era deficiente mental. Os Wakers geralmente dormiam com a janela ligeiramente aberta. Essa janela dava para a cena do crime e não ficava a mais de 4,5 metros de onde a mulher havia sido assassinada. Contudo, o Sr. Waker também não tinha ouvido nada. Mais uma vez, ao que parecia, o assassino havia atacado em silêncio absoluto.

Ou talvez não. No número 27, morava um carpinteiro chamado Albert Cadosch – e este ouvira alguma coisa. Cadosch havia se levantado para ir trabalhar e ouviu o relógio da igreja às 05:15 da manhã enquanto se vestia. Depois de vestido, saiu para o quintal para usar o banheiro. Ao sair pela porta dos fundos, percebeu que uma ou mais pessoas andavam pelo quintal do número 29. Ele ouviu uma mulher dizendo 'Não'. Não achou nada de mais e foi ao banheiro. Quando terminou, caminhou de volta para a casa, mas de repente, precisou usar o banheiro novamente. Quando voltou à porta dos fundos uma segunda vez, ouviu 'algo como uma queda contra a cerca', mas, novamente, não deu grande valor àquilo, uma vez que o número 29 não só abrigava seu banheiro, mas também era usado pela Sra. Richardson e por seus funcionários no estabelecimento que fazia caixotes. A cerca tinha quase 2 metros de altura e era feita de estacas de madeira, então não era possível ver através dela e não se importou em olhar por cima dela também. Cadosch caminhou por sua casa e chegou à rua, a caminho do trabalho.

Os pertences no corpo não davam nenhuma pista quanto à identidade da mulher. Ela vestia um longo casaco preto, uma saia preta, um corpete marrom, duas anáguas, meias de lã com listras vermelhas e brancas, botas com cadarço e um lenço dobrado de forma triangular amarrado no pescoço. Entre seus pertences, havia um pedaço de musselina, dois pentes e um cantinho de envelope contendo dois comprimidos. O envelope representava uma possível pista, uma vez que continha o selo do Regimento de Sussex e um carimbo marcando 'Londres, 28 de agosto de 1888', embora o endereço estivesse ausente.

MULTIDÕES DE ESPECTADORES

Enquanto isso, aconteciam os eventos de rua. Na Hanbury Street mesmo, uma concentração considerável se reunira por volta das 8 horas da manhã, aumentando e minguando conforme as pessoas chegavam e partiam, mas jamais se dispersando por completo. Às 11 horas da manhã, a polícia permitiu que os moradores do número 29 voltassem, mas mantiveram o quintal obstruído com um guarda em serviço na porta dos fundos para barrar qualquer pessoa que tentasse acessá-lo. Sr. Waker se provou um homem empreendedor. Ao meio-dia, cobrava um centavo das pessoas que viessem ao seu quarto para olhar, através de sua janela, o quintal, cheio de marcas de sangue. Igualmente ligeiro era o padeiro, que na hora do almoço vendia tortas quentinhas com um carrinho de mão às aglomerações da Hanbury Street. Logo foi acompanhado por dois vendedores ambulantes que vendiam frutas.

Às 11:45, ouviu-se um grito intenso vindo da extremidade oeste da Hanbury Street. 'Pegaram o assassino,' as pessoas gritavam. A multidão logo apareceu na rua, se alastrando pela Commercial Street até a delegacia de polícia que existia ali. A multidão empurrava gritava querendo saber o que estava acontecendo, exigindo entrar na delegacia. Depois de um tempo, um sargento da polícia saiu e gritou por silêncio. Ele então anunciou que um homem havia sido capturado acusado por roubos e que aquilo nada tinha a ver com os assassinatos. Gradualmente, a multidão começou a se dispersar, sendo que muitas pessoas voltavam à Hanbury Street, enquanto outras ficaram na delegacia esperando por notícias.

Então chegaram as notícias de que uma mulher havia sido encontrada com a garganta cortada no cemitério da Igreja St. Philip em Stepney Way, ao sul da Whitechapel Road. A multidão tomou a direção leste a fim de chegar à Igreja St. Philip. O vigário de lá precisou escalar o muro para ser ouvido e gritar para dizer a todos que nenhum cadáver havia sido encontrado no local. Os primeiros a chegar começaram a ir embora, mas conforme o rumor se espalhava, mais e mais pessoas chegavam à Igreja St. Philip pedindo para ver onde o corpo havia sido encontrado. À 1 hora da tarde, o vigário já tinha desistido e chamara a polícia. Um gurda foi colocado nos portões para mandar as pessoas embora e garantir que nenhum novo assassinato havia sido cometido.

A maioria dos trabalhadores tinha as tardes de sábado livres, então, às 2 horas da tarde, as multidões chegando à Hanbury Street, à Commercial Street e ao necrotério eram imensas. Essas aglomerações eram tão densas que foi complicado para a polícia passar por elas enquanto iam e vinham trabalhar.

A DESCRIÇÃO DO ASSASSINO SE ESPALHA

Naquela tarde, uma prostituta chamada Emily Walton empurrou as pessoas a sua frente na multidão e pediu para falar com um detetive. Ela disse que tinha informações. Foi levada para ver o inspetor Helson. Ela lhe disse que às 02:30 da manhã da noite do assassinato, buscava por clientes na Hanbury Street quando foi abordada por um homem. Havia algo sobre o homem que ela não lhe parecia bem. Ele lhe ofereceu dois soberanos e meio (moedas de ouro equivalentes a dez xelins cada uma) para que o acompanhasse até um beco lateral. Uma vez que seu preço era somente seis centavos, tratava-se de uma grande quantia e, novamente, ela ficou desconfiada. Quando ela olhou para as moedas, percebeu que, ao invés de moedas de ouro, eram moedas de bronze com alto polimento. Nesse momento, ela disse para o homem ir embora, e este escapuliu de maneira furtiva. Ela tinha dado uma boa olhada no homem, descreveu-lhe a Helson e disse que não tinha dúvidas de que o reconheceria novamente.

Às 08:20 da noite, Abberline emitiu um panfleto para ser afixado por Londres e entregue aos policiais. O panfleto se baseava na declaração de Emily Walton e dizia:

> *Delegacia da Commercial Street, 8.20 da noite – Descrição de um homem procurado, que esteve no corredor da casa onde aconteceu o assassinato, acompanhado de uma prostituta, às 2 horas da manhã do dia 8. Idade, 37 anos, altura, 1 metro e 70 centímetros, barba e bigodes escuros. Vestimenta – Jaqueta escura curta, colete e calças escuras, cachecol preto e chapéu de feltro preto. Falava com um sotaque estrangeiro.*

ANNIE CHAPMAN É IDENTIFICADA EM FOTO

A polícia saiu levando consigo uma foto da vítima tirada no necrotério. Não demorou muito para descobrirem quem ela era. Ela Annie Chapman, uma mulher que vivia no albergue de Crossingham na Dorset Street, número 35. Como as outras, era prostituta de rua e passava por problemas financeiros. Nos dias que se seguiram, a polícia interrogou a todos que conheciam Chapman, ou que viviam em Crossingham e podiam contar um pouco sobre sua vida e hábitos.

Chapman havia nascido Anne Smith em 1841, era filha de um soldado aposentado que trabalhava como criado. Era a filha mais velha de uma família de quatro meninas e um menino, em que todos tinham boas relações. Em 1869, casou-se com um cocheiro chamado John Chapman e passou a residir em Bayswater, seguindo depois o trabalho de John em Windsor. O casal teve duas filhas e um filho. Em 1882, uma das filhas morreu aos 12 anos de idade, e Anne teve uma espécie de colapso mental. Anne passou a beber e, nos três anos que se seguiram, foi presa diversas vezes nas ruas de Windsor por embriaguez e má conduta. Em 1886, Anne e John se separaram, ficando os filhos com o pai quando Anne, que continuava bebendo, se mudou para Londres. John enviava dez xelins à Anne semanalmente por vale postal para que ela pudesse se manter.

No outono de 1886, Anne passou a viver com um homem chamado John Sivvey e adotou o nome de Anne Sivvey por um tempo, embora o casal nunca tenha se casado. Nesta época, Anne ganhava a vida fazendo trabalhos em crochê e vendendo flores nas ruas. No Natal de 1886, John Chapman morreu, e a quantia de dez xelins semanais deixou de ser enviada. John Sivvey abandonou Anne assim que o fluxo de dinheiro cessou e se mudou para o Norte de Londres. Foi em certo ponto de 1887 que Anne passou a viver em albergues comuns e que a prostituição se tornou uma maneira de ganhar dinheiro para pagar por seu vício.

Em maio de 1888 Anne saiu com um soldado aposentado chamado Edward Stanley, que ela havia conhecido em Windsor. Stantley trabalhava

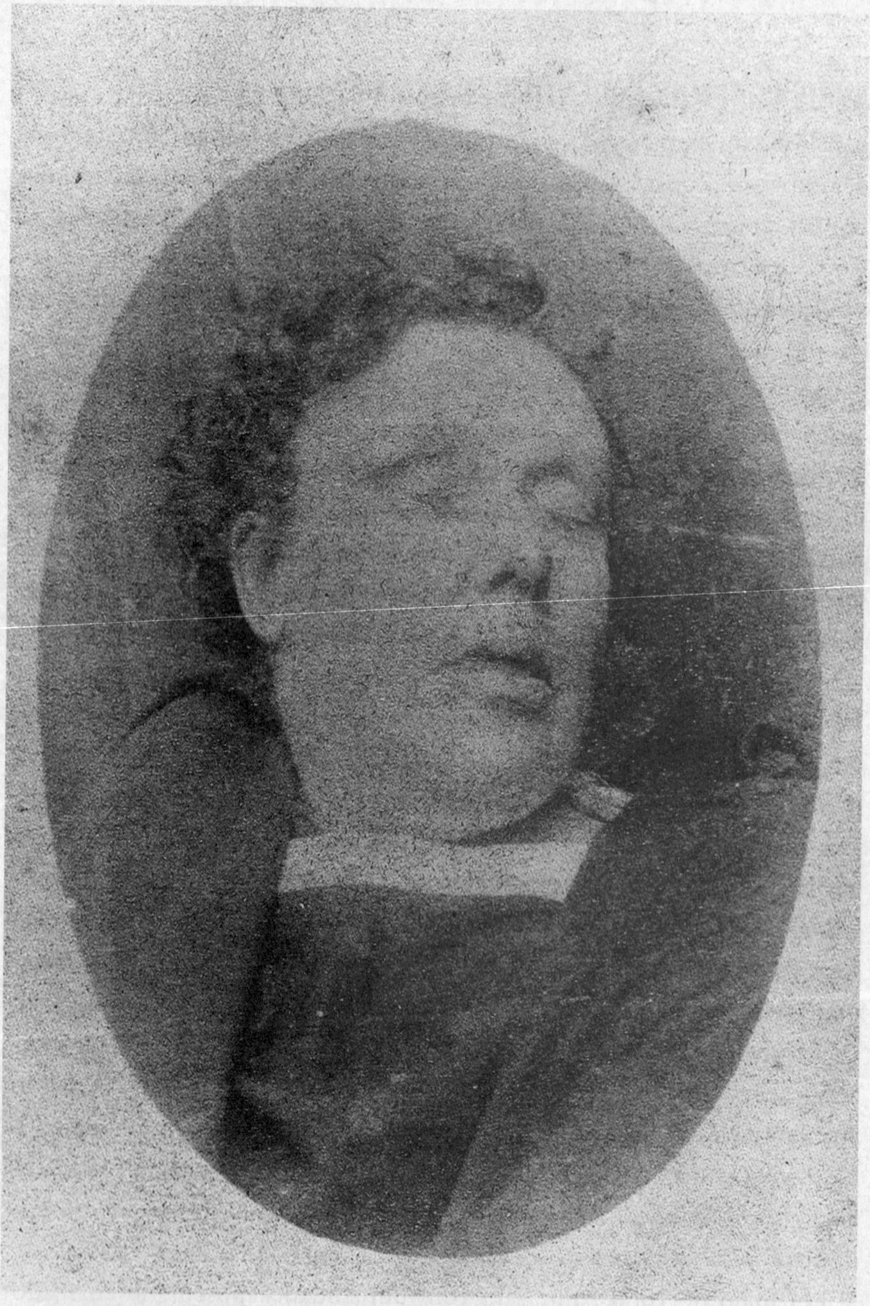

A foto do necrotério de Annie Chapman tirada no dia seguinte à sua morte, usada pela polícia na identificação do corpo.

como pedreiro. Eles viviam no número 1 de Osborne Place, em Whitechapel. Embora Anne às vezes ficasse na casa de Stanley, ela também frequentava o albergue de Crossingham. Stanley geralmente pagava por sua acomodação em Crossingham e, embora fosse estranho, também pela acomodação de outra mulher chamada Eliza Cooper.

Não se sabe ao certo qual era a relação entre Chapman, Cooper e Stanley. O que se sabe é que em 2 de setembro, os três, juntamente a um vendedor ambulante chamado nos jornais somente por 'Harry, o Ambulante', bebiam no Britannia pub quando uma briga entre Chapman e Cooper começou de repente. Stanley acalmou as mulheres e as levou à Crossingham. Na cozinha do albergue, a briga irrompeu mais uma vez, e desta vez, as duas mulheres passaram a lutar com socos e chutes. John Evans, o vigia noturno, finalmente conseguiu apartar as duas mulheres, mas não antes de Anne conseguir um olho roxo e diversos ferimentos.

A polícia passou algum tempo interrogando Cooper e Stanley sobre a briga e seus relacionamentos. Era bastante claro que Stanley e Cooper eram reticentes quanto a falar da briga – cada um deles deu diferentes versões dos motivos dela – e de quão bem conheciam Chapman. A polícia ficou, contudo, satisfeita pelo fato de eles não terem nada a ver com o assassinato e, assim, os liberou.

SERÁ QUE JACK, O ESTRIPADOR, FOI VISTO?

Ao falar com outros hóspedes em Crossingham, a polícia conseguiu conjecturar os movimentos de Chapman na noite de sua morte. Às 5 horas da tarde, Amelia Palmer encontrou Chapman na Dorset Street. Palmer vivia em Crossingham com o marido, que não tinha condições de trabalhar após um acidente nas docas e, assim, recebia uma pensão – e ela mesma trabalhava como faxineira. Ela sabia que Chapman era prostituta e perguntou a ela se ela iria a Stratford para trabalhar naquela noite. Chapman respondeu que não, pois ainda se sentia doente, mas então continuou: 'Não adianta eu ir embora. Eu preciso ir a algum lugar para arranjar dinheiro e pagar pelo meu alojamento.'

A próxima vez em que foi vista foi às 11:30 da noite quando chegou a Crossingham. Não tinha dinheiro para pagar por uma cama, mas perguntou se poderia se sentar na cozinha por um tempo. O vigia noturno John Evans a deixou entrar. Na cozinha, Anne persuadiu outro hóspede, Frederick Stevens, a compartilhar uma garrafa de cerveja com ela. Ele não achou que ela estivesse bêbada quando ele a deixou por volta da meia-noite e quinze. Alguns minutos depois, William Stevens entrou na cozinha e conversou com Chapman. Ele a viu tirar uma caixa do bolso, mas ela se quebrou. Ela então pegou um envelope na lareira, rasgou em duas partes e colocou os comprimidos da caixa em uma das metades, dobrou-a e colocou-a em seu bolso – era este o envelope com o timbre regimental encontrado junto a seu corpo. Depois, Chapman saiu, presumivelmente para conseguir algum dinheiro para sua acomodação à noite.

À 01:30 da manhã ela estava de volta, todavia, mais uma vez, sem nem um centavo. Ela comia uma batata assada que havia arranjado em algum lugar. Desta vez, ignorou Evans, mas foi ter com o síndico, Timothy Donovan, que ainda se encontrava acordado. 'Eu não tenho dinheiro suficiente para pagar pela minha cama,' ela dissera, 'mas não precisa ceder. Hei de estar de volta logo.' Donovan então lhe deu uma bronca a respeito de seu vício, dizendo que ela sempre parecia ter dinheiro para o álcool. Chapman não respondeu sobre isso, mas disse, 'Não se preocupe, Tim. Logo estarei de volta.' Ao sair, disse a Evans, 'Não vou demorar. Fique de olho para que o Tim guarde a cama para mim.' E assim foi embora, caminhando em direção à Feira de Spitafields.

Uma testemunha final dos movimentos de Chapman se apresentou mais tarde. Era Elizabeth Long, que vivia na Church Row, em Whitechapel, com seu marido, James Long, um carroceiro. Ela trabalhava na Feira de Spitafields, e a Hanbury Street fazia parte de seu trajeto para o trabalho. Embora ela não conhecesse Chapman, associou o rosto da foto do necrotério ao da mulher por quem passou na manhã do assassinato. Tinha visto um homem e uma mulher conversando um com o outro perto do número 29 da Hanbury Street. Ao passar por eles, o homem disse, 'O que você diz?' e a mulher respondeu, 'Sim'. Long então passou por eles e chegou ao trabalho logo após as 05:30

da manhã, o que coloca o encontro de Chapman e do homem por volta das 05:28 aproximadamente.

Isso criou certa discrepância com Cadosch, que escutara o que parecia ser Chapman e o assassino no quintal do número 29 por volta das 05:22 da manhã. Porém, nem Long nem Cadosch tinha um relógio consigo e julgavam o horário pelos relógios da igreja, então um ou outro pode ter se equivocado em alguns minutos.

Se assumirmos que Long estava certa, ela havia visto o assassino, embora somente de costas. O que ela disse sobre ele:

> *Eu percebi que ele era escuro. Ele usava um chapéu de feltro marrom justo. Eu acho que ele vestia um casaco escuro, embora eu não possa confirmar. Pelo jeito ele, ele parecia um homem de cerca de quarenta anos de idade. Parecia um pouco mais alto do que a vítima. Parecia estrangeiro. Eu diria que ele parecia o que eu chamaria de maltrapilho tentando se passar por fino.*

A descrição não era completamente diferente daquela fornecida por Emily Walton.

A CAÇA AO 'AVENTAL DE COURO'

A polícia e o povo, enquanto isso, haviam se concentrado no fato de que um grande avental de couro havia sido encontrado descartado no quintal do número 29 da Hanbury Street a uma pequena distância do corpo. Foi encontrado na tina de água, tendo sido, aparentemente, esfregado e então abandonado às pressas. Assumiu-se que isso explicava como o assassino conseguia escapar com tanta facilidade depois de cometer seus crimes. Enquanto todo mundo procurava por um lunático coberto de sangue, o assassino havia protegido suas roupas com este avental de couro. O assassino foi logo apelidado de 'Avental de Couro', e assim era referido pela imprensa e pelo público igualmente.

CAPÍTULO 6

A noite do dia 9 de setembro foi movimentada para a polícia enquanto procuravam por Avental de Couro. Antes de concluírem, não haviam capturado menos que quatro homens, sendo um deles o homem que eles procuravam afinal.

O primeiro chegou às 6 horas da tarde em Deptford, quando uma mulher se aproximou de um policial e disse que um homem agia de forma suspeita perto de South Dock. O sujeito suspeito estava bêbado e barulhento e estava em busca de uma prostituta. A polícia achou que o homem parecia-se muito com a descrição do Avental de Couro, desta maneira, o prendeu e chamou o inspetor Abberline.

Somente após a 1 hora da manhã, o policial vigiando Buck's Row, onde Nichols fora assassinada, viu um homem agachado em um canto bem mal iluminado. O policial direcionou a lanterna no sujeito, revelando um homem que depois descreveu como 'um sujeito com aparência de vilão, com cabelos longos e barba desalinhada, vestido somente com calças de sarja azuis e uma camisa suja e velha'.

Assim que a lanterna o iluminou, o homem fugiu. Correu até a Brady Street e virou na Whitechapel Road. O policial o seguiu gritando 'Avental de Couro'. Quando o fugitivo entrou na Whitechapel Road, dois pedestres o agarraram. O homem lutou e chutou os pedestres, tentando se esquivar, mas acabou sendo derrubado, e depois arrastado até a Delegacia de Bethnal Green com uma pequena aglomeração em seu encalço.

Pouco mais de uma hora depois, um policial que vigiava a Gloucester Street esbarrou em um homem que coincidia com a descrição do Avental de Couro. Ele pediu ao homem que o acompanhasse até a Delegacia da Commercial Street. O homem foi detido para questionamento.

Nenhum desses homens era o Avental de Couro do fim das contas. O homem em Deptford e aquele da Gloucester Street eram marinheiros que haviam chegado em Londres havia pouco. O homem em Buck's Row também tinha um álibi forte, mas era procurado para inquérito a respeito de um assalto em Kensington para que a polícia tivesse direito ao crédito.

De qualquer forma, na manhã de 10 de setembro, o sargento da polícia William Thick era um homem com uma missão. Ele não só sabia quem o Avental de Couro era, como também sabia onde o Avental de Couro se escondia. John Pizer, o nome real do Avental de Couro, representava um incômodo na área de vigilância de Thick. Um criminoso insignificante com tendências à violência contra mulheres, que havia recebido seu apelido pelo hábito de vestir um avental de couro de sapateiro, fingindo ser um profissional honesto.

Às 8 horas da manhã, o sargento Thick chegou à Mulberry Street, número 22, em Whitechapel. Bateu na porta e não se surpreendeu quando o irmão de Pizer abriu a porta. Thick pediu para falar com John Pizer, mas o irmão negou que ele estivesse lá. Thick entrou, empurrando o irmão mais velho de Pizer, e o encontrou escondido em um canto da cozinha. Pizer implorou para que Thick fosse embora, mas Thick o deteve por suspeita de assassinato. Quando Thick começou a empurrar Pizer em direção à porta, Pizer caiu em prantos, dizendo que seria arrasado por um quadrilha se colocasse os pés para fora de casa. Thick pegou um chapéu e o entregou a Pizer, dizendo-lhe que o puxasse sobre o rosto.

Menos de cinco minutos depois, Pizer estava sendo conduzido, às pressas, pela porta da Delegacia da Leman Street. Uma mulher que estava na sala da recepção encarou Pizer e saiu correndo do prédio. Dentro de cinco minutos, havia uma multidão reunida ali. Mais vinte minutos, e mais de cem pessoas se encontravam na parte de fora da delegacia, e a polícia havia trancado as portas. Dez minutos depois, toda a Leman Street se encontrava bloqueada. A multidão estava furiosa. Havia homens gritando que o Avental de Couro devia ser trazido para fora para que fosse linchado. Alguns passaram a arremessar pedras.

Um pouco depois das 9 horas da manhã, o sargento encarregado saiu pela porta principal. Acenou com os braços para que a multidão fizesse silêncio. E então, com muito vigor, disse à multidão que ele vestia o uniforme de Sua Majestade e que desafiava a multidão a colocar as mãos nele. Neste momento, reforços policiais marcharam da Delegacia da Commercial Street, penetraram com dificuldade pela aglomeração, e se juntaram em frente à estação. A multidão começou a se dispersar, mas, ao meio-dia, ainda havia uma centena de pessoas ou mais pairando por ali.

Os homens na Delegacia da Leman Street fotografados no pátio da delegacia no ano anterior aos assassinatos.

Naquela noite, uma multidão se juntou na Mulberry Street na esperança de que Pizer retornasse ao local. A polícia local os viu e convocou reforços. Depois de um tempo, ficou claro que Pizer havia sido enviado a outro local para evitar ser localizado e, assim, a multidão dispersou.

Naquele mesmo dia, a polícia recebeu uma visita da Sra. Fiddymont, proprietária do Prince Albert pub na Brushfield Street, a apenas 200 metros da cena do assassinato. Ela dissera que às 7 horas na manhã do assassinato, recebera um cliente muito peculiar no pub, alguém que ela nunca havia visto antes. O homem tinha marcas de sangue seco nas mãos e uma mancha de sangue no pescoço, abaixo da orelha. De acordo com a Sra. Fiddymont, seu comportamento era nervoso e furtivo. Comprou uma bebida, que entornou de uma só vez, e foi embora, apressadamente, em direção à cidade. Sra. Fiddymont descreveu o homem como tendo 'olhos selvagens como de um gavião' e vestindo 'um chapéu marrom rígido, um casaco escuro, sem colete. Sua camisa, xadrez de cor azul-clara, estava dilacerada. Tinha um leve bigode e os cabelos eram curtos, de tom louro escuro.'

É FORMADO O COMITÊ DE VIGILÂNCIA DE WHITECHAPEL

Também no dia 10 de setembro, um grupo de empresários de Whitechapel e proprietários de lojas se encontraram no pub local para discutir a situação. Os homens estava preocupados com o fato de que os assassinatos e o furor que os acompanhava estavam afetando a reputação de Whitechapel. Eles haviam percebido que os clientes de fora de Whitechapel olhavam para eles de maneira desconfiada e, assim, as vendas estavam caindo. Após discutirem um pouco, estabeleceram dois planos de ação. Primeiramente, pressionariam o governo para que oferecesse maior recompensa pela captura do assassino. O parlamentar local já oferecera £100, mas nada havia acontecido. Os empresários cogitaram que o maníaco assassino havia de viver em algum lugar e que seus companheiros de residência deviam saber que se tratava de um sujeito um tanto esquisito, mas talvez ficassem reticentes quanto a denunciar um amigo à polícia. Uma recompensa em dinheiro seria capaz de superar tal reticência. Assim, uma carta foi enviada ao Secretário do Estado, Henry Matthews.

Os empresários também decidiram criar o Comitê de Vigilância de Whitechapel. Imitando os vigilantes que eram contratados em distritos mais abastados, o comitê contrataria um número de homens robustos locais para vigiar as ruas armados com porretes. Pensava-se que com vigilância local além dos guardas que já havia, seria impossível para o assassino estar sozinho com a vítima tempo suficiente para cometer um assassinato. Para organizar as patrulhas e coletar o dinheiro necessário dos empresários locais, os homens elegeram o construtor George Lusk para ser o presidente e Joseph Aarons, o tesoureiro. Dentro de dois dias, as primeiras patrulhas estavam prontas para sair por Whitechapel à noite.

A polícia ainda trabalhava arduamente e, em 11 de setembro, uma descoberta foi feita no quintal do número 25 de Hanbury Street. Na cerca, havia algumas manchas de sangue, enquanto em um canto se via um pedaço de papel completamente sujo de sangue e amassado. Eles concluíram que o assassino havia limpado as mãos no papel para se livrar do sangue e o jogara dentro do quintal.

Naquele mesmo dia, outro homem foi detido, não por suspeita de assassinato, mas por causar desconforto público. John Brennan, um operário de 39 anos de idade, havia ido a um pub em Camberwell, no Sul de Londres, e começou a conversar sobre os assassinatos macabros e obsessivos. Ele havia mostrado uma faca aos clientes, dizendo que se tratava de um instrumento de homicídio e anunciou a todos os presentes que o 'Avental de Couro' era seu amigo. Isso causou tamanha perturbação que a proprietária se trancou em um dos cômodos privados. Duas mulheres saíram correndo do pub, encontraram um guarda chamado Pillow que fazia vigilância e o trouxeram até o pub. O guarda instruiu Brennan a sair, mas, ao que este se recusou a fazê-lo, foi então preso. Quando ele apareceu no tribunal, Brennan disse que tudo não passava de uma brincadeira que fora longe demais e que estava disposto a manter a ordem.

MUTILAÇÕES INDESCRITÍVEIS

No dia 12 de setembro, a investigaçãodo Médico Legista sobre Chapman foi aberta por Wynne Baxter. No primeiro dia, foram em busca de evidências de moradores do número 29 da Hanbury Street e da polícia. Foi no dia seguinte que Dr. Phillips forneceu um relato detalhado sobre como ele acreditava que Chapman havia morrido. Ele acrescentou que o corpo havia sido sujeito a 'adicionais mutilações após a morte' e, neste momento, parou de ler sua denúncia. O seguinte procedeu:

O Médico Legista: *O objeto desta investigação não é somente determinar a causa da morte, mas o meio pelo qual ela se deu. Qualquer mutilação ocorrida depois pode sugerir o caráter do homem que cometeu o ato. É possível que vocês possam nos fornecer conclusões a respeito do instrumento utilizado.*

A Testemunha: *Você não deseja saber a respeito dos detalhes. Eu acho que se for possível deixar os detalhes de lado, seria recomendável. A causa da morte é visível pelos ferimentos que descrevi.*

O Médico Legista: *Você tem um registro deles?*

A Testemunha: *Sim.*

O Médico Legista: *Nós vamos adiar isso no momento.*

Houve suspiros da galeria do público, enquanto repórteres corriam para enfiar notas nas mãos dos mensageiros de telegramas para serem enviadas a seus editores. Todo mundo sabia do que havia sido dito aos repórteres por Davis, Green, Kent e Holland sobre o corpo remeter a um monte de sangue e que alguns órgãos internos haviam sido deslocados e colocados ao lado do corpo. Era muito claro, porém, que o médico havia encontrado algo infinitamente pior, algo terrível demais para mencionar no tribunal. Boatos de que o médico se recusava em dar maiores detalhes chegavam a todos os cantos de Londres. Independente do que tivesse sido causado ao corpo, devia ser horrível realmente.

Dr. Phillips disse, porém, que em sua opinião as mutilações feitas ao corpo mostravam um grau razoável de conhecimento anatômico. Ele também tinha a opinião de que se ele mesmo tivesse tentado cometê-las teria levado pelo menos um quarto de hora, possivelmente muito mais. Aliás, Phillips e a polícia estavam relutantes em permitir que parte desse conhecimento viesse a público. O útero, a parte superior da vagina e a maior parte de bexiga haviam sido cortados e levados pelo assassino. Não havia traços deles.

OUTRA DETENÇÃO FALSA

No dia 17 de setembro, um boato percorria Londres sobre a polícia ter capturado o assassino e que este deveria se dirigir ao Tribunal de Woolwich.

Jornalistas encheram a galeria de imprensa em Woolwich, enquanto a massa de pessoas tentando entrar na galeria do público era imensa. E como esperado, no meio da manhã, um homem foi trazido diante do Sr. Fenwick. Ele disse que seu nome era Edward Quinn e que era operário. Seu rosto estava machucado e cortado em alguns lugares, e as roupas, manchadas de sangue. Foi acusado de estar embriagado na noite anterior e de ter cometido os assassinatos de Whitechapel.

Conforme se explorava as evidências, a excitação na sala de tribunal foi gradualmente se dissipando, pois logo ficou claro que o homem era inocente. De acordo com Quinn, ele caminhava de sua casa até um pub em Woolwich na noite anterior quando tropeçou em algo na calçada e bateu a cabeça com força em um muro durante a queda. Embora ele não tivesse percebido no momento, o corte em sua cabeça havia sangrado e suas roupas ficaram manchadas. Depois de se recuperar, Quinn foi ao pub para beber algo. Assustados com o sangue, o proprietário chamou um policial, que logo chegou e deteve Quinn.

De acordo com os registros, a audiência terminou da seguinte forma:

Sr. Fenwick: *O senhor não estava bêbado?*

Quinn: *É certo que não, senhor.*

Sr. Fenwick: *O senhor será detido até amanhã.*

Quinn: *Isso é bem complicado. Eu sou arrastado por uma milha até uma delegacia, encarcerado, e agora preciso aguardar mais um dia com essa suspeita de assassinato pairando sobre mim.*

Sr. Fenwick: *Eu vou deixar sua fiança por £5 para o seu retorno.*

Quinn: *Eu contesto tudo isso. Imagine, eu, matar uma mulher? Eu não poderia matar nem menos um gato (risadas).*

O policial não insistiu no assunto e liberou Quinn.

No mesmo dia, o Médico Legista Baxter reabriu seu inquérito quanto à morte de Mary Ann Nichols. O inspetor Helson apareceu para dar um resumo das ações da polícia até o momento, mas precisou admitir que nada havia sido encontrado e que não havia nenhum tipo de progresso no caso. O primeiro jurado perguntou então se poderia dizer algumas palavras. Baxter concordou. A seguinte conversa mostrou claramente como os assassinatos e a falta de progresso eram vistos na época pelas ruas de Whitechapel. De acordo com o *Evening Standard*:

> *O primeiro jurado disse que se tivessem oferecido uma recompensa substancial no primeiro caso, ele acreditava que os últimos dois assassinatos jamais teriam acontecido. Se a questão fosse colocada diante do Secretário do Estado, e uma grande recompensa fosse prometida, ele (o jurado) estaria disposto a dar £25. Se as pessoas assassinadas pertencessem à classe rica da aristocracia, uma recompensa teria sido imediatamente oferecida.*

Baxter, o Médico Legista, pediu para que o jurado se sentasse e declarou que 'o Governo se importava tanto com as vidas dos pobres quanto com as dos ricos'.

Baxter então resumiu a evidência apresentada na audiência. Ele acrescentou que em sua opinião um necrotério público adequadamente equipado deveria ser instalado em Whitechapel assim que possível. Depois disso, pediu que o júri expusesse seu parecer. O jurado respondeu:

> *Sim, senhor. Nossa opinião é unânime quanto ao veredito aberto de Assassino contra uma pessoa ou mais pessoas desconhecidas, e desejamos agradecê-lo por suas observações em relação à necessidade de um necrotério, e pela competência com que o senhor conduziu esta audiência.*

WHITECHAPEL QUASE DE VOLTA AO NORMAL

Neste momento, a polícia havia aumentado o número de suas rondas, enquanto as patrulhas do Comitê de Vigilância de Whitechapel igualmente aconteciam com mais frequência. Um repórter do *Evening Standard* passou uma noite perambulando pelas ruas de Whitechapel e viu que a região estava quase de volta ao normal. No dia seguinte, registrou o seguinte relato:

O susto que a divulgação do quarto e mais hediondo dos assassinatos causou no distrito diminuiu consideravelmente. Conforme as pessoas se familiarizaram com os detalhes da tragédia e foram sendo acalmadas pelo conhecimento das medidas de proteção ativas adotadas pela polícia, todo mundo está voltando ao seu estado normal. Isso é claramente evidenciado pelo aspecto de Whitechapel Road na segunda-feira à noite até as primeiras horas da manhã – o aspecto era completamente diferente do mesmo horário do dia anterior. No domingo à noite, as calçadas estavam quase desertas, mas 24 horas depois, grupos de homens e mulheres conversavam, brincavam, davam risadas altas até muito depois de o relógio da St. Mary soar uma hora. Ao passar pelos grupos de pessoas, as palavras mais repetidas em suas conversas eram 'Avental de Couro.' O termo havia se tornado um lema na calçada e na sarjeta, e cada vez mais se escuta, 'Avental de Couro' acompanhado por uma risada do que sussurrada em um tom que indica medo do indivíduo que supostamente vive por aí com esse apelido. Embora muitas pessoas, incluindo muitos membros da polícia, acreditem na culpa do 'Avental de Couro,' a conversa nas calçadas convence os transeuntes que um grande número de outros habitantes de East End são céticos quanto a sua personalidade. Então, pode-se dizer com franqueza que as vias na segunda-feira à noite apresentavam sua aparência normal. Havia a porção comum daqueles vestidos de maneira espalhafatosa, barulhentos, e mulheres vulgares nos cruzamentos iluminados, e uma porção ainda mair de criaturas miseráveis, mal alimentadas, abatidas do mesmo sexo cuja vida difícil, hábitos insalubres e maus espíritos delimitam tão simplesmente seu seguro social. Logo depois da uma hora, os membros mais bem vestidos da coleção heterogênea desapareceram, mas os pobres miseráveis continuavam se arrastando de poste em poste, ou de um beco escuro ao outro, até que os sinais débeis da alvorada apareciam. Saindo da rua principal – em vias como a Commercial Street e a Brick Lane – não havia quase nada que chamasse a atenção. Guardas passavam lentamente pelos grupos de mendigos amontoados no espaço da entrada de alguma casa. Outros guardas, cujos trajes simples não poderiam evitar que suas figuras robustas, diligentes traíssem seus chamados, desfilavam em duplas, emergindo, vez ou outra, de alguma via mal iluminada, passando por seus colegas uniformizados com ar de profunda ignorância.

Mas se as coisas pareciam de volta ao normal, era somente aparência. E isso será demonstrado a seguir.

CAPÍTULO 7

JACK, O ESTRIPADOR

Tendo três mulheres sido assassinadas de forma quase idêntica em menos de cinco semanas, ficava cada vez mais claro que um assassino perigoso estava à solta e que, embora os rumores chegassem a milhares, ninguém tinha nenhuma pista de quem ele fosse. Até o momento o assassino não tinha nome, mas tudo isso, de repente, mudou, quando a polícia recebeu uma carta sem dados do remetente que dizia ser do assassino. Estava assinada com um nome ameaçador, apavorante, que desde então tomou conta da imaginação popular: Jack, o Estripador.

MAIS SUSTOS, MAIS DETENÇÕES

No dia 14 de setembro de 1888, os restos de Annie Chapman foram enterrados em condições de sigilo, uma vez que a polícia desejada evitar desordem nas ruas. O *London Evening News* trazia a história:

> *O velório de Annie Chapman, a última vítima do assassinato de Whitechapel, aconteceu ontem pela manhã. Observou-se grande sigilo em sua disposição, e nenhum dos agentes funerários, membro da polícia e parentes da falecida sabia de nada. Pouco depois das sete horas, um carro funerário se aproximou do necrotério na Montagu Street, e o corpo foi rapidamente removido. Às nove horas, houve uma comoção em direção ao Cemitério Manor Park: o local selecionado pelos amigos da falecida para o sepultamento, mas nenhuma carruagem acompanhou, uma vez que desejava-se evitar a atenção do público.Sr. Smith e outros parentes*

encontraram o corpo no cemitério, e o serviço foi devidamente realizado de maneira ordinária. Os restos mortais da falecida foram fechados em um caixão de olmo com revestimento preto, que estampava as palavras, 'Annie Chapman, falecida em 8 de setembro de 1888. 48 anos de idade'.

A polícia tinha boa razão para se preocupar com a reação do público ao velório. A série de assassinatos ainda dominava a vida de Whitechapel e também de East End, Londres, e os sustos eram frequentes. Na noite de 12 de setembro, um vigilante que trabalhava perto da Torre de Londres foi abordado por um homem que lhe perguntou: 'Você já capturou algum dos assassinos de Whitechapel?' Quando ouviu que ninguém havia sido capturado ainda, o homem sacou uma faca com uma lâmina de 30 centímetros de extensão e passou a balançá-la no ar gritando, 'É isso que os aguarda!' E então saiu correndo. O guarda, assustado, começou a persegui-lo, corajosamente, mas sem êxito, perdeu o homem perto da Dock Street. O que era sinistro era o fato de que a direção tomada pelo homem levava a Whitechapel.

Mais tarde naquela mesma noite, dois homens se envolveram em uma briga na porta de um pub em Whitechapel. Um policial que passava por ali apartou a briga, mas um dos homens continuou agindo agressivamente e ameaçou esfaquear seu adversário. O policial o deteve e o levou à delegacia, onde, após ser revistado, descobriram que o homem portava um facão. O homem era baixo, gordo, tinha cabelos escuros, e portanto, não correspondia à descrição que a polícia buscava. Contudo, o sujeito precisou comprovar seu paradeiro nas noites dos assassinatos antes de ser liberado das investigações.

No dia do velório, não havia progresso a respeito do caso. O papel encontrado no quintal do número 25 havia sido analisado e confirmou-se que o sangue era humano. Enquanto isso, Edward Stanley, 'o Pensionista', que havia saldado algumas das contas de Annie Chapman, desapareceu de sua casa sem contar a nenhum de seus conhecidos aonde pretendia ir. Um turbilhão de emoções quanto ao fato de ele poder estar fugindo devido à consciência pesada foi dispersado quando entrou em contato com a polícia para dizer que seu deslocamento se justificava pela busca por um emprego. Outra pessoa que apareceu foi Emma Potter, uma adolescente que havia desaparecido da casa de sua família alguns dias antes. Acreditava-se que ela podia ser mais uma vítima do assassino. Ela havia simplesmente sumido. Sua mãe relatou estar aliviada em ver a filha, mas seu comportamento não lhe impressionava.

A polícia também havia encontrado uma ligação entre as duas vítimas do assassinato. Enquanto rastreavam um grande número de pessoas que haviam se hospedado em Crossingham durante a estadia de Chapman, encontraram um nome já conhecido: Mary Ann Connelly. Conelly, outra prostituta, não só havia compartilhado o quarto com Chapman, mas era também a prostituta que estava com Martha Tabram na noite em que estiveram com dois soldados, quando foi assassinada. Isso era considerado importante, uma vez que ainda poderia existir a possibilidade de o assassino sentir ressentimento contra as mulheres que ele havia matado ao invés de se tratar de um ato aleatório. Onde havia uma ligação, poderia haver mais. Connelly foi chamada para inquérito novamente.

Connelly forneceu ao Inspetor Reid o nome e o endereço de um homem que havia conhecido Tabram e Chapman. Não só isso mas, como Reid observou certa vez, o endereço ficava a apenas dois minutos de caminhada a partir de Buck's Row, onde Mary Ann Nichols havia sido assassinada. Um homem com ligação com três vítimas era claramente o suspeito principal. Juntamente ao Detetive Sargento Enright e o sargento Godley, Reid foi questionar o homem. Porém, o sujeito foi rápido demais para apontar um álibi e testemunhas para provar onde havia estado no horário dos assassinatos. O novo suspeito principal precisou ser descartado quase que imediatamente.

MORADORES DE EAST END CULPAM AS AUTORIDADES

No dia 15 de setembro, o editor do *Evening News* sentiu necessidade de escrever um editorial com uma mensagem forte em defesa da polícia. As pessoas de East End estavam preocupadas, assustadas e em pânico, e muitas haviam escrito cartas e assinado petições culpando a polícia ou o Secretário do Estado pelas falhas na captura do louco à solta pelas ruas. O editor escreveu:

> *O protesto, porém, que é feito contra a polícia por esta não ter prendido o assassino verdadeiro é injusto. Ninguém pode esperar que um guarda policial seja onipresente. E não é nenhum descrédito para a força policial o fato de um de seus membros não estar em um local no exato momento em que Annie Chapman foi morta em um quintal na Hanbury Street. Depois do crime, o assassino sumiu como se jamais tivesse estado ali, e não deixou absolutamente nenhum rastro de sua existência, exceto o ato pestilento cometido. Não havia nenhuma pista, nem mesmo um traço de pista, dica sobre seu paradeiro para guiar a polícia. Não é só que as coisas ficaram vagas e duvidosas, mas o fato é que havia um vazio absoluto. Sob essas circunstâncias, é uma idiotice ridícula culpar a polícia por não fazer mais do que foi feito. Não é demais dizer que o mais alto dos intelectos do país falharia, assim como um guarda ou detetive qualquer, na detecção de um criminoso que não deixa qualquer rastro, a menos que a detecção fosse uma espécie de acidente.*

O fato era, porém, que a polícia não havia capturado o homem capaz de assassinar e mutilar em silêncio e, aparentemente, de forma aleatória. O público continuou alerta e nervoso.

No dia 18 de setembro, Adelaide Rogers estava sozinha na Down Street, em Piccadilly, quando foi abordada por um homem. O homem a atacou de repente, golpeando sua cabeça antes de sair correndo. O *Evening News* conduziu a história com as palavras 'Outra Atrocidade Terrível' e declarou que o homem havia tentado cortar a garganta da mulher, mas que ela havia relutado. Mas em edições posteriores, o jornal precisou se retratar depois que ficou claro que não havia nenhuma faca envolvida e que se tratava de um simples roubo.

UMA RECOMPENSA É OFERECIDA

O Comitê de Vigilância de Whitechapel ainda estava fazendo seu trabalho de coletar dinheiro de estabelecimentos locais e contratar homens para vigiar as ruas. No dia 19 de setembro, o secretário Joseph Aarons recebeu uma resposta da Administração Interna a respeito de sua solicitação por uma recompensa alta em dinheiro a ser oferecida em troca de informações que levassem à captura do assassino. A carta dizia:

> **Senhor** – *fui encaminhado pelo Secretário do Estado para confirmar o recebimento de sua carta do último dia 16 com referência ao pedido da oferta de recompensa pela descoberta dos responsáveis pelos recentes assassinatos em Whitechapel, e devo informar que se o Secretário do Estado tivesse considerado o caso digno da oferta de recompensa, ele teria logo oferecido uma em nome do próprio Governo, mas tal prática de oferecimento de recompensas pela descoberta de criminosos foi suspensa há alguns anos porque a experiência mostrou que tais ofertas de recompensa tendem a causar mais dano do que benefício, e o Secretário do Estado está satisfeito com o fato de que não há nada nas circunstâncias do presente caso que justifique o abandono desta regra.*
>
> *Estou encarecidamente à sua total disposição,*
>
> *G. Leigh Pemberton.*

O Comitê de Vigilância ficou pouco impressionado e concluiu que caberia às pessoas de Whitechapel lidarem com a questão por conta própria. Na noite seguinte, havia uma grande reunião pública em um salão na Mile End Road com o propósito único de divulgar e condenar a carta. Havia diversos oradores, todos em acordo de que alguém, em algum lugar, devia conhecer o assassino e ter suspeitas sobre seu comportamento estranho. A reunião, que beirava a superlotação, terminou com denúncias ruidosas das autoridades e – para os animados – com o comunicado de Aarons que dizia que o Comitê de Vigilância estava contribuindo com £50 para chegar aos £100 já oferecidos pelo parlamentar local.

O vigário da St. Jude, em Whitechapel,escreveu uma carta longa e atenciosa ao jornal *The Times*. Ele declarava que a morte das pobres mulheres teria servido algum propósito

> *se pelo menos a consciência das pessoas despertasse à consideração da vida que esses horrores revelam. Os assassinatos eram, pode-se dizer basicamente, predestinados. Não seria possível que uma geração seguisse a outra em intercâmbio desordenado, as crianças não poderiam se familiarizar com cenas de degradação, a comunidade em crime não poderia ser o vínculo da sociedade e o fim de toda a paz.*

Em seguida, ele pediu por maior presença da polícia, melhor iluminação nas ruas, limpeza das ruas, remoção dos matadouros e outras indústrias nocivas de ruas residenciais, liberação dos piores edifícios de cortiços e controle mais restritivo das autoridades cívicas a respeito do que acontecia em sua paróquia.

TODO MUNDO É SUSPEITO

Naquele mesmo dia, uma nova detenção causou entusiasmo, pois envolvia uma faca do tipo que o assassino utilizara. Alexander Feinberg, residente do número 51 da Leman Street, parou em uma banca que vendia café na Whitechapel Road em seu caminho para o trabalho. Foi então empurrado brutalmente por outro homem que parecia estar embriagado. O vendedor disse ao homem que fosse embora, ao que Feinberg resmungou concordando. O homem então sacou uma faca com uma longa lâmina e se lançou sobre Feinberg, que saltou para o lado. Outros homens na banca agarraram o homem da faca e o dominaram até o chão. Surgiu então um policial, que o algemou e o arrastou até a delegacia. Verificou-se então que se tratava de Charles Ludwig, um indivíduo desagradável já procurado por assaltos. Contudo, ele não era o assassino.

No dia 26 de setembro um homem surgiu na Delegacia de Wandsworth em estado de grande excitação. Anunciou que saíra de um pub, onde estivera bebendo com um homem com quem trabalhava, um gesseiro chamado John Fitzgerald, quando este confessou ser o assassino de Whitechapel. O homem sabia que Fitzgerald podia ser agressivo quando alcoolizado, então a confissão não era impossível. Ele logo deu algumas desculpas para sair dali e correu até um policial. Apressando-se para chegar ao pub, a polícia descobriu que Fitzgerald havia ido embora, mas uma vez que se sabia que vivia em albergues comuns, não demorou muito para encontrá-lo.

Preso e levado à delegacia, Fitzgerald confessou o assassinato de Chapman, embora não os demais. Era óbvio à polícia, porém, que o homem estava bêbado a ponto de não conseguir ficar em pé. Ele foi colocado em uma cela até a manhã seguinte. Depois de sóbrio, Fitzgerald retirou a confissão e disse logo à polícia onde estivera e quem poderia lhe servir de álibi. A polícia verificou o álibi e conseguiu obter declarações das testemunhas. Depois de estabelecido que Fitzgerald não havia estado próximo a Whitechapel quando os assassinatos aconteceram, foi liberado em 29 de setembro de 1888.

Enquanto isso, uma correspondência animada estava sendo conduzida no *The Lancet*, o jornal especializado em medicina, sobre mania homicida. A visão do estabelecimento médico tendia a ser de que não se tratava de um lunático. *O The Lancet* resumiu sua visão dizendo: 'A teoria de que uma sucessão de assassinatos que foram cometidos ultimamente em Whitechapel foram obra de um lunático parece não ter sido, até o momento, bem estabelecida.'

Médicos particulares que trabalhavam com doentes mentais não tinham tanta certeza assim. Dr. Forbes Winslow da Wimpole Street, que havia realizado uma entrevista longa no ano anterior com um assassino posteriormente declarado insano, escreveu: 'Lunáticos homicidas são astuciosos, mentirosos, convincentes, e, na superfície e externamente, sanos. Mas há, em sua natureza mais íntima, um sujeito perigoso em busca de sangue que, embora às vezes latente, vai se revelar quando existir a oportunidade.'

No fim do mês, o *Lancet* pedia que as autoridades reprimissem as 'imagens imorais' de 'caráter depravado' que eram utilizadas em cartazes de teatro ou em vitrines de lojas a fim de divulgar shows e produtos. A razão era que a exibição ousada de fotos de calcanhares femininos, decotes e outras imagens provocativas poderiam inflamar as paixões dos transeuntes e colaborar com os assassinatos.

PÂNICO DOMÉSTICO E INTERNACIONAL

Os jornais de Londres continuaram imprimindo anedotas e incidentes relacionados aos assassinatos. Em 28 de setembro, o *Evening News* trazia a seguinte história da Irlanda.

Na quarta-feira à noite, uma jovem chamada Duffy, moradora, juntamente a seus pais, da Chapel Street, em Newry, correu para casa de um campo no subúrbio da cidade, onde havia ido buscar as vacas para levá-las de volta para casa, e declarou ter sido abordada por um homem apenas parcialmente vestido que saltou de trás de uma cerca viva e a perseguiu pelo campo, dizendo ser o 'Avental de Couro' e o assassino das vítimas de Whitechapel. Quando a garota chegou em casa sem as vacas, estava quase sem fôlego e em estado de grande perturbação. Seu pai informou a polícia sobre o caso, e eles se dirigiram ao campo, mas não encontraram o estranho misterioso. Um susto parecido tem mexido com a cabeça das pessoas de Warrenpoint e do distrito nos últimos três ou quatro dias. O pânico entre as mulheres é tão grande que nenhuma delas consegue sair de casa depois de escurecer na Newry Road. A polícia acredita que o homem misterioso é algum indivíduo perturbado.

No dia 28 de setembro, uma mulher foi derrubada por um homem que havia entabulado uma conversa inicialmente em Whitechapel quando já anoitecia. Ela gritou e o homem saiu correndo. Ela deu a descrição do homem à polícia, que não conseguiu encontrá-lo.

No dia seguinte, um guarda encontrou um desenho feito de giz na calçada de St. John Hill durante sua ronda em Wandsworth. A primeira coisa que viu foi uma longa seta de giz sobre a calçada da Kingsland Road apontando para a palavra 'Veja!' Outra seta então apontava para as palavras 'eu sou o Avental de Couro. Só mais cinco, e eu vou me entregar'. Abaixo, havia um esboço de um homem com uma faca no ar apontada a uma mulher. Depois de chamar o sargento, o guarda fez uma anotação dos desenhos, e as apagou para evitar causar preocupação entre os moradores locais.

UM QUARTO ASSASSINATO SILENCIOSO

À 1 hora da manhã de 30 de setembro, Louis Diemschutz conduzia seu pônei e carroça pela Berner Street. Entrou no Dutfield's Yard com a intenção de estabular seu pônei e guardar a carroça, mas o pônei de repente se espantou com alguma coisa. Não havia luz no pátio, e tudo o que Diemschutz conseguia enxergar era um objeto no chão. Ele o cutucou com seu chicote, acendeu um fósforo e percebeu que se tratava de uma mulher. Achando que ela poderia estar alcoolizada ou doente, Diemschutz foi à Associação Educacional Internacional de Operários ali perto para pedir ajuda.

Diemschutz voltou com Isaac Kozebrodsky, Morris Eagle e uma vela. Com ajuda da vela, viram que a garganta da mulher estava cortada, e que uma grande poça de sangue cobria o chão. Os homens saíram correndo imediatamente pelas ruas em busca da polícia. Correram em direções opostas. Eagle voltou logo com os guardas Henry Lamb e Edward Collins. Apenas um rápido olhar foi suficiente para Lamb. Enviou Eagle direto à Delegacia da Leman Street para buscar o Inspetor Reid, enquanto Collins fora enviado para fechar a associação e manter todo mundo protegido. Lamb se ajoelhou perto do corpo. Percebeu que ainda estava quente, que o sangue não havia endurecido completamente, mas não havia sinal de pulso. Percebeu que o corpo havia sido disposto da mesma maneira que os outros, com as pernas separadas, remetendo ao ato sexual, mas a saia não havia sido levantada e não havia nenhum ferimento perceptível na região do abdômen ou da virilha.

Lamb fechou os portões ao pátio para evitar que qualquer pessoa entrasse ali e vasculhou todos os cantinhos e fissuras com a luz de sua lanterna. Dr. Frederick Blackwell chegou e confirmou que a mulher se encontrava morta. Lamb chegara à associação para examinar as mãos e as roupas de todas as pessoas ali metodicamente em busca de marcas de sangue quando Reid chegou.

Reid começou anotando os nomes e os endereços de todo mundo da associação, e então interrogou cada um ali brevemente. À medida que os policiais chegavam, Reid os enviava para bater nas portas da vizinhança para interrogar os moradores. Rapidamente se tornou óbvio que o assassinato tinha acabado de acontecer quando Diemschutz chegou. Uma reunião na associação acabara às 12:30, e seus integrantes haviam saído pelo pátio, mas ninguém havia percebido nada ali. Uma mulher chamada Sra. Fanny Mortimer estava parada no primeiro degrau de sua casa no número 36 da Berner Street naquela noite. Ela viu os homens saindo da reunião, escutou o relógio bater um quarto de hora para a uma e entrou em casa para ir dormir. O assassinato deve ter ocorrido entre 12:45 e 1 hora da manhã. Diemschutz disse posteriormente que tivera a impressão de que havia mais alguém ali na escuridão do pátio juntamente ao corpo, mas como imaginava que a mulher estivesse alcoolizada, não deu a

Uma visão contemporânea do assassinato de Catherine Eddowes.

atenção devida à sensação. O assassinato também fora cometido em silêncio. Uma mulher na associação estava sentada à janela que dava para o pátio durante todo esse tempo e não escutou nada.

Como sempre, o corpo não dava nenhuma pista quanto à identidade da mulher. Havia um grande bolso em sua anágua, que continha: uma chave de cadeado, um lápis pequeno, seis botões grandes e um pequeno, um pente, um pente quebrado, uma colher, uma presilha de vestido, um pedaço de musselina e dois pedacinhos de papel. Reid enviou o corpo ao necrotério na esperança de que uma foto do rosto da mulher fosse tirada pela manhã e que poderia ser usada para identificar a vítima. Dr.George Bagster Phillips, que havia se ocupado da autópsia de Chapman, havia chegado à cena antes de o corpo ser removido e seria responsável pela autópsia.

E UM QUINTO - DOIS CORPOS NA MESMA NOITE

Enquanto o inspetor Reid organizava os primeiros passos da investigação do assassinato da mulher desconhecida na Berner Street, o guarda Edward Watkins fazia sua ronda calmamente a 650 metros dali ao oeste, bem na fronteira entre Whitechapel e a Cidade de Londres. O número de policiais nas ruas havia aumentado tão substancialmente à noite que as rondas agora levavam de 15 a 20 minutos. Conforme Watkins se dirigia à Mitre Square à 01:44 da manhã, portanto, ele refazia os passos dados à 01:28. Nesse momento, já havia chamado George Morris, o vigia noturno em serviço no galpão da Kearley & Tonge que ficava na praça. Os dois homens haviam conversado brevemente, e Morris havia prometido preparar-lhe uma xícara de chá quando voltasse em mais ou menos 15 minutos.

A praça era pequena, tinha aproximadamente 45 metros de comprimento. Antes de voltar para tomar seu chá de boas-vindas, Watkins apontou a lanterna para a esquerda, então deu alguns passos e apontou a lanterna para um canto longe ao lado de uma casa vazia. Watkins tomou um choque com o que viu. Deitada de barriga para cima, em uma posição já conhecida, encontrava-se uma mulher. Sua saia estava levantada e o abdômen tinha um corte – havia sangue e vísceras para todos os lados.

Watkins correu até o galpão de Kearley & Tonge e empurrou a porta, gritando: 'Pelo amor de Deus, amigo, me ajude!'

Morris estava em sua escrivaninha. Parou para pegar sua própria lanterna e disse, 'O que houve?'

'Oh, meu Deus,' Watkins disse, 'há outra mulher destroçada!'

Os dois homens voltaram ao corpo. Watkins pediu a Morris que buscasse ajuda enquanto ele ficava ali e utilizava sua lanterna para examinar o corpo e seu entorno. Era uma tarefa aterradora, porém, necessária. Ele

Um esboço do corpo de Catherine Eddowes mostrando a posição do corpo e dos órgãos – dois bilhetes de penhor encontrados em uma lata de mostarda haviam sido usados para identificá-la.

não conseguia ver nada ali que pudesse servir de pista. Morris voltou em cinco minutos com mais dois policiais, o guarda James Harvey e o guarda Holland, que vieram correndo ao ouvir seu pedido por ajuda. Holland foi buscar Dr. George Sequeira e o inspetor Edward Collard, que chegaram à cena às 2 horas da manhã. Sequeira iniciou uma breve inspeção do corpo no mesmo momento, estimando que ela devia estar morta havia não mais que 20 minutos, e que a morte havia sido provocada pelo corte em sua garganta. Dr. Frederick Brown, o cirurgião oficial da polícia que havia chegado havia poucos minutos concordou.

Assim como aconteceu com o corpo encontrado na Berner Street, a mulher na Mitre Square não tinha nada que indicasse quem ela era. Suas roupas estavam sujas e mal conservadas, o que indicava que ela era muito pobre, mas não se podia deduzir muito mais que isso. A Mitre Square ficava na Cidade de Londres, o que significava que sua jurisdição pertencia à Polícia da Cidade, não à Polícia Metropolitana. Passaram-se algumas horas até que se percebesse que os dois corpos haviam sido encontrados. Rapidamente se assumiu que o assassino havia cometido um crime na Berner Street, mas havia sido perturbado pela chegada de Diemschutz antes que pudesse realizar suas mutilações e, assim, se deslocou ao oeste pa fim de cometer outro crime.

O ASSASSINO DEIXA UM RASTRO

Mas o terror da noite para a polícia ainda não tinha chegado ao fim. O guarda Alfred Long fazia a ronda de sua área e às 02:55 da manhã avançava pela Goulston Street. Como sempre, olhou para baixo para os becos laterais e em várias portas de entrada. Na entrada das escadarias que conduzia aos números 108 e 119 de Model Dwellings (um bloco de cortiços), seus olhos se desviaram para algo que não estava ali da última vez que passara por lá por volta das 02:25. Long se dirigiu à entrada e examinou o objeto. Era um pedaço de tecido de algodão, completamente encharcado de sangue e manchado em alguns pontos com o que parecia ser excremento. Uma vez que estivera em ronda desde muito antes da meia-noite, Long não sabia sobre nenhum dos novos assassinatos que haviam ocorrido naquela noite. Contudo, aquele tecido ali era estranho o suficiente para que ele decidisse voltar à delegacia para entregá-lo.

Quando Long virou para deixar as escadarias, viu uma escritura em giz rabiscada na parede da entrada. Pegou seu caderno e copiou o que dizia: 'Os Judeos são os homens que não serão acusados de nada'. Long convocou a presença do Detetive Policial Daniel Halse da Polícia da Cidade de Londres para assumir o comando dos estranhos achados. Halse sabia sobre o assassinato na Mitre Square e, assim, logo se interessou pela informação sobre o tecido manchado de sangue. Aparentemente, o assassino havia limpado as mãos em um pedaço de papel encontrado após o assassinato na Hanbury Street, e esta poderia ser uma conduta repetida. Halse também fez anotações em seu caderno, mas escreveu uma versão ligeiramente diferente da escritura em giz: 'Os Judeos não são os homens que serão acusados de nada'.

Halse também sabia de mais uma coisa. O corpo da Mitre Square havia sido levado ao Necrotério Golden Lane. Antes de Dr. Frederick Brown poder começar a trabalhar no corpo, era preciso despi-lo. Conforme o procedimento era realizado, descobriram que a mulher morta vestia um grande avental branco, mas que este havia sido cortado em duas partes com uma faca afiada e que uma das metades estava ausente. Halse levou o tecido manchado de sangue de volta ao necrotério e descobriu que se tratava da outra metade. Imediatamente enviou o detetive Hunt de volta à Goulston Street para começar a bater de porta em porta para questionar todo mundo na região a fim de descobrir se haviam visto ou ouvido alguma coisa diferentes entre 02:20 e 02:55 da manhã, o intervalo em que o avental sujo de sangue caiu. Os cômodos perto das escadarias onde o avental havia sido encontrado foram minuciosamente revistados, mas nada foi encontrado.

A atenção então foi desviada à escritura em giz. Independentemente da ordem das palavras da escritura, seu significado estava claro. A pessoa que o havia escrito achava que os judeus eram culpados por alguma coisa, mas que escapariam da acusação. Na opinião de Halse e de Long, aquela escritura era nova. Ficava próximo o suficiente da entrada para ter sido roçada pelas pessoas que passavam por ali para entrar e sair do edifício. Mas não estava nem um pouco apagada, então devia ter sido escrita depois de os moradores irem dormir, perto da meia-noite. Concluíram que havia sido escrita pelo assassino no momento em que deixara o avental cair.

OS JUDEUS SÃO SUSPEITOS

A polícia já tinha duas testemunhas que pensavam ter visto o assassino em série, e ambos diziam que parecia 'exótico' em sua aparência. O suspeito John Pizer, que havia sido liberado após seu álibi ter sido consistentemente confirmado, era judeu. O que se falava pelas ruas era que nenhum nativo de Londres cometeria crimes tão hediondos, e suspeitava-se cada vez mais do grande número de judeus que chegava do Leste Europeu. Eles tinham hábitos diferentes, falavam entre si em uma língua incompreensível e não se integravam à comunidade local do modo que as ondas anteriores de imigrantes o faziam. Além do mais, mais de 50 por cento da população da Goulston Street era judia.

Quando o Superintendente da Polícia Thomas Arnold soube do avental e da escritura, ficou imediatamente alarmado. Sua preocupação era que a informação da escritura viesse à tona e que houvesse, por isso, uma rebelião contra os judeus. Ele enviou um homem para guardar e barrar a entrada de qualquer pessoa ali. Depois, enviou uma mensagem ao Sir Charles Warren, o Comissário da Polícia da Cidade. Warren ficou tão preocupado quanto Arnold. Exigiu que se apagasse a escritura de uma vez por todas.

O equívoco da ortografia da palavra 'Judeos' seria um ótimo desafio para a polícia. Inicialmente, achava-se que o erro podia advir do russo ou do polonês. Depois, se cogitou que poderia ser iídiche. Após investigações minuciosas pela comunidade judia imigrante, ficou estabelecido que a ortografia não tinha origem em nenhuma dessas línguas. O francês foi a próxima sugestão, antes de ser dispensado por homens franceses que viviam em Londres. Logo era comum acordo que o autor da escritura não era completamente alfabetizado e que havia simplesmente cometido um equívoco ao escrever a palavra.

AS ÚLTIMAS HORAS DE ELIZABETH STRIDE

Foi a Polícia Metropolitana que identificou o corpo primeiro. Tiraram uma foto da mulher morta cujas cópias rodaram Whitechapel com os policiais que a mostravam a qualquer pessoa que pudesse ter conhecido a pobre prostituta. A estratégia compensou quando um guarda chamado ao albergue comum do número 32 da Flower and Dean Street – uma das ruas mais perigosas de Whitechapel. A síndica substituta, Elizabeth Tanner, reconheceu a mulher imediatamente. Ela disse que era uma prostituta que saía e retornava ao albergue durante os seus anos anteriores. A mulher assassinada era uma estrangeira que respondia pelo nome de Long Liz, mas Tanner não sabia seu nome verdadeiro. Ela foi levada ao necrotério, e seu corpo foi identificado.

Questionamentos posteriores aos moradores do número 32 apontaram para diversas pessoas que reconheceram o corpo como pertencendo a 'Long Liz', mas ainda levou algumas horas para descobrirem seu nome verdadeiro: Elizabeth Stride. A informação vinha de seu amante frequente, Michael Kidney da Devonshire Street. Kidney disse que compartilhava seu cômodo com Stride, mas que haviam desfrutado de um relacionamento intermitente devido ao seu alcoolismo. Às vezes, ela ficava alcoolizada e desaparecia por vários dias até voltar novamente. A última vez que ele a havia visto fora em 25 de setembro quando deixava o trabalho nas docas. Ela estava sóbria nesta época, e ele esperava que ela estivesse em casa quando ele chegasse. O fato de ela não aparecer não o surpreendeu, porém, e ele achou que ela mais uma vez tivera uma recaída. Kidney forneceu à polícia algumas informações sobre o passado de Stride, incluindo o fato de ela ser sueca e de ter chegado a Londres cerca de 20 anos antes Isso levou a polícia à comunidade sueca de Londres, onde foi possível descobrir sobre o passado de Stride.

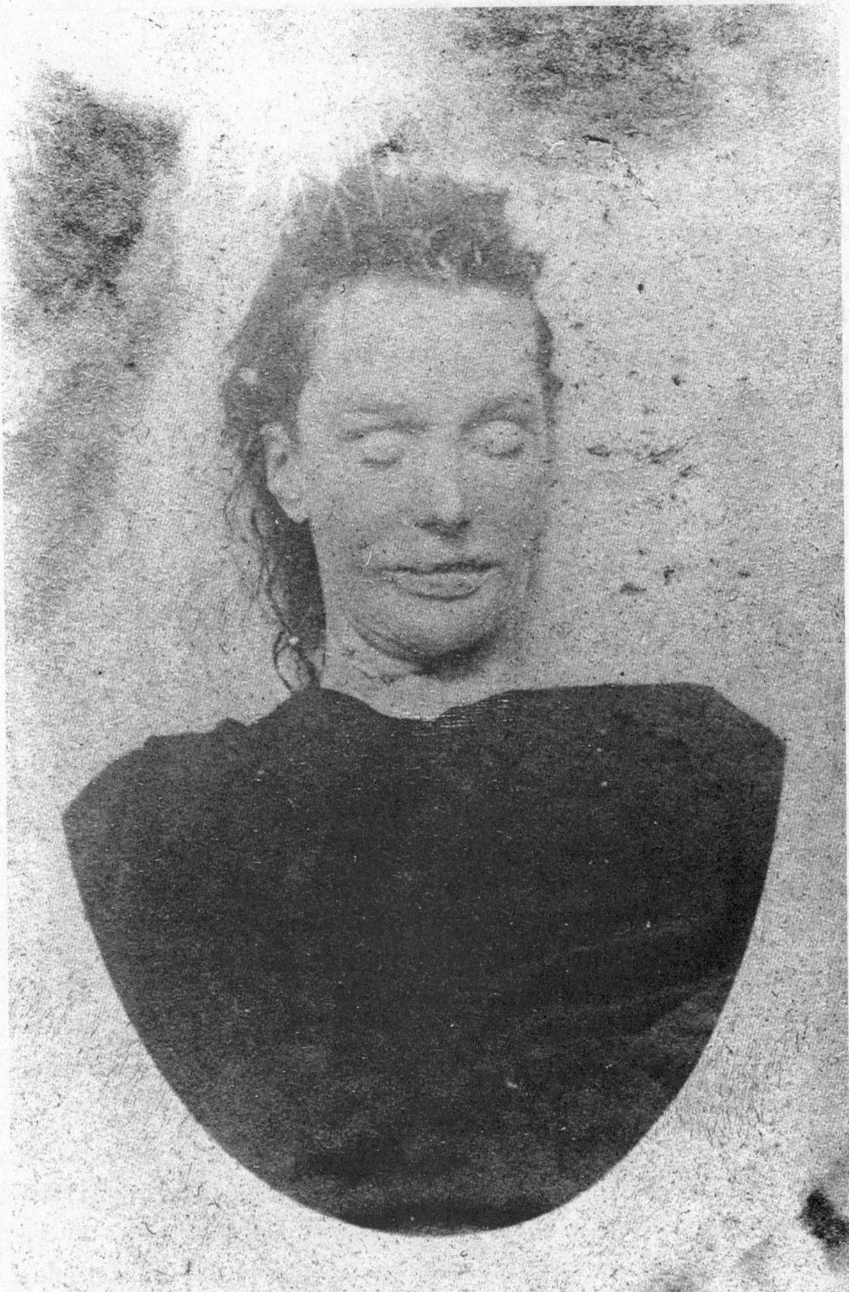

A foto do necrotério de Lizzie Stride mostra o corpo após limparem o corte em seu pescoço e trocarem suas roupas por um lençol escuro.

Stride nascera perto de Gothenburg, na Suécia, em 1843, e era filha de uma fazendeiro chamado Gustaf Ericsson. Em 1865, trabalhava como prostituta em Gothenburg, mas em 1866, se empenhou para começar do zero, aceitando o emprego de empregada doméstica com uma família sueca que estava se mudando para Londres. Em 1869, deixou o serviço doméstico para se casar com John Stride, um carpinteiro de Sheerness. O casal se separou em 1881, e depois disso, Stride dizia a todos que era viúva. Alegava que John havia morrido no naufrágio de *Princess Alice*, uma embarcação de recreio que afundou no Tâmisa em 1878, e que ela havia tido muita sorte em sobreviver. Depois disso, Stride vivera em albergues, estabelecendo-se na Flower and Dean Street em 1882 e trabalhando como prostituta novamente. Seu relacionamento com Kidney começou em 1885.

Ao questionar seus conhecidos, a polícia descobriu os passos de Stride na noite de sua morte. Ela havia passado a tarde limpando os cômodos em seu albergue como forma de pagar por sua acomodação. Saiu para beber e voltou por volta das 7 horas da noite para entregar um pedaço grande de veludo verde claro à sua companheira residente Catherine Lane para que essa o guardasse para ela. Às 11 horas da noite, Stride foi vista deixando o pub Bricklayers Arms, na Commerial Road, acompanhada por um homem que a beijava e acariciava. O homem foi descrito como um sujeito baixo, com bigode escuro, vestindo terno e casaco. Depois disso, foi vista por volta das 11:45 da noite na Berner Street. Estava parada à porta conversando com um homem que vestia um casaco preto curto e um chapéu de marinheiro. A polícia presumia que os dois homens fossem clientes de Stride.

Um pouco depois da meia-noite, Stride foi vista novamente na Berner Street, desta vez pelo guarda William Smith, que notou que ela conversava com outro homem ainda. O cliente foi descrito por Smith como um sujeito de cerca de 28 anos, vestindo um casaco escuro e um chapéu rígido de caçador que carregava um pacote embrulhado em jornal de cerca de 15 centímetros de altura e 45 de comprimento.

Duas outras testemunhas alegaram terem visto Stride depois de Smith. James Brown caminhava pela Fairclough Street (no fim da Berner Street) quando viu Stride com um homem de cerca de 1 metro e 70 centímetros com um casaco preto longo. Brown escutou Stride dizer: 'Não, hoje não. Outro dia.' Brown não tinha certeza quanto ao horário, mas achou que seria cerca de meia-noite e quarenta e cinco. No mesmo horário, mais ou menos, embora, novamente, não haja certezas, Israel Schwartz caminhava pela Berner Street. Viu uma mulher e um homem brigando. Schwartz identificou o corpo de Stride posteriormente como sendo da mulher vista. Ele disse que o homem tinha cerca de 30 anos de idade, 1 metro e 65 de altura, cabelos negros e um pequeno bigode marrom. Vestia um sobretudo e um chapéu de feltro preto velho com aba larga. O homem empurrou a mulher, e esta caiu.

Neste momento, um segundo homem que estava parado próximoa eles gritou 'Lipski' (o nome do homem que havia assassinado sua esposa em Whitechapel em 1887). De repente, Schwartz afligiu-se com a possibilidade de estar encrencado e voltou correndo à Commercial Road. O segundo homem o perseguiu por alguma distância, depois parou. Por alguma razão, a polícia não levou a evidência de Schwartz muito a sério, e ele não foi chamado para inquérito nos dias que se seguiram.

SERÁ QUE CATHERINE EDDOWES FOI VISTA COM O ESTRIPADOR?

Enquanto isso, a Polícia da Cidade se esforçava para identificar o corpo terrivelmente mutilado encontrado em sua área da Mitre Square. O corpo havia sido mutilado, e, diferentemente dos assassinatos anteriores, o rosto também estava decepado. O fato fez com que a foto do necrotério fosse quase inútil como meio de identificação. Porém, encontraram dois bilhetes de penhor em um dos bolsos, um para uma camisa masculina no nome de Emily Birrell, e o outro para um par de botas masculinas sob o nome de Anne Kelly. Os penhoristas foram capazes de identificar os bilhetes, mas não se lembravam de nada sobre as mulheres que haviam atendido. Na esperança de que os nomes pudessem ter algum significado a alguém, a polícia liberou os nomes e tipos de itens penhorados à imprensa.

Em 2 de outubro, um homem chamado John Kelly se dirigiu à Delegacia de Bishopsgate e disse que acreditava saber quem era a vítima. Foi levado ao necrotério e identificou o corpo como sendo de sua namorada, Catherine Conway. Ele contava que ele e Catherine haviam ido colher lúpulo em Kent. Enquanto estavam lá, conheceram um casal de sobrenome Birrell, e Emily Birrell entregara a Catherine seu bilhete de penhor para uma camisa que poderia servir em Kelly. Ele e Catherine haviam retornado a Londres em 28 de setembro, quando Catherine havia penhorado suas botas reserva por meia coroa, que eles usaram para comprar comida. Às 2 horas da tarde, Catherine havia se separado de Kelly dizendo que iria a Bermondsey para encontrar sua filha adulta para ver se ela podia lhe emprestar um pouco de dinheiro. Ela prometeu que voltaria, mas não o fez. Ele então retornou ao Albergue de Cooney, no número 55 da Flower and Dean Street, onde ele e Catherine geralmente se hospedavam. Ela também não apareceu por lá, mas quando leu sobre os bilhetes de penhor, logo adivinhou que se tratava da última vítima do assassino.

Munida do nome de Catherine Conway e do conhecimento de Kelly de que ela era viúva de um soldado aposentado e que tinha originalmente voltado de Wolverhampton, a polícia passou a se empenhar em rastrear sua história de vida caso houvesse um motivo para o assassinato. Descobriu-se que ela nascera em 1842 como Catherine Eddowes e fora criada por uma tia após a morte de sua mãe. Aos 21 anos de idade, fugiu com um soldado aposentado chamado Thomas Conway. O casal vivia da pensão de Conway e da venda de livros e poesias impressas, muitas das quais eram rimas de tópicos escritas por Conway. Os dois viveram juntos até 1881, quando se separaram. Foi então que Conway se mudou para Cooney e conheceu Kelly. Embora ela se referisse a si mesma como Catherine Conway, não havia evidência de que ela tivesse sido casada com Conway, portanto, geralmente é tratada por Catherine Eddowes.

A polícia também conseguiu rastrear seus deslocamentos no dia em que foi assassinada. Depois de deixar Kelly, não foi a Bermondsey, mas a um pub, e lá começou a beber demasiadamente. Às 8 horas da noite, foi encontrada bêbada na Aldgate High Street pelo guarda Louis Robinson. Robinson supôs que ela não era capaz de cuidar de si mesma e, assim, a levou à Delegacia de Bishopgate, onde foi colocada em uma cela até que voltasse a si.

À 1 hora da manhã, o sargento Byfield acreditava que ela estava sóbria o suficiente para encontrar o caminho de casa e a liberou. Antes de sair, Catherine conversou rapidamente com o guarda Hutt.

'Que horas são?' perguntou a Hutt.

Tarde demais para você pensar em beber qualquer coisa,' ele respondeu.

'Eu vou receber uma bela multa quando eu chegar em casa,' disse.

'E você merece, você não devia se embriagar,' foi a resposta de Hutt ao abrir a porta principal. 'Por aqui, senhorita.'

'Está bem,' foram suas últimas palavras. 'Boa noite, meu caro.' Hutt viu ela sair caminhando bastante firme em direção à Aldgate High Street.

À 1:35 da manhã, Joseph Lawende, um viajante comercial que trabalhava com cigarros, deixou o Imperial Club na Duke Street junto com seus amigos Joseph Hyam Levy e Harry Harris. Ao passarem pela Duke Street, Levy apontou para um casal parado na esquina de Church Passage em direção à Mitre Square. Ele disse: 'Olhem ali, eu não gosto de ir para casa sozinho quando vejo esses tipos por aí.'

Seus dois companheiros então olharam em direção à rua e viram uma mulher que depois identificaram como Eddowes conversando com um homem. Lawende descreveu o homem como tendo 30 anos de idade, 1 metro e 70 centímetros de altura, pele clara e bigode e estrutura mediana. Vestia uma jaqueta cinza larga, um boné de tecido com a ponta da mesma cor e tinha um lenço avermelhado amarrado em volta do pescoço.

Dado que o corpo de Eddowes fora encontrado apenas dez minutos depois, a polícia logo concluiu que o homem visto por Lawende, Levy e Harris era o assassino. Lawende, que havia prestado mais atenção no homem do que os outros dois, foi levado em custódia para maiores detalhes.

Enquanto a polícia se deixava levar na identificação das vítimas e buscava, sem êxito, seus passados a fim de encontrar uma razão para o assassinato, os acontecimentos nas ruas se desdobravam na mesma velocidade.

PRESO POR USAR BOTAS LIMPAS

Um policial em ronda perto da Mitre Square no domingo à noite identificou um homem que agia de maneira suspeita e decidiu interrogá-lo. O homem usava, envolto em seu pescoço, um cachecol de cores vivas, no qual se encontraram vários fios de cabelo, obviamente de uma mulher. O homem disse que havia acabado de chegar em Londres e que havia caminhado desde Southampton. O policial notou, contudo, que suas botas estavam limpas ao invés de sujas de terra e, portanto, o deteve. Menos de uma hora depois, ocorreu mais uma detenção. Desta vez, de um homem que se comportava de uma maneira descrita como 'um modo muito nervoso' perto da cena do crime na Berner Street. Às 3 horas da manhã, mais uma detenção ocorreu quando uma prostituta mostrou a um guarda o homem que a havia roubado armado com uma faca na noite anterior. As investigações concluíram que todos os três podiam provar seus paradeiros na noite do assassinato duplo e foram liberados, com exceção do terceiro, que foi acusado de roubo.

Às 11 horas manhã do dia 2 de outubro, uma mulher chamada Amy Delling descia a Chambers Street quando um homem se aproximou e fez algumas observações indecentes sobre sua aparência atraente. Por ser uma mulher de respeito, embora pobre, Delling gritou por ajuda, atraindo um policial local. Neste ponto, já havia uma multidão concentrada. Seus participantes logo se convenceram de que o homem era o assassino e passaram a agir com agressividade. O policial deteve o homem para sua própria segurança e, com certa dificuldade, conseguiu levá-lo à Delegacia da Leman Street. Acontece que se tratava de um marinheiro ligeiramente bêbado que buscava por uma prostituta. Depois de ser devidamente julgado e multado por estar alcoolizado e por desordem, foi liberado.

Mais tarde, naquele mesmo dia, uma faca com uma lâmina de 30 centímetros foi encontrada em Long Acre. Fora apontada a um policial que a levou para examiná-la, mas logo descobriram que seu formato não poderia ter provocado os ferimentos.

FURIOSOS COM A POLÍCIA

Outra aglomeração se juntou na Berner Street, e seu humor não era dos melhores. Desta vez, a polícia é que era o alvo de sua fúria. A aglomeração oscilava conforme as pessoas chegavam e partiam, mas todo mundo concordava que a polícia já deveria ter prendido o assassino e havia falhado em fazê-lo simplesmente porque as vítimas eram pobre habitantes de East End ao invés de mulheres respeitáveis de uma região melhor de Londres. Talvez em resposta a este sentimento, que era generalizado nas regiões mais pobres de Londres, a Polícia da Cidade publicou a seguinte declaração:

ASSASSINATO – RECOMPENSA DE £500

Enquanto isso, à 1:45 da manhã do último domingo, 30 de setembro, uma mulher, de identidade desconhecida, foi encontrada morta brutalmente na Mitre Square, Aldgate, nesta Cidade, uma Recompensa de £500 será paga pelo Encarregado da Polícia da Cidade de Londres a qualquer pessoa (que não seja membro da Força Policial do Reino Unido) que fornecer informações que conduzam à descoberta e condenação do Assassino dos Assassinos. As informações devem ser apresentadas ao Inspetor do Departamento Policial, Old Jewry, 25, ou em qualquer Delegacia.

JAMES FRASER (Coronel), Encarregado.

A Câmara Municipal anunciou a adição de £200, a Bolsa de Valores acrescentou £300, o Prefeito, £50, e os jornais de Londres, em conjunto, £500. Havia ainda outro grande incentivo para que quem tivesse até mesmo qualquer evidência mínima se apresentasse, Ninguém o fez.

CARTAS DO ASSASSINO

Enquanto isso, o inspetor Reid tivera uma lembrança. No dia 27 de setembro, Scotland Yard havia recebido uma carta de um homem que alegava ser o assassino. Um elemento se ligava à pós-morte de Catherine Eddowes. Entre as várias mutilações no rosto da mulher, o lóbulo de sua orelha esquerda havia sido cortado e não fora possível encontrá-lo.

A carta dizia:

Caro Senhor,

Toda hora eu ouço que a polícia me capturou mas que eles não vão lidar comigo ainda. Eu rio muito quando eles fazem ar de inteligentes e falam sobre estar no caminho certo. E surtei com a piada sobre o Avental de Couro. Eu não aprecio prostitutas e não vou deixar de estripá-las até me cansar. O último trabalho foi incrível. Eu nem dei à moça oportunidade de gritar. Como eles podem me pegar agora. Eu amo meu trabalho e quero começar de novo. Logo vocês ouvirão falar de mim e dos meus joguinhos graciosos. Eu guardei um pouco da coisa vermelha propriamente dita em uma garrafa de cerveja de gengibre no meu último trabalho para usar para escrever, mas ficou grossa como cola e agora eu não posso usá-la. Tinta vermelha vai dar conta do recado, eu espero ha ha. Em minha próxima empreitada, vou decepar as orelhas da moça e enviar aos agentes da polícia...só por diversão. Guardem essa carta até que eu avance um pouco mais nos meus trabalhos. Depois disso, vocês podem publicá-

-la imediatamente. Minha faca é tão boa e afiada que eu não vejo a hora de usá-la novamente. Boa Sorte. Atenciosamente

Jack, o Estripador

Desculpem pela marca registrada

PS Não fui bom o suficiente para enviar isso antes de tirar toda a tinta vermelha das mãos droga Ainda não tive essa sorte. Dizem que eu sou médico agora. ha ha

No dia 1 de outubro, a polícia recebeu um cartão postal, obviamente escrito pelo mesmo homem, e dizia o seguinte:

Eu não estava brincando caro senhor quando lhe dei a pista, você vai ouvir sobre o trabalho do atrevido do Jack amanhã evento duplo neste mesmo horário número um gritou um bocado não consegui terminar de cara. Não tive tempo para arrancar as orelhas para a polícia obrigado por guardar última carta até eu começar meus trabalhos de novo.

Jack, o Estripador

Inicialmente, a polícia estava inclinada a acreditar que as cartas eram verdadeiras. A primeira carta havia mencionado, alguns dias antes do ataque acontecer, que o assassino poderia 'grampear as orelhas da moça', enquanto a segunda mencionava um assassinato duplo antes de os detalhes serem divulgados ao público. Cópias das cartas foram impressas e amplamente espalhadas na esperança de que alguém reconheceria a caligrafia. O único efeito perceptível, porém, era que o assassino, antes apelidado como 'Avental de Couro' ou 'Assassino de Whitechapel', tinha agora uma denominação muito mais evocativa – 'Jack, o Estripador'.

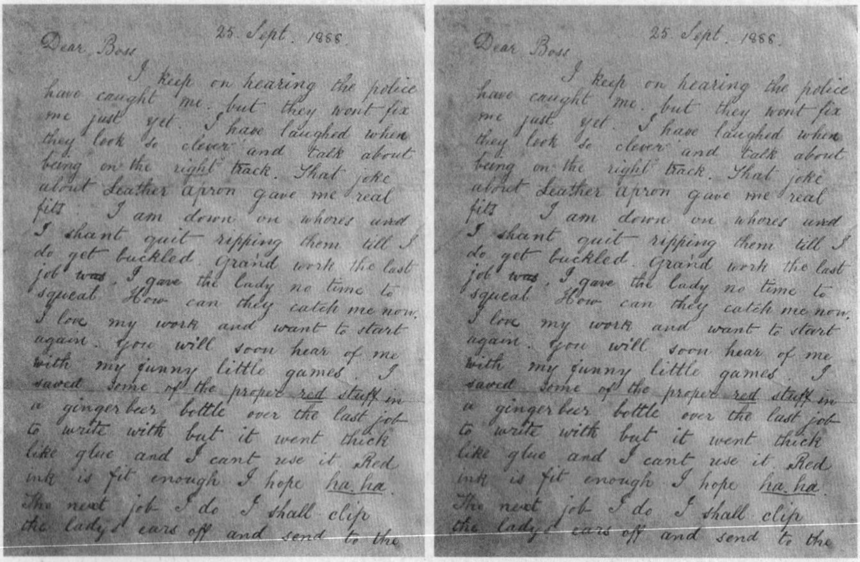

Dear Boss 25. Sept. 1888.

I keep on hearing the police have caught me but they wont fix me just yet. I have laughed when they look so clever and talk about being on the right track. That joke about Leather Apron gave me real fits. I am down on whores and I shant quit ripping them till I do get buckled. Grand work the last job was. I gave the lady no time to squeal. How can they catch me now. I love my work and want to start again. You will soon hear of me with my funny little games. I saved some of the proper red stuff in a ginger beer bottle over the last job to write with but it went thick like glue and I cant use it. Red ink is fit enough I hope ha. ha. The next job I do I shall clip the lady's ears off and send to the

A carta 'Caro Senhor' apresentava o nome de Jack, o Estripador, ao público. O assassino ficou conhecido por esse nome desde então.

Mais tarde, a polícia mudou de ideia quanto a essas duas cartas. A caligrafia era bem diferente daquela da escritura da Goulston Street, e o horário da postagem na segunda carta foi posterior àquele em que a polícia divulgara detalhes aos repórteres de imprensa. Ficou claro que as cartas tratavam do trabalho de um jornalista, e elas foram, portanto, descartadas pela polícia. Dúzias de cartas posteriores, todas assinadas por Jack, o Estripador, foram enviadas à polícia e aos jornais. Todas escritas em caligrafias diferentes e presumivelmente o trabalho de ludibriadores.

As investigações dos dois assassinatos aconteciam, enquanto isso, e haviam sido reportadas em detalhes minuciosos pelos jornais de Londres, e com menos detalhamento pelos jornais de outras cidades da Grã-Bretanha. A primeira grande sensação na investigação de Elizabeth Stride aconteceu quando o Médico Legista decidiu que o corpo poderia não ser de Stride, uma vez que também havia sido identificado como sendo de Elizabeth Watts. A irmã da

Sra. Watts, Mary Malcolm, confirmou que se tratava do corpo de sua irmã – de quem estivera separada – e acrescentou:

Eu estava na cama, e cerca de vinte minutos após a uma hora no domingo de manhã, senti uma pressão no peito e ouvi três beijos nitidamente. Foi isso que me fez suspeitar depois que a mulher que havia sido assassinada era minha irmã.

A chegada da evidência do sobrenatural causou uma comoção e se espalhou pelos jornais de toda a Grã-Bretanha – e no exterior. Tudo isso foi fonte de grande irritação a Elizabeth Watts, que não queria mais nada com sua irmã ou com Londres. Ela entrou em um trem, se apresentou no inquérito do Médico Legista no dia seguinte e exigiu poder dar evidências de que ela ainda estava, na realidade, viva. Ela aparecia em evidência, o que causou bom entretenimento aos jornais:

Eu quero limpar minha imagem. Minha irmã e eu não nos vemos há anos. Ela criou uma imagem horrível de mim. Suas evidências são todas falsas. Isso me causou problemas terríveis e até um julgamento. Eu só tenho um pobre marido aleijado, que está fora no momento. É uma pena minha irmã dizer o que disse sobre mim, e que os inocentes tenham de sofrer pelos culpados.

Depois da sensação do médico no inquérito de Annie Chapman que se recusou a entregar todas as evidências encontradas, o público ficou ansioso para saber o que os médicos diriam dessa vez. No inquérito de Elizabeth Stride, Dr. George Phillips declarou tudo o que tinha em suas mãos. A morte havia sido causada pelo dilaceramento de uma artéria no pescoço e, dado o tamanho do corte, sua morte teria acontecido muito rapidamente. Pelo padrão de respingo de sangue na cena, ele estava convencido de que a mulher estava caída onde foi encontrada quando sua garganta fora cortada – como era o caso dos assassinatos anteriores.

A grande sensação, porém, era esperada durante o inquérito de Catherine Eddowes, pois era o corpo dela que a imprensa reportara como tendo sido mutilado. Dr. Frederick Brown entregou as provas no dia 4 de outubro em uma sala de tribunal lotada. Lá fora, havia uma grande quantidade de mensageiros prontos para levar os relatos dos jornalistas que estavam lá dentro. Dr. Brown não decepcionou ninguém.

A DIMENSÃO DAS MUTILAÇÕES É REVELADA

Depois de oferecer detalhes a respeito da morte ter sido provocada pelo corte da garganta e de que o corte havia sido feito quando a vítima já estava deitada no chão, o Médico Legista S.F. Langham lhe perguntou: 'Há outros ferimentos na parte de baixo do corpo?' Brown prosseguiu fornecendo um relato detalhado do que fora encontrado, de modo a arrancar suspiros e gritos da galeria do público. Uma mulher até precisou sair correndo parecendo sentir ânsia de vômito. Se isso fora o que o inquérito anterior deixara de fora, o público agora sabia o que Jack, o Estripador, estava aprontando.

O rosto estava totalmente mutilado. Havia um corte de cerca de sete milímetros que cortava a pálpebra inferior esquerda, separando as estruturas quase que completamente. Na pálpebra superior do mesmo lado, havia um arranhão na pele ali, perto do ângulo do nariz. A pálpebra direita tinha um corte de mais de um centímetro.

Havia um corte profundo no dorso do nariz que se estendia do canto esquerdo do osso nasal, descendo perto do ângulo do maxilar do lado direito da bochecha. Esse corte chegava ao osso e separava todas as estruturas da bochecha, com exceção da mucosa da boca.

A ponta do nariz encontrava-se totalmente descolada por um corte oblíquo a partir da parte inferior do osso nasal até onde as abas do nariz se juntam ao rosto. Um corte a partir daí dividia os lábios superiores e se estendia por dentro da gengiva, passando pelo dente incisivo lateral superior direito.

Cerca de um centímetro a partir do topo do nariz, havia outro corte oblíquo. Havia um corte no ângulo reto da boca como se tivesse sido feito com a ponta da faca. O corte se estendia por mais de três centímetros, paralelo aos lábios inferiores.

Em cada lado da bochecha havia um corte que soltara a pele, formando uma alça triangular de cerca de quase quatro centímetros. Na bochecha direita havia duas escoriações do epitélio embaixo da orelha esquerda.

Nós examinamos o abdômen da vítima. As paredes frontais estavam abertas desde o esterno até o púbis. O corte começava em frente à cartilagem ensiforme. A incisão subia sem penetrar a pele que cobria o esterno. Ela então separava a cartilagem ensiforme. A faca deve ter cortado de forma inclinada por conta daquela cartilagem.

Mais para trás, o fígado havia sido esfaqueado como se com um objeto pontudo. Abaixo, havia outra incisão no fígado, de cerca de seis centímetros, e mais abaixo, havia uma fenda vertical no lobo esquerdo do fígado. Dois cortes eram revelados por um recorte de pele no lado esquerdo.

As paredes abdominais foram divididas ao meio até seis milímetros do umbigo. O corte então tomava um rumo horizontal por seis centímetros em direção ao lado direito. Ele se dividia a seguir em volta do umbigo, no lado esquerdo, e fazia uma incisão paralela à incisão horizontal anterior, deixando o umbigo em uma alça de pele. Anexa ao umbigo havia seis centímetros da parte inferior do músculo abdominal no lado esquerdo do abdômen.

A incisão então se inclinava à direita. A incisão descia direto ao lado direito da vagina e do reto por um centímetro atrás do reto.

Havia uma facada de cerca de dois centímetros e meio no lado esquerdo da virilha. Isso havia sido feito com um instrumento pontudo. Abaixo, havia um corte de quase oito centímetros que passava por todos os tecidos, criando um ferimento do peritônio por certa extensão. Dois centímetros e meio abaixo da dobra da coxa, havia um corte que se estendia da espinha ilíaca anterior descendo inclinadamente até a parte de dentro da coxa esquerda, separando o lábio esquerdo e formando uma alça de pele até a virilha. O músculo esquerdo do reto não foi retirado.

Havia uma alça de pele fora da pela coxa direita, que se juntava ao lábio direito e se estendia até a espinha ilíaca. Os músculos do lado direito inseridos nos ligamentos anteriores haviam sido dilacerados.

A pele estava recolhida ao longo de todo o corte pelo abdômen, mas os vasos sanguíneos não haviam coagulado. Também não houvera qualquer sangramento significativo dos vasos. Eu concluo que o ato foi realizado após a morte e que não havia muito sangue. O corte foi feito por alguém posicionado ao lado direito do corpo, ajoelhado ao lado da parte inferior do corpo.

O intestino havia sido removido por boa parte do mesentério. Cerca de sessenta centímetros do cólon havia sido cortado. O sigmoide havia se invaginado para dentro do reto de maneira bastante justa. O rim direito encontrava-se pálido, sem sangue, com ligeira congestão da base das pirâmides.

Havia um corte da parte superior do corte na superfície inferior do fígado à esquerda, e outro corte em ângulos retos na mesma superfície, com cerca de quatro centímetros de profundidade e seis de extensão. O fígado, de maneira geral, encontrava-se íntegro.

A vesícula biliar continha bile. O pâncreas havia sido cortado, mas não por dentro, à esquerda da coluna vertebral. Nove centímetros da borda inferior do baço por um centímetro estava destacada somente até o peritôneo.

O revestimento do peritôneo estava cortado profundamente no lado esquerdo e o rim esquerdo havia sido cuidadosamente removido. O artéria renal esquerda havia sido dilacerada. Eu diria que alguém que conhecia a posição do rim deve ser o autor do crime. A membrana de revestimento do útero encontrava-se dilacerada. O ventre estava dilacerado em sentido horizontal, com um coto restante de dois centímetros. O resto do ventre havia sido removido com alguns dos ligamentos. A vagina e o colo uterino estavam intactos.

A bexiga encontrava-se íntegra e intacta e continha de noventa a cento e vinte mililitros de água. Havia um corte em formato de língua no interior da parede da aorta abdominal. Os outros órgãos encontravam-se íntegros. Não havia indicações de ligações. Os ferimentos no rosto e no abdômen provam que eles foram realizados com uma faca afiada e pontuda, e no abdômen, uma faca de quinze centímetros ou mais.

Eu acredito que o autor deste crime deve ter considerável conhecimento da posição dos órgãos na cavidade abdominal e do modo de remoção dos mesmos. O crime exigiu bom conhecimento médico a ponto de ter removido o rim e saber onde este se localizava. As partes removidas não teriam uso para nenhum propósito profissional.

Eu acho que o autor do crime teve tempo suficiente, senão ele não teria cortado as pálpebras inferiores, o que teria levado pelo menos cinco minutos.

Foi um ato abominável. Nem todos os jornais publicaram os detalhes dos ferimentos. O *Daily Telegraph*, por exemplo, excluiu quase todo o depoimento de Dr. Brown e inseriu as palavras 'Testemunhas descreveram em detalhes aqui a terrível mutilação do corpo da vítima.' O *East London Advertiser* resumiu sua evidência em apenas seis linhas. O *Evening News*, em contrapartida, imprimiu as provas na íntegra.

CAPÍTULO 7

Londres, e East End em especial, agora tinha total consciência do terror que acontecia ali. E ainda assim, nem a polícia nem os vigilantes conseguiam capturar Jack, o Estripador.

CAPÍTULO 8

O MISTERIOSO DESAPARECIMENTO DE UM RIM

Os assassinos haviam alcançado o que parecia ser o pico do terror com dois assassinatos na mesma noite, mas as coisas ainda piorariam muito. Alguns dias depois, George Lusk abriu uma caixa recebida pelo correio. Dentro dela havia um rim humano que correspondia àquele rim ausente no corpo de Catherine Eddowes, junto com um bilhete dizendo que o assassino havia comido parte do corpo. As relevações levaram Londres a estado de pânico. Mas, em seguida, um leve, porém grotesco, alívio veio à tona.

A PERSEGUIÇÃO GANHA RECRUTAS ESTRANHOS

Na noite de 5 de outubro, o guarda Mackenzie trabalhava em local fixo (o que significa que ele permanecia no mesmo lugar ao invés de caminhar por uma região) na Heath Street, Hampstead, quando notou um tumulto à porta do pub Horse and Groom a uma pequena distância na Hampstead High Street. Mackenzie saiu para investigar o que acontecia e encontrou uma mulher dançando enquanto um grupo de homens lhe gritava insultos. Quando o policial foi visto, os homens se calaram, mas a mulher continuou se movimentando. Achando que havia algo estranho sobre a mulher, mas sem conseguir dizer exatamente o que, Mackenzie pediu que ela se retirasse. A mulher então tirou uma faca, e Mackenzie precisou lutar com ela para desarmá-la. Foi nesse momento que Mackenzie percebeu que a mulher, na verdade, era um homem que usava um vestido, boina e jaqueta. Ele deteve o homem o levou até a delegacia.

O caso foi ouvido pelo Tribunal de Hampsetad na manhã seguinte. O homem se identificou como William Webb, operário. Ele disse que estava bebendo com os amigos quando esses o o desafiaram a ir a Whitechapel e rastrear Jack, o Estripador. Webb fora para casa, trocara suas roupas, vestindo aquelas de sua esposa, e voltou ao pub dizendo que iria a Whitechapel, fingiria ser uma prostituta e, assim, deteria o assassino. Ele estava imitando a maneira de uma prostituta caminhar pela rua em busca de clientes quando o guarda Mackenzie aparecera. Recebeu uma multa de dez xelins por alcoolismo e desordem.

Webb não era o único homem que tivera a mesma ideia nem o único homem a se encrencar. Na noite de 8 de outubro, um repórter do *East London Advertiser* se vestiu de mulher a fim de atrair Jack, o Estripador. Só conseguiu chegar até o Borough Market e, diante de uma mulher, gritou, 'Ei. Eis aqui um homem vestido de mulher!' Isso causou um tumulto tão grande que o repórter não conseguiu se livrar da aglomeração. Foi então para casa, desesperançoso.

No dia seguinte, uma médium se apresentou à policia para dizer que seu guia espiritual havia lhe revelado uma visão do assassino. Ele tinha, em suas palavras,

> *a aparência de um fazendeiro, mas se vestia como um operário, com uma cinta na cintura e bolsos estranhos. Tinha o bigode escuro e cicatrizes atrás das orelhas, além de outras marcas. Ele cometerá mais um assassinato e então será capturado em flagrante.*

A polícia agradeceu à médium e a mandou embora. Enquanto isso, uma carta era recebida pelo *East London Observer* endereçada a Joseph Lawende, que havia visto Catherine Eddowes com o homem que se acreditava ser o assassino. A carta dizia:

> *Você se achou muito esperto, acredito, quando falou com a polícia. Mas você cometeu um erro se achou que eu não o vi. Agora que eu sei que você me conhece e eu compreendi o seu joguinho,*

e eu tenho a intenção de acabar com você e enviar suas orelhas a sua esposa se você mostrar essa carta à polícia ou ajudá-la. Se isso acontecer, vou acabar com você. Não adianta nada tentar fugir de mim. Porque eu hei de pegá-lo e estripá-lo quando você menos esperar.

Atenciosamente, Jack, o Estripador.

Novamente, a carta parecia, inicialmente, genuína, mas logo foi descartada como falsa.

O COMITÊ DE VIGILÂNCIA E A POLÍCIA SE UNEM

Muito mais úteis à polícia eram os homens do Comitê de Vigilância de Whitechapel. Os dois órgãos estavam agora trabalhando juntos. A polícia havia fornecido a George Lusk, o presidente do comitê, os detalhes das rondas que seus funcionários faziam, com a condição de que ele as mantivesse em sigilo, e organizou os funcionários para fazerem as rondas em rotas cruzadas para que assim cada rua e pátio fossem visitados com maior frequência. A cooperação nem sempre funcionou como se esperava. Na noite do dia 6 de outubro, um detetive à paisana foi a Whitechapel para seguir uma pista. Logo se deu conta de que estava sendo seguido secretamente por um homem forte armado com um grande taco de madeira – que era ninguém mais ninguém menos que um dos comparsas de Sr. Lusk que achava que o detetive estava agindo de maneira suspeita.

Com exceção de alguns contratempos como esse, o Comitê da Vigilância estava utilizando seus contatos locais para tentar produzir pistas e ajudar a polícia. No início de outubro, eles haviam chegado à conclusão (por meios não divulgados) de que o assassino era um homem local que vivia em Whitechapel havia pelo menos alguns anos, ou até mesmo sua vida inteira.

Além disso, eles achavam que ele provavelmente vivia pelo labirinto das ruelas que se estendiam entre a Whitechapel High Street ao sul até as linhas ferroviárias na Estação da Liverpool Street ao norte e da Middlesex Street ao oeste até a Brick Lane ao leste. Passaram a concentrar seus esforços nessa região.

Sir Charles Warren havia decidido que nenhuma despesa para encontrar o assassino deveria ser poupada. Ele então escolheu um dos suportes mais modernos conhecidos pelos detetives: os bloodhounds. Uma grande quantidade desses cães especialmente treinados para perseguir rastros foram trazidos a Londres. As instruções de Warren eram claras: se outro corpo fosse encontrado, ele deveria ser deixado intacto até que os cães fossem trazidos e utilizados para perseguir os rastros do assassino.

PÂNICO E BOATOS SE ESPALHAM PELA GRÃ-BRETANHA

No dia 11 de outubro, notícias se espalharam rapidamente pelo Leste de Londres a respeito de um novo cadáver encontrado na Arbour Street, bem próximo à Commercial Road, em Whitechapel. Às 11 horas da manhã, uma multidão havia se aglomerado em uma rua estreita, mas ninguém havia descoberto nada definitivo. Às 11:15 um policial chegou, pediu silêncio e anunciou que não haviam encontrado nenhuma mulher morta. Era só um rumor falso.

Mal aquele evento havia acabado, novos boatos começaram a se espalhar sobre um cadáver encontrado na Hanbury Street, a mesma cena do assassinato de Annie Chapman. Desta vez, o rumor não era completamente falso. Sra. Sodeaux, residente do número 65 da Hanbury Street estava ficando cada vez mais deprimida nas semanas anteriores e ficara obcecada com a ideia de que ela seria a próxima vítima do assassino. Havia deixado seu filho de 8 anos de idade enquanto passava em uma loja, mas quando a criança percebeu que a mãe não voltava, começou a procurar por ela. A mulher foi encontrada pendurada pelo pescoço no corrimão do último pavimento da casa. Era claro que ela havia cometido suicídio.

A agitação e o terror já haviam extrapolado Londres nessa época. No dia 12 de outubro, uma mulher idosa estava sentada em um banco do Sheil

Park, em Liverpool, quando foi abordada por um homem que ela descrevia ter cerca de 50 anos e se vestir de maneira distinta. O homem perguntou a ela se ela sabia onde ele poderia encontrar prostitutas. A mulher ficou compreensivamente surpresa e logo se levantou e foi embora. O homem lhe fez a mesma pergunta novamente, mas ela o empurrou e foi embora o mais rápido que pôde. Quando ela se foi, o homem gritou, 'Eu hei de matar tantas mulheres em Liverpool quanto matei em Londres!' A polícia de Liverpool concluiu que Jack, o Estripador, estava em Liverpool, talvez tentando embarcar em um navio que o levasse para fora do país. Alguns homens foram instruídos a vigiar qualquer navio levando passageiros, mas ninguém que satisfizesse a descrição dada pela mulher foi capturado.

Logo depois, o *Belfast Telegraph* recebeu uma carta assinada 'Jack, o Estripador' escrita em tinta vermelha, presumivelmente como representação de sangue. A carta dizia:

> **Caro Senhor,** – *Cheguei a sua cidade, como Londres é quente demais para mim nesta época, portanto, Belfast — é melhor ficar de olho, porque eu desejo iniciar minhas operações no sábado à noite. Já localizei algumas mulheres graúdas que vão render bons pedaços. Não vejo a hora de começar, pois amo meu trabalho. – Atenciosamente,* **JACK, O ESTRIPADOR.**

Supunha-se que se tratava de uma brincadeira, e não houve nenhum assassinato.

No dia 13 de outubro, os assassinatos pareciam ter tomado um novo rumo ao terror. Um repórter no London Hospital em Whitechapel viu um homem com ferimentos horríveis no abdômen sendo carregado pela polícia. Pensando que Jack, o Estripador, tinha passado a atacar homens, o repórter redigiu rapidamente um artigo e o enviou às pressas para que fosse publicado. No fim das contas, descobriram que se tratava de um açougueiro que havia se machucado acidentalmente ao talhar um pedaço de carne.

No mesmo dia, George Lusk recebeu uma carta com um carimbo de Kilburn e a levou à polícia. Parecia ser a mesma caligrafia da carta anterior, inciando por 'Caro Senhor', e havia sido escrita em tinta preta. A carta dizia:

Estou escrevendo esta carta com tinta preta, pois não tenho mais o material certo. Eu acho que vocês estão todos dormindo em Scotland Yard com seus bloodhounds, e eu vou mostrar isso a vocês amanhã à noite. Farei um evento duplo, mas não em Whitechapel. Aqui é quente demais. Precisei mudar. Sem mais até a próxima.
JACK, O ESTRIPADOR

A polícia pediu que ele ignorasse a carta, embora eles não explicassem que tinham certeza que o autor era um jornalista de Londres.

As cartas anteriores apontaram para uma pista que, conforme se esperava, poderia conduzir a uma detenção imediata. Cópias da carta do Caro Senhor haviam circulado pela Grã-Bretanha, não só em Londres. No dia 13 de outubro, um encarregado de envios em Newcastle pelo Tyne estava examinando alguns documentos entregues por um navio que havia acabado de partir à França, tendo chegado em Newcastle de Faversham, em Kent. A assinatura de um dos marinheiros lhe parecia idêntica àquela de Jack, o Estripador, na carta do Caro Senhor. Um telegrama urgente foi enviado a Scotland Yard, que enviou um aviso prontamente à França dizendo que o homem deveria ser detido quando chegasse e mantido para inquérito. Um policial foi à França para realizar o inquérito. Parecia que o marinheiro estivera fora do país em outros navios quando dois dos assassinatos aconteceram e acabou por ser considerado suspeito. Uma vez que se acreditava que a carta do Caro Senhor era uma farsa, nada disso foi muito surpreendente.

INDULTO OFERECIDO AOS INFORMANTES

George Lusk também recebeu outra carta do Secretário do Estado. Uma vez que sua ideia de uma generosa recompensa havia sido rejeitada pelo governo, o Comitê de Vigilância de Whitechapel havia concebido uma outra ideia. Eles especulavam que o assassino devia ser parte de uma gangue criminosa. Os integrantes dessa gangue poderiam ter suas suspeitas a respeito do comportamento de um colega, mas relutavam em ir à polícia por medo de serem detidos por quaisquer crimes que houvessem cometido como gangue. O comitê havia, assim, escrito ao Secretário do Estado sugerindo que qualquer pessoa que fornecesse pistas que levassem à captura do assassino deveria receber um indulto por seus próprios crimes.

Desta vez, o Secretário do Estado considerou a ideia. Sua resposta foi que ele estaria disposto a oferecer indulto a qualquer pessoa que apresentasse informações, mas somente se o indulto não envolvesse atos relacionados aos assassinatos em si. A oferta foi divulgada nos jornais no dia 15 de outubro.

Na mesma edição do *Evening News* contendo a oferta do indulto, havia uma teoria de um 'Homem da Medicina', que especulava os motivos dos assassinatos. Depois de discutir e rejeitar várias ideias, o autor do artigo declarou:

> *Contudo, pode haver pouca dúvida de que com as atrocidades de Whitechapel, estamos enfrentando com todas as evidências do que foi cunhado como 'Sadismo,' isto é, assassinato (e mutilação também) cometido por motivos de pura luxúria, sendo o autor um desses sujeitos esquisitos que são, senão, incapazes de obter completa satisfação sexual. Esta forma peculiar de psicopatia foi denominada 'Perversão do impulso sexual'* **(Perversion des Geschlichtstriebes)** *por Krafft-Ebing, que, em seu trabalho interessante e didático, intitulado 'Psychopathia Sexualis,' declara distintamente que em todos os casos de assassinato com mutilação, nos quais as vísceras e os órgãos genitais são simplesmente extirpados ou levados embora, também, é seguro dizer que um ato de'Sadismo' foi cometido.*

UM RIM HUMANO CHEGA PELO CORREIO

No dia seguinte em que esse artigo foi publicado, George Lusk recebeu um pacote pelo correio de cerca de oito centímetros em todas as suas dimensões. Dentro dele havia um rim preservado em vinho tinto e uma carta que dizia:

Do inferno.

Sr. Lusk,

Sinhor,

Eu te envio metade du Rim que tirei de uma mulher e prezervei para você o otro pedaço eu fritei e comi estava muito gostozo. Eu posso manda para você a faca com sangue que tirou si você espera um poco mais.

Ass:

Me prenda quando puder Sinhor Lusk.

Lusk, tendo sido instruído a ignorar a carta anterior recebida, estava inclinado a ignorar esta também. Porém, seu colega do Comitê de Vigilância, Aarons, o convenceu de examinar o rim para verificar se se tratava de um rim humano ou animal. Assim, ele o levou ao seu médico, Dr. Frederick Wiles da Mile End Road. Wiles o entregou a Thomas Openshaw, o diretor em patologia do London Hospital ali perto. Openshaw logo confirmou que se tratava de um rim humano esquerdo, cujo tamanho e características coincidiriam com aquele rim direito deixado no corpo de Catherine Eddowes. Não havia, porém, possibilidade de se verificar se ele realmente pertencera a Eddowes.

A carta ganhou, assim, nova importância e foi enviada à polícia. Eles reconheceram que a ortografia pobre era parecida com aquela da escritura em giz encontrada na Goulston Street. A polícia não tinha certeza se deveriam atribuir fidedignidade à carta. Retirar órgãos de corpos para fazer brincadeiras macabras não era algo que os estudantes de medicina desconheciam, e esse rim poderia advir de algo do tipo.

O HÓSPEDE SANGRENTO DA BATTY STREET

No dia 16 de outubro, a imprensa teve acesso a algumas informações que a polícia havia mantido em sigilo havia mais de duas semanas. Nas primeiras horas do dia 30 de setembro, menos de uma hora depois da ocorrência do assassinato duplo daquela noite, a proprietária de um albergue não identificado havia acordado quando um dos hóspedes chegara em casa fazendo mais barulho que de costume. Na manhã seguinte, ele havia anunciado que iria embora por algumas semanas, mas que voltaria, e pediu que Sra. Kuer guardasse uma mala para ele e também o seu cômodo. O sujeito pagou sua conta e saiu. Alguns dias depois, a proprietária revelou que era a Sra. Kuer, da Batty Street, número 22, mas isso era um segredo até então.

Alguns dias depois que o homem havia partido, a Sra. Kuer abriu a mala que ele lhe havia entregado. Ela continha roupas, incluindo uma camisa toda manchada de sangue nos punhos e nos antebraços. Horrorizada pela ligação entre uma camisa com sangue e a data que seu hóspede havia ido embora, ela contou tudo aos vizinhos e foi à polícia. Eles levaram o caso a sério o suficiente para posicionar dois homens permanentemente dentro da casa do número 22 da Batty Street para que eles estivessem por perto para deter o hóspede quando este retornasse, evento esperado para sábado, 13 de outubro. Sábado chegou e passou, e o hóspede não apareceu. Como foi reportado no dia 16 de outubro, a polícia ainda vigiava a casa e seguia outras linhas de investigação a respeito do hóspede.

Tudo soava de repente bastante promissor, mas logo a história começou a se revelar. A Sra. Kuer começou falando com os repórteres sobre o hóspede desaparecido e, em seguida, anunciou que a questão havia sido completamente esclarecida e se recusou a falar com a imprensa. A polícia não foi muito mais clara. Começaram negando a história toda, depois disseram que era verdadeira, mas que o hóspede havia sido rastreado e questionado e que, no fim, havia sido eliminado do inquérito. Começaram a dizer então que a camisa suja de sangue havia sido deixada não por um hóspede, mas por um vizinho para quem Sra. Kuer lavava roupa.

No dia 17 de outubro, um hóspede da casa escreveu uma carta que enviou aos jornais de Londres. Ela dizia o seguinte:

> **SIR** – *A polícia não está na casa e a mulher não teve nenhum hóspede que desapareceu, mas foi um estranho que trouxe as camisas e depois, ao buscá-las, foi detido pela polícia e liberado após questionamento. Quanto à nossa casa, não foi como o seu relatório diz, pois se trata de uma casa muito respeitável e em boas condições gerais, ainda que não seja um Castelo de Windsor. Só existem dois hóspedes, um carreteiro, chamado Joseph, que trabalha para a Norwegian Lager Beer Company, e um padeiro, chamado Carl Noun, que está trabalhando em Margate, e só voltou no dia 6 deste mês após a conclusão da temporada. Eu acredito que vocês publicarão estes depoimentos da forma que os exponho a vocês. Na verdade, isso poderá causar prejuízos à mulher em seus negócios. – Cordialmente.*
>
> *C. NOUN (hóspede da casa). 22, Batty-street, Commercial-road, E., 17 de outubro.*

Assim, a história do Hóspede Sangrento da Batty Street desapareceu do olhar do público. Havia, afinal de contas, muita coisa acontecendo para manter East End vigilante. Por exemplo, havia a pobre da mulher que foi encontrada falando de modo confuso, assustada, em um bonde em Whitechapel. O condutor não conseguia compreendê-la, exceto que ela estava sendo perseguida por um assassino, e então chamou a polícia. A mulher era a Sra. Sarah Goody de Stepney, uma costureira que trabalhava em casa. A proprietária de sua residência disse que ela estava se comportando de maneira estranha recentemente, alegando que homens a seguiam e escreviam mensagens a ela nas janelas das casas. Ela foi levada à enfermaria do asilo, e logo os funcionários concluíram que se tratava de insanidade, provocada pelo terror induzido por Jack, o Estripador.

Enquanto isso, a polícia havia realizado buscas por todas as casas, albergues, cortiços e outros tipos de moradia na região entre a Brick Lane e a Middlesex Street onde acreditavam que o assassino poderia estar morando. A polícia havia distribuído panfletos para todos os moradores explicando o que estavam buscando e o porquê, e haviam revistado as propriedades com meticulosidade. A tarefa levara vários dias para ser concluída, mas nada foi encontrado.

À 1 hora da manhã do dia 18 de outubro, uma mulher foi encontrada deitada na calçada em Bermondsey com sangue escorrendo por sua garganta e pelas roupas. O policial que a encontrou temeu que sua garganta estivesse cortada e que o assassino de Whitechapel tivesse se mudado para começar a matar ao sul do rio Tâmisa. Ele pediu assistência e logo as notícias se espalhavam por todo o sul de Londres. Uma vez que a mulher chegou ao hospital, porém, descobriram que o sangue vinha de um corte profundo no queixo. Era óbvio que ela havia bebido até perder a consciência e presumia-se que ela houvesse caído na rua e se cortado.

PISTAS FALSAS, ESPERANÇAS FALSAS

Detenções continuaram sendo feitas. No dia 19 de outubro, um homem foi preso depois de dois residentes o apontarem para a polícia por ter agido de maneira estranha. Descobriram que era um americano recém-chegado a Londres que tinha se perdido. Três dias depois, uma mulher foi presa e acusada de desperdiçar o tempo da polícia tendo escrito diversas cartas com a assinatura de 'Jack, o Estripador' e as enviado aos jornais. No dia 23 de outubro, um homem foi preso próximo à Bow Church depois de ter sido visto lavando seu colete sujo de sangue, mas foi libertado depois de dar uma explicação plausível à polícia. Na noite seguinte, um homem foi preso na Whitechapel Road após importunar uma mulher à porta de um pub. Os jornais se apressaram em aproveitar a história, mas o caso só lhe rendeu uma acusação por alcoolismo e desordem.

Talvez mais construtiva tenha sido a abertura do dia 18 de outubro de uma pensão somente para mulheres – a primeira do tipo em Whitechapel – na Mile End Road. A ideia era trazer mulheres de bom caráter que haviam empobrecido e não possuíam o apoio ou a companhia de um homem. O albergue encheu muito rápido, provando nada além de que algumas mulheres não queriam compartilhar alojamentos com homens desconhecidos como acontecia em albergues comuns. Alguns dias depois, a Ratcliff Highway Refuge and Night Shelter foi inaugurada. A instituição se concentrava em ajudar meninas adolescentes carentes a aprender algum ofício digno antes de se atingirem idade suficiente para caírem na prostituição.

A polícia e os demais colaboradores haviam percebido, neste momento, que aparentemente havia um padrão nos assassinatos. Martha Tabram havia sido assassinada em 7 de agosto, Mary Nichols em 31 de agosto, Annie Chapman em 8 de setembro e Stride e Eddowes em 30 de setembro. Todos os assassinatos haviam acontecido no fim de semana ou em um feriado bancário na segunda-feira. Se o padrão tivesse sido seguido, outro assassinato seria cometido em 7 ou 8 de outubro, mas isso não aconteceu.

Conforme o dia 30 de outubro se aproximava, a tensão aumentou novamente conforme se imaginava que um assassinato seria cometido na data ou no fim de semana seguinte. O jornais começaram a falar sobre o padrão aparente em relação às datas e especulavam a iminência de outro assassinato. No dia 28 de outubro, outra escritura em giz foi encontrada em uma parede em Deptford. A escritura dizia, 'Eu vou cometer mais um assassinato e hei de ganhar o coração dela'.

O fruteiro Matthew Packer, que alegava ter vendido um cacho de uvas a Stride e a m homem suspeito na noite em que fora assassinada, relatou ter visto o homem novamente.

Ele estava parado junto ao meu carrinho na esquina da Greenfield Street com a Commercial Road quando vi um homem passar do outro lado da Greenfield Street, perto do relojoeiro. Eu o reconheci imediatamente como o homem que eu havia notado na frente de minha loja na noite em que Elizabeth Stride foi assassinada na Berner Street. Era o homem que havia comprado as uvas e as entregado à mulher que foi encontrada morta no pátio depois. Eu nunca vou esquecer o rosto dele e posso reconhecê-lo entre mil homens se necessário. Eu estava paralisado de medo. Fiquei de um modo que jamais estivera em toda a minha vida. Eu estava assustado e desconcertado demais para saber o que estava acontecendo comigo e imediatamente percebi que o homem também me reconhecia. Ele olhou para mim intensamente ao passar, com um olhar extremamente perverso que me fez pensar que eu não gostaria de estar em sua companhia em nenhuma esquina pacata. Eu tenho certeza que ele teria me matado. Não havia nenhum policial à vista, então mandei um garoto chamar um guarda, e o homem, percebendo que alguma coisa estava acontecendo, entrou rápido em um trem com destino a Blackwall.

Se as palavras de Packer fossem verdadeiras, então o assassino ainda estava caminhando livremente por Whitechapel.

Algo próximo a uma rebelião estourou em Camden Town na noite de 29 de outubro quando um homem se aproximou de algumas mulheres em um pub na Bayham Street e lhes fez algumas sugestões indecentes. Quando alguns homens se aproximaram para defendê-las, o homem puxou uma faca e gritou, 'Para trás, para trás. Eu sou Jack, o Estripador.' Neste momento, os homens o agarraram e começaram a espancá-lo. O homem foi resgatado por um policial que o arrastou à delegacia. Dentro de meia hora, estima-se que uma aglomeração de mil indivíduos fortes exigia que o homem fosse entregue em suas mãos. A polícia chamou reforços e anunciou à multidão que o homem deveria comparecer ao tribunal às 9 da manhã do dia seguinte. Ele foi devidamente colocado diante do Juiz Bros no Tribunal de Clerkenwell. Soube-se então que o homem era cabeleireiro e que se chamava Frederick Dunbar. Sofria, no momento, de ressaca, e seu estado era deplorável. Ele pediu desculpas pelo que tinha feito, dizendo que podia apenas atribuir seus atos ao álcool. Sr. Bros olhou para ele friamente e anunciou: 'Você fez papel de idiota, e eu vou mandá-lo para a cadeia por vinte e um dias' com trabalho pesado. Prendam-no.'

Outro homem que sentiu a força da lei foi um sujeito de 17 anos de idade, chamado George Randall, que, em 30 de outubro, apagou um poste na Upper Thames Street, deixando um caminho movimentado próximo à estação ferroviária da Cannon Street no escuro. Moradores acharam que o poste havia sido apagado por Jack, o Estripador, a fim de agarrar alguma mulher que passasse. Randall foi preso e multado em dez xelins pelo prefeito de Londres, que declarou:

> *Se as pessoas como o presente réu se deixarem levar por esse tipo de brincadeira, deverão pagar por isso. Não há dúvidas de que o réu fez isso como uma brincadeira insensata para gerar pânico na vizinhança, e ele deverá pagar 10 xelins de multa. Se outros casos deste tipo chegarem ao Tribunal, a pena máxima de 40 xelins será aplicada.*

A força da lei e da ordem claramente não davam qualquer brecha. E o temido fim de semana de 3 de novembro passou sem nenhum incidente. Bem, quase sem nenhum incidente. Um policial em serviço em Harrington Gardens, Kensington, viu um pacote aparentemente abandonado no jardim de uma casa. Descobriu que o embrulho do pacote estava solto e que este continha duas facas grandes perigosamente afiadas de um modelo peculiar, com manchas de sangue seco em suas lâminas. As facas foram levadas à delegacia e identificadas como facas kukri, a arma usada por combates corpo a corpo em regimentos gurkhas no Exército Indiano. A polícia negou que as armas tivessem ligação com os assassinatos de Whitechapel, mas algumas pessoas especulavam que o assassino havia desistido de sua fúria e jogado as facas fora.

Contudo, tal opinião foi cruelmente revelada errada na manhã do dia 9 de novembro.

CAPÍTULO 9

O ASSASSINATO DE KELLY

Conforme os Londrinos presenciavam terror seguido por terror, parecia que nada poderia ser mais terrível que os assassinatos até então. Mas Jack, o Estripador, não estava nem próximo de concluir seu trabalho. Seu próximo assassinato foi o mais grotesco e macabro até aquele momento – tão terrível que a polícia não se atreveu divulgar os detalhes ao público. Até mesmo hoje em dia, os detalhes perversos do assassinato têm o grande poder de abalar as pessoas, enquanto os mistérios que envolvem as últimas horas de vida da vítima nunca foram solucionados.

SERÁ QUE É HUMANO?

As notícias surgiram aos poucos no dia 9 de novembro. Quando o *Evening News* informou à imprensa, eles só poderiam relatar:

> *Por volta do meio-dia hoje, outro assassinato hediondo foi denunciado. Um assassinato como aqueles que recentemente chocaram a comunidade foi cometido no Miller's court, Dorset Street, em Spitafields. Ninguém deve ter se esquecido de que as notícias dos outros assassinatos foram publicadas imediatamente, e, consequentemente, o horário tardio em que a presente inteligência chegou a nós parece contradizer a veracidade do rumor. Nós enviamos um repórter ao local imediatamente, e este, ao questionar o inspetor na estação da Commercial Street, foi informado que havia ordens para que não se fornecesse nenhuma informação além do simples fato de uma mulher ter sido assassinada, sendo todos os detalhes*

oficiais enviados diretamente a Scotland Yard. Consequentemente, os detalhes do crime são de difícil obtenção, mas um inquérito na vizinhança suscitou a informação de que a cabeça da vítima fora quase, ou praticamente, decepada do corpo, e que, como nos outros casos, o abdômen se encontrava estripado.

O mesmo jornal dedicou grande parte de sua edição do dia seguinte aos detalhes macabros do que havia acontecido na Dorset Street, mas também imprimiu uma coluna editorial que dizia o seguinte:

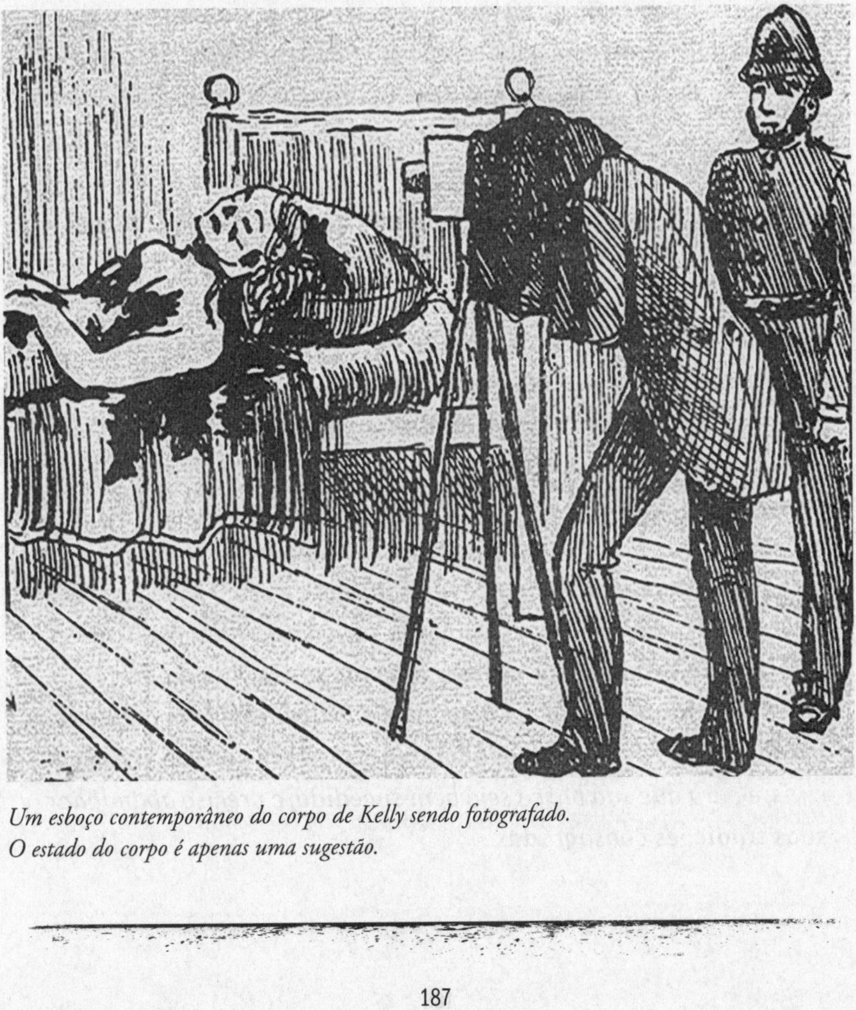

Um esboço contemporâneo do corpo de Kelly sendo fotografado. O estado do corpo é apenas uma sugestão.

Mais uma vez, o demônio de East End volta a agir, e desta vez a paixão insana pela mutilação se mostra mais evidente do que nunca. A vítima neste caso, Mary Ann [sic Jane] Kelly, foi cortada, eviscerada e desfigurada como nenhuma de suas pobres antecessoras sacrificadas pelo 'Sadismo'. Ainda assim, acreditamos que o requinte dos detalhes mostra que se trata do mesmo artista. Não estamos brincando quando nos referimos a ele como artista, mas com seriedade, devido ao fato evidente de que ele ama seu trabalho diabólico, e se empenha em chamar cada vez mais a atenção de todo o mundo. Sua arte é o horror, e ele busca intensificá-la sempre. No dia 10 de setembro, ousamos sugerir que o assassino era um monomaníaco, além de possivelmente epilético. Não condenamos a polícia na época, como muitos contemporâneos fizeram em relação ao seu fracasso em rastrear o assassino, reconhecendo, desta forma, a obscuridade que envolve os atos provenientes da insanidade. Tudo aponta à crença de que um homem, e um homem apenas, é responsável pela série de assassinatos, embora a moda no quesito assassinato, bem como no suicídio, exerça uma influência potente em mentes doentes. A atrocidade de ontem, um relato especial e ilustrativo do que aparece em outras colunas, mostra, assim como em outros casos, que o assassino, ainda que se divirta com as mutilações, não é um anatomista talentoso. Seu conhecimento, seja qual for, não é de um homem instruído academicamente. Ele provou, no caso da Mitre square, ter estragado seu trabalho, e se no caso atual ele procedeu com requintes de crueldade, as mais vantajosas condições de reclusão são suficientes para explicar. Sir Charles Warren fez bom uso dos bloodhounds. Ontem eles foram enviados, mas não estavam disponíveis. Talvez não haja nenhuma perda aqui. Os devidos bloodhounds nesse ponto devem ser os policiais, e para que sua busca seja bem-sucedida, é preciso abandonar suas tradições consagradas.

Não foram somente os jornais de Londres que cobriram a história. Jack, o Estripador, havia se tornado tão famoso que as notícias do último assassinato se espalharam pelo mundo via telégrafo, aparecendo em diversos jornais estrangeiros. O *Atlanta Constitution* da Georgia, nos Estados Unidos, dedicou uma página inteira ao assassinato sob a manchete 'ATROCIDADE DIABÓLICA – Detalhes de Outro Assassinato em Whitechapel'.

Outros jornais americanos que publicaram toda a cobertura da história foram o *Cincinnati Informer*, o *Boston Daily Globe* (manchete 'Conto Sangrento de Whitechapel – Decepamentos Hediondos Inigualáveis'), o *New York Times*, o *New York Herald* e o *Bismarck Tribune* de North Dakota. O Império Britânico também estava inquieto com o fato de que os jornais em Sydney, Montreal, Manitoba, Auckland e Cidade do Cabo dedicavam ampla cobertura ao assassinato.

Sem dúvida, se tratava de um assassinato drástico que, mesmo que não fosse de autoria de Jack, o Estripador, teria valido a pena a ampla cobertura.

Eram cerca de 10:30 da manhã quando John McCarthy pediu que seu assistente Thomas Bowyer fizesse a cobrança de aluguel de uma inquilina chamada Mary Kelly. McCarthy era proprietário do Miller's Court (também conhecido como McCarthy's Rents) na Dorset Street. A propriedade consistia em um número de cômodos que davam para um pátio, ligado à Dorset Street através de um corredor. McCarthy vivia e trabalhava ali. Possuía uma loja de velas na Dorset Street ao lado do corredor que levava, através de um arco de tijolos, aos cômodos que ele alugava. O corredor se estendia por 6 metros até sua abertura para o pátio, onde havia um vaso sanitário, uma torneira, um cesto de lixo e um poste de luz, que era aceso à noite. Havia 13 cômodos no total, dispostos em dois pavimentos, todos virados para o pátio.

A inquilina com o aluguel em atraso era Mary Jane Kelly (também conhecida como Marie Jeanette Kelly), uma prostituta que vivia no Cômodo de número 13. Quem a conhecia a considerava muito melhor que a maioria das prostitutas que trabalhavam em Whitechapel. Ela tinha seu próprio quarto e, por isso, não precisava trabalhar nas ruas. Além disso, era descrita como uma mulher atraente, bonita e bem-apessoada. McCarthy não tinha o hábito de permitir que os inquilinos se atrasassem com o pagamento do aluguel sem despejá-los, e houve insinuações de que ele possa ter feito a Kelly certa concessão em troca de alguns favores. Seja como for, na manhã do dia 9 de novembro, ele queria seu dinheiro e instruiu Bowyer para que o buscasse.

Boyer caminhou até a porta de Kelly e bateu. Não houve resposta, mas ele achou que ela estava lá dentro, uma vez que nem ele nem McCarthy a haviam visto sair pela manhã. Assim, ele espiou pela janela do número 13 que dava para o pátio e deu um passo para trás horrorizado. Sobre a cama havia um corpo tão retalhado e mutilado que mal se podia reconhecê-lo como sendo humano, que dirá identificado como Kelly. Ele cambaleou de volta ao escritório de McCarthy e contou as notícias. McCarthy correu pelo corredor para ver o corpo por si mesmo e, em seguida, pediu que Bowyer fosse chamar a polícia.

Uma imagem contemporânea de como o assassino dominou e assassinou Mary Kelly.

Posteriormente, o inspetor Walter Dew contou sobre o que aconteceu em seguida.

Se eu me lembro corretamente, eram entre dez e onze horas da manhã quando passei pela delegacia da Commercial Street para dar um alô aos meus superiores. Eu conversava com o inspetor Beck, que era encarregado pela delegacia, quando um jovem, com os olhos estatelados, chegou arfando na delegacia. O pobre rapaz estava com tanto medo que por um momento não conseguiu proferir nada inteligível. Finalmente, conseguiu gaguejar algo sobre 'Mais um. Jack, o Estripador. Pavoroso. Jack McCarthy pediu que eu viesse'. Sr. McCarthy era conhecido por nós como proprietário de um albergue comum. 'Vamos, Dew', disse o inspetor Beck e, diante do terror nos olhos do mensageiro de que Dorset Street era a cena do que quer que tivesse acontecido, nós o colocamos como piloto e dirigimos-nos a esta direção, reunindo tantos guardas quanto possível pelo caminho.

Dew também espiava a carnificina pela janela, assim como o inspetor Abberline e Dr. George Phillips ao chegarem, por volta das 11:15. Depois de esperar duas horas pelo comissário Warren acompanhado de seus bloodhounds, o superintendente Arnold decidiu dar continuidade à apuração. Ele pediu que McCarthy arrombasse a porta com um machado e decidiu que Phillips deveria ser o primeiro a entrar. Phillips conduziu uma inspeção preliminar do corpo antes que fosse levado para a autópsia, que seria realizada por Dr. Thomas Bond. Três fotos da cena do crime foram tiradas antes de moverem o corpo, tornando Mary Jane Kelly a única vítima entre aquelas de Jack, o Estripador, a ser fotografada no local em que foi encontrada.

UMA VÍTIMA POPULAR E SIMPÁTICA

Abberline então examinou o cômodo procurando por pistas, recolhendo tudo o que havia sem esquecer onde cada coisa estava. Ele percebeu que uma grande chama havia queimado na lareira na noite anterior e que uma grande quantidade de roupas femininas haviam sido queimadas até virarem cinzas. As cinzas foram levadas embora para serem cuidadosamente peneiradas à procura de resquícios não queimados. Havia um cachimbo de barro e algumas quinquilharias masculinas.

A primeira tarefa da polícia era rastrear o passado de Kelly à procura de alguém que teria alguém motivo para o assassinato. O assassinato poderia parecer mais uma obra de Jack, o Estripador, mas sempre era possível que alguém criasse essa aparência de propósito. McCarthy disse à polícia que Kelly havia chegado no Miller's Court em fevereiro de 1888, juntamente a um porteiro do Billingsgate Market chamado Joseph Barnett. O casal era popular e agradável com os outros moradores. Kelly não estava trabalhando como prostituta desta vez, pois o casal vivia com o salário de Barnett. Porém, em setembro, Barnett perdeu o emprego. Logo depois, as velhas amigas de Kelly que eram prostitutas começaram a chamá-la. Barnett desaprovava as amigas de Kelly, especialmente quando uma delas era autorizada a passar a noite. Ele brigou com Kelly e se mudou. Barnett havia voltado na maioria dos dias desde então para visitar Kelly e, às vezes, lhe deixar algum dinheiro. Ele a havia visitado pela última vez às 07:30 da noite do dia 8 de novembro e ficou cerca de quinze minutos. Um dos moradores do Miller's Court disse à polícia que havia outro homem, chamado Joe, que visitara Kelly quando Barnett estava ausente. Ele havia sido muito simpático com Kelly e lhe dado um pouco de dinheiro de vez em quando.

A polícia logo encontrou Barnett, que estava morando na New Street, número 25, em Bishopsgate. Descobriram que era um homem local, nascido em Whitechapel em 1858 e havia vivido lá desde então. Ele disse à polícia que havia conhecido Kelly na Sexta-feira Santa em 1887 e dentro de 48 horas eles haviam decidido morar juntos, mas sem se casar. Moraram em uma sucessão de cômodos alugados em Whitechapel antes de se mudarem para o Miller's Court e só tiveram problemas uma vez – quando foram despejados de cômodos em Little Paternoster Row por não pagarem seu aluguel. Barnett identificou o cachimbo e outros objetos encontrados no quarto de Kelly como sendo dele.

Barnett disse que Kelly havia nascido na Irlanda em 1863, mas que a família havia se mudado para o País de Gales quando seu pai conseguiu um emprego nas ferragens de Carmarthen quando ainda era muito pequena. Aparentemente, os Kellys eram bem de vida, e a educação recebida por Kelly havia sido melhor do que aquela dada à maioria das garotas de classe trabalhadora de seu tempo. Aos 16 anos de idade, Kelly se casou com um carvoeiro chamado Davis e teve um bebê. Mas David morreu em um acidente no garimpo dois ou três anos depois. Por alguma razão, Kelly não voltou para a casa de sua família. Ao invés disso, se mudou para Cardiff, onde se tornou prostituta. Por volta de 1884, ela se mudou para Londres, onde trabalhou em um bordel elegante. Ela era tão popular nesse bordel entre os clientes ricos que andava em suas carruagens e em pelo menos uma ocasião foi a Paris.

Foi a bebida que derrubou Kelly. Kelly ficava violenta e agressiva quando se embriagava, e ficava bêbada com tanta frequência quando deveria estar sóbria que foi mandada embora do bordel. Ela então se mudou para uma casa em Breezer's Hill administrada por uma mulher chamada Sra. Carthy. Embora não houvesse nenhuma evidência de fato para comprovar isso, parece que se tratava de um bordel menos salubre. Ela saiu de lá em 1886 para viver com um pedreiro chamado Joseph Fleming. O relacionamento não durou muito, e Kelly vivia em um albergue comum na Thrawl Street quando conheceu Barnett. Era nítido que Fleming era mais um Joe que havia visitado Kelly no Miller's Court. A polícia entrou em contato com Fleming e com a Sra. Carthy e, juntamente a Barnett, os eliminou como suspeitos.

SERÁ QUE O ASSASSINO DE JANE KELLY FOI VISTO?

Enquanto isso, guardas e detetives batiam nas portas da região procurando por alguém que conhecia a vítima. Esperava-se que ao refazer seus deslocamentos na noite de seu assassinato, eles pudessem encontrar alguma pista que os levasse ao assassino. Até as 8 horas da noite de sua morte, Kelly havia ficado em seu cômodo conversando com outra moradora do Miller's Court, Maria Harvey. Em algum momento depois disso, foi ao pub Ten Bells para beber alguma coisa. Lá ela foi vista com uma mulher que não pôde ser identificada. Às 11 horas da noite, foi vista no pub Britannia bebendo com um homem descrito como sendo um sujeito jovem, bem vestido, com bigode. Kelly parecia estar embriagada.

Às 11:45 da noite, a Sra. Mary Ann Cox caminhava para casa no Miller's Court, número 5. Ela entrou na Dorset Street pela Commercial Street e viu Kelly com um homem. Ela disse que o homem era robusto, tinha cerca de 35 anos e aproximadamente 1 metro e 65 centímetros. O sujeito estava vestido com um sobretudo e um chapéu escuro. Seu rosto tinha o rosto manchado e costeletas, além de bigode alaranjado. O homem carregava o que parecia um objeto que parecia um balde de cerveja. Cox seguiu Kelly e o homem que ela presumia ser um cliente dela até o Miller's Court. Ela desejou boa noite ao casal que estava parado na frente do cômodo de Kelly. Algum tempo depois, Cox ouviu Kelly cantado uma de suas músicas favoritas, 'A Violet from Mother's Grave'.

À meia-noite e meia, o canto de Kelly despertou o Sr. e a Sra. Pickett, dois moradores do Miller's Court. Meia hora depois, Cox ainda podia ouvir Kelly cantando. Em algum momento depois da 1 da manhã, Elizabeth Prater chegou embriagada em seu cômodo alugado no pavimento superior do número 26 da Dorset Street, cuja janela dava para o Miller's Court. Ela não podia mais ouvir nenhum canto.

Às 2 horas da manhã, um homem chamado George Hutchinson, que já conhecia Kelly, descia a Commercial Street. Encontrou Kelly parada na esquina da Flower and Dean Street, a quase 45 metros ao sul da Dorset Street. De acordo com seu depoimento posterior, Kelly pediu a Hutchinson se ele poderia lhe empresar um pouco de dinheiro, mas como ele não tinha dinheiro com ele, Hutchinson negou o empréstimo. Sugeriu-se que, na realidade, Kelly havia tentado fazer de Hutchinson um cliente, mas que ele teria declinado a oferta por lhe faltar o dinheiro. Hutchinson então ficou olhando Kelly abordar outro homem. Ele ouviu Kelly dizer, 'Tudo bem', ao que o homem respondeu, 'Você vai ficar bem com o que eu lhe disse.'

Kelly e o homem se dirigiram à Dorset Street ao Miller's Court. Hutchinson os seguiu e viu o casal parar na frente do Miller's Court para uma conversa rápida, embora tudo o que ouvisse era Kelly dizer, 'Tudo bem, querido. Entre. Você vai gostar.' Hutchinson declarou que dera uma boa examinada no homem quando Kelly e o cliente passaram embaixo de um poste de luz. Ele depois descreveu o homem como um sujeito de pele clara, bigode pequeno com as pontas viradas para cima, cabelos escuros, olhos escuros e sobrancelhas espessas. Vestia um chapéu de feltro macio puxado até os olhos, um sobretudo escuro com as bordas em pele de cordeiro, colarinho branco e uma gravata preta presa com um alfinete de ferradura. Vestia polainas escuras com botões claros sobre suas botas. Uma corrente dourada enorme em seu colete tinha um grande sinete e uma pedra vermelha pendurados. Ele trazia luvas infantis na mão direita e um pequeno pacote na esquerda. Tinha cerca de 1 metro e 70 centímetros de altura e cerca de 35 ou 36 anos de idade.

Por volta das 4 horas da manhã, a Sra. Prater ouviu alguém dizer baixinho, 'Ah, assassino,' o que também foi ouvido por Sarah Lewis, outra moradora do Miller's Court. Ela o ignorou, pois as palavras eram bastante comuns na região e raramente apontavam para qualquer coisa além do início de uma briga. Às 5:45, a Sra. Cox ouviu um homem deixar o tribunal, mas não viu nem o sujeito, nem o cômodo de que saíra. Nenhum dos moradores da ala masculina do albergue mais tarde alegou ter visto o homem. Às 7 horas, uma florista que conhecia Kelly passou pelo albergue para saber se poderia pegar um dos xales de Kelly visto que fazia frio. Ela bateu na porta do número 13, mas ninguém atendeu.

Mais tarde, Dr. Bond estimou que o horário da morte devia ter sido entre 3:30 e 4:30 da manhã. Admitia-se, assim, que o assassinato acontecera às 4 horas da manhã e que o assassino deixara o local às 5:45. Não existe certeza sobre o homem visto por Hutchinson ser o assassino. Pode ser que fosse, ou este poderia ter deixado o local uma hora depois com Kelly, que então pode ter buscado outro cliente.

O homem visto por George Hutchinson com Kelly desenhado por um ilustrador.

Mais uma vez, a polícia enfrentava uma vítima de assassinato escolhida, aparentemente, aleatoriamente por um assassino que atacava em silêncio e então desaparecia por Whitechapel como se nunca tivesse estado lá. Era extremamente frustrante.

O PERFIL DO MAIOR CRIMINOSO DO MUNDO

Voltando a 25 de outubro, Robert Anderson, presidente do CID em Scotland Yard, decidiu tentar uma nova abordagem para desvendar os assassinatos. A abordagem se provou uma jogada criativa que nenhuma força da polícia havia tentado antes, mas que muitos imitariam anos depois. Ele chamou Dr. Thomas Bond, o cirurgião da polícia autorizado em Westminster e um homem conhecido por compreender tanto a mente quanto o corpo humano. Anderson lhe enviou todas as anotações completas das autópsias e transcrições dos questionamentos dos médicos legistas e lhe pediu sua opinião profissional. Bond lhe respondeu no dia 10 de novembro, apresentando o que foi considerado o perfil do maior criminoso do mundo. Ao escrever a nota, teve a chance de ver os restos mutilados de Mary Kelly. Depois de revisar brevemente a natureza dos ferimentos causados pelo assassino, Bond continuou:

As mutilações em cada caso, com exceção daquele na Berners Street, foram todos do mesmo caráter e mostravam claramente que em todos os assassinatos, o objeto sempre era a mutilação.

Em cada caso, a mutilação foi causada por alguém que não tinha conhecimento científico ou anatômico. Na minha opinião, ele não possui nem mesmo os conhecimentos técnicos de um açougueiro ou de um abatedor de cavalos, ou qualquer pessoa acostumada a decepar animais mortos.

O instrumento utilizado deve ter sido uma faca resistente de pelo menos quinze centímetros de comprimento, muito afiada e pontuda na parte superior, e com cerca de dois centímetros e meio de largura. Pode ter sido um canivete, um facão de açougueiro ou um bisturi. Eu não tenho dúvidas de que se tratava de uma faca reta.

O assassino deve ter sido um homem de grande força física e grande frieza e audácia. Não há evidências de um cúmplice. Na

Robert Anderson, comissário adjunto de Scotland Yard, na época dos assassinatos.

minha opinião ele deve ser um homem sujeito a achaques periódicos de obsessão homicida e erótica. As particularidades das mutilações indicam que o homem pode estar em uma condição sexual que pode ser chamada de satiríase. É claro que é possível que o impulso homicida possa ter origem em sentimentos de vingança ou obsessão da mente, ou que o Fanatismo Religioso possa ser originalmente a doença, mas eu não acho que nenhuma das hipóteses é provável. Externamente, o assassino é muito provavelmente um sujeito de aparência inofensiva de meia idade e trajes limpos e distintos. Eu acho que ele deve ter o hábito de usar um capote ou um sobretudo, pois do contrário, dificilmente teria escapado da atenção das pessoas nas ruas, caso o sangue em suas mãos ou roupas estivesse visível.

Considerando que o assassino seja essa pessoa que eu acabei de descrever, ele seria provavelmente solitário e excêntrico em seus hábitos, além de muito provavelmente ser um homem sem ocupação fixa, mas com alguma renda ou pensão. É possível que vivesse entre pessoas distintas que têm algum tipo de conhecimento de seu caráter e de seus hábitos e com motivos para suspeitar de que nem sempre seja completamente sensato. Essas pessoas provavelmente recusariam comunicar tais suspeitas à Polícia por medo de criar confusão ou chamar atenção.

É claro, com o assassino ainda à solta e fora de alcance para maiores observações, ninguém sabia se as conclusões de Bond estavam certas.

Até esse ponto, o estado do corpo de Mary Kelly não havia sido divulgado. Testemunhas confirmaram à imprensa que o abdômen da vítima havia sido cortado e que outras mutilações haviam sido realizadas. A imprensa e o público estavam igualmente estavam convencidos de que o que havia acontecido desta vez era pior do que qualquer coisa que ocorrera antes e aguardava as investigações a respeito dos detalhes mais sangrentos. Eles ficariam desapontados em breve.

'A ORELHA E OS OLHOS...É SÓ ISSO QUE EU CONSIGO RECONHECER'

No dia 12 de novembro, o inquérito aconteceu diante de Dr. Macdonald, membro do parlamento, o Médico Legista do Distrito do Nordeste de Middlesex. Uma das primeiras testemunhas era Joseph Barnett, que havia identificado o corpo como sendo de sua amante de longa data Mary Kelly Uma indicação do terror encontrado no cômodo do Miller's Court surgiu quando o Médico Legista lhe perguntou se ele havia identificado o corpo formalmente. Ele respondeu: 'Eu vi o corpo e o identifiquei pela orelha e pelos olhos, que é tudo o que eu consigo reconhecer.' Sendo esse o caso, o corpo havia sido, portanto, tratado de maneira ainda mais cruel do que acontecera a Catherine Eddowes.

Depois de escutar as testemunhas que haviam encontrado o corpo ou que viviam no Miller's Court, o tribunal ficou em total silêncio até que Dr. George Phillips se posicionasse. Depois de explicar como ele havia sido chamado ao local do crime, continuou:

> *Quando a porta foi aberta, esta bateu contra a mesa que estava à esquerda da cabeceira, e a cabeceira, por sua vez, estava próxima ao biombo de madeira. Os restos mutilados de uma mulher encontravam-se jogados a dois terços de distância, em direção à quina da cabeceira mais próxima à porta. A vítima vestia apenas roupa de baixo, e, posteriormente, notei que certamente o corpo fora movido, após os ferimentos que a levaram a óbito, daquele lado da cabeceira que estava mais perto do biombo de madeira já mencionado. A grande quantidade de sangue sob a cabeceira, a condição encharcada do colchão de palha, dos travesseiros, e do lençol no canto superior da cabeceira próxima ao biombo me levam à conclusão de que a ruptura da artéria carótida direita, que foi a primeira causa da morte, foi causada enquanto a vítima estava deitada no lado direito da cama, e sua cabeça e pescoço encontravam-se no canto superior direito.*

Ele ficou calado subitamente e não lhe fizeram mais perguntas sobre as mutilações ou a autópsia.

Ao invés disso, o inspetor Abberline depôs para dar maiores detalhes sobre a investigação até aquele momento. O Médico Legista perguntou, então, 'Existe mais alguma coisa de que o júri deve tomar conhecimento?'

Abberline respondeu, 'Não, se houver, eu posso entrar em contato com o Senhor.' Claramente, ele não queria que o real terror daquele cômodo fosse revelado. O júri logo pronunciou o veredito: 'Assassinato de uma pessoa ou mais pessoas desconhecidas'.

O LINCHAMENTO DE UMA MULTIDÃO

É certo que a polícia tinha razões para tentar evitar incitar a situação. Desde que o corpo fora encontrado, grandes multidões pairavam pela Dorset Street e suas redondezas, dado que os moradores de Whitechapel se reuniam para saber das notícias, espiar a entrada do Miller's Court e especular sobre os assassinatos. Às vezes, se contabilizava mais de mil pessoas. Na noite de 11 de novembro, o céu estava aberto e era possível ver a lua cheia. A fofoca que corria pela aglomeração era de que o assassino era um maluco, um doido influenciado pelo crescimento da lua que seria acometido por seus maiores ataques de loucura na lua cheia.

Em um certo momento, alguns homens no fundo da multidão notaram um homem vestido de maneira peculiar. Vestia botas e calças de boa qualidade, sobre os quais colocara um suéter puído, de qualidade inferior – e havia pintado o rosto de preto, embora não as mãos, como se para remeter aos marinheiros negros que chegavam dos navios no porto. Os homens exigiram saber sua identidade, mas o sujeito tentou escapar. Rapidamente, foi agarrado no meio de muita gritaria e empurrões. O homem tentou fugir, e isso lhe rendeu muitos socos, pontapés e murros.

'Ele é o Estripador!' alguém gritou, e uma corda surgiu de algum lugar.

O homem estava sendo empurrado em direção a um poste, aparentemente para ser linchado, quando os policiais que vigiavam a entrada do Miller's Court decidiram dar uma mão. Percorrendo a multidão, eles mandavam as pessoas saírem da frente em nome da Rainha e passaram a usar seus bastões para golpear todos aqueles que não se movessem logo. Mais policiais que permaneciam na rua ao lado em caso de algum incômodo correram então em direção à multidão desde a ponta da Commercial Street. Encurralado entre os dois grupos, o homem acabou sendo pego pelos policiais. A esse ponto, o sujeito estava tão machucado que mal podia se colocar em pé. Ora fora carregado, ora marchara até a Delegacia da Leman Street. A multidão seguiu aos berros. Eram gritos de raiva e clamores por justiça. Por mais de uma hora, permaneceram à porta da delegacia, gritando que o Estripador deveria ser entregue a eles.

O homem foi confinado em uma cela, e um médico foi chamado. Tratava-se de um cavalheiro de uma área nobre de West End, que pensara que seu 'disfarce' lhe permitiria se misturar com as pessoas de East End para visitar as cenas do crime sem chamar atenção. Foi detido durante a noite enquanto a polícia verificava sua história e depois foi escoltado até sua casa.

CHARLES WARREN É SUBSTITUÍDO

Com multidões assassinas à solta, não é de se estranhar que a polícia tenha tentado atenuar o horror que a situação suscitava. E a polícia tinha seus próprios problemas. Sir Charles Warren, o comissário da Polícia Metropolitana, havia acabado de renunciar. Warren permanecera em sua posição por apenas dois anos, e já havia brigado com o Secretário do Estado, Henry Matthews, a respeito da organização policial. O povo ficara em grande parte contra ele por conta das suas atitudes em novembro de 1887. Uma grande manifestação, com cerca de 10 mil pessoas, aconteceu na Trafalgar Square para exigir a liberdade do membro do parlamento e esquerdista William O'Brien, que estava preso por ter organizado uma manifestação na Irlanda. A polícia vigiava a manifestação, mas, conforme a situação se tornava difícil, Warren enviou 400 soldados armados com baionetas. Na briga que se seguiu, três pessoas morreram e 200 foram hospitalizadas.

Malquisto tanto por seu patrão quanto pelo povo, Warren se sentiu atacado pelos jornais por conta de seu fracasso em capturar Jack, o Estripador. Respondeu com uma crítica de palavras francas que foi publicada em uma revista londrina. O artigo havia sido escrito e publicado sem a permissão do Secretário do Estado. Disseram a Warren que submetesse uma reprimenda oficial, mas, ao invés disso, ele renunciou ao cargo. Warren foi substituído por James Munro, que até aquele momento era o presidente do CID de Scotland Yard. Não era um momento favorável para a polícia perder um líder, mas Munro imediatamente assumiu a tarefa de encontrar Jack, o Estripador.

OS SUSTOS E AS INQUIETAÇÕES PERMANECEM

No dia 13 de novembro, outra mulher foi encontrada morta em Wapping, a meia milha ao sul de Whitechapel. Desta vez, o corpo foi encontrado boiando no Rio Tâmisa. Ela estava muito bem vestida e se tratava claramente de outro tipo de mulher em relação àquelas mortas pelo Estripador. Conforme a polícia investigava o crime, porém, descobriram que ela não era tão diferente assim. Antes de escurecer, eles haviam identificado a mulher como Frances Annie Hancock, que havia sido dada como desaparecida no dia 21 de outubro pela proprietária da pensão onde vivia. A proprietária da pensão disse que a Sra. Hancock, de 32 anos, recebia semanalmente £5 em ouro de um cavalheiro muito bem vestido que a visitava com frequência. Para piorar a situação, ela não sabia o nome do homem, mas deixou claro à polícia que não se tratava do marido da Sra. Hancock, embora ele conhecesse a vítima muito intimamente.

A polícia levou apenas alguns dias para encontrar o cavalheiro em questão: Sr. Frank Pain de Strand. Inicialmente, ele negou conhecer a Sra. Hancock, mas após interrogatório pormenorizado, admitiu que tinha um relacionamento com a mulher. Ele disse que a última vez que vira a Sra. Hancock fora em 22 de outubro, quando ela se despedira dele na estação da Liverpool Street quando ele partira para fazer negócios por alguns dias. Neste momento, a

A rebelião de Trafalgar Square em novembro de 1887 resultou no ataque da polícia entre socialistas e manifestantes irlandeses. Três manifestantes morreram na briga.

polícia estava convencida de que a Sra. Hancock havia se suicidado, mas não havia nenhuma evidência consistente. O interrogatório do Médico Legista que se seguiu terminou com o veredito 'encontrada afogada'.

No mesmo dia em que o corpo da Sra. Hancock foi encontrado, a polícia anunciou que quem morava ou trabalhava no Miller's Court poderia agora retornar aos seus cômodos. Ninguém mais tinha autorização para entrar, e dois guardas robustos faziam a vigilância para que a regra não fosse burlada. O cômodo de número 13 permanecia trancado. A multidão da Dorset Street minguara, mal se contava 200 indivíduos.

Enquanto isso, outras detenções eram realizadas. Um marinheiro irlandês chamado Thomas Murphy foi preso em 14 de novembro depois de ter sido visto com uma faca sob sua jaqueta. Outro homem foi preso no Spitafields Market no mesmo dia às 2 horas da manhã depois que um homem abordou uma mulher e tentou induzi-la a lhe acompanhar por um beco escuro. A mulher ficou desconfiada e chamou um policial. O homem se recusou a dar seu nome e endereço à polícia, dizendo que ele não queria que seus pais soubessem o que estava fazendo. Ele foi preso e encarcerado até que fornecesse a informação exigida. Um terceiro homem foi preso na Dorset Street por volta das 3 horas da manhã depois que os guardas vigiando a entrada do Miller's Court o viram agir de maneira suspeita. Um quarto homem, ainda, foi preso na York Road, em um pub, depois de deixar escapar que era Jack, o Estripador. Os outros clientes do pub o agarraram e seguraram enquanto um dos homens corria para buscar um policial. Os quatro homens foram soltos depois dos devidos esclarecimentos durante o interrogatório.

Uma detenção bem diferente aconteceu um pouco antes da meia-noite do dia 16 de novembro quando um homem correu à Delegacia da Commercial Street extremamente exaltado. Logo atrás vinha uma aglomeração de cerca de 30 homens gritando que ele era Jack, o Estripador, e que havia atacado duas mulheres. O homem implorou à polícia pedindo que o protegesse dos homens. Ele disse que seu nome era Wolf Leviehne e que ia para casa em Tottenham após uma situação de negócios em Whitechapel quando foi abordado por duas mulheres que lhe perguntavam se estava interessado em fazer sexo. Leviehne havia recusado, quando uma das mulheres gritou alto, 'Você é Jack, o Estripador!' Isso causou a chegada de alguns homens que vieram correndo. Leviehne havia tentado explicar, mas o ânimo dos homens estava péssimo, e ele, por isso, disparou até a delegacia mais próxima.

O sargento em serviço acalmou a multidão lhes dizendo que Leviehne seria mantido sob custódia para ser investigado. Pediu que alguns de seus funcionários fossem atrás das duas mulheres, Mary Johnson e Christine de Grasse, para serem interrogadas e presas. No dia seguinte, as duas mulheres foram acusadas no tribunal por aliciamento sexual. O Juiz Bushby deixou claro que, embora elas fossem claramente culpadas, ele lhes daria uma pena especialmente pesada de 14 dias de encarceramento para desencorajar que outras mulheres fizessem semelhantes acusações bárbaras e potencialmente perigosas.

Os dias que se seguiram trouxeram outros sustos e inquietações. Escrituras em giz foram encontradas em Bermondsey assinadas 'Jack, o Estripador' prometendo 'Caro Senhor – estou em vias de cometer mais três assassinatos'. Na Estação Ferroviária Blackfriars, um homem que atendia à descrição dada por Hutchinson do homem visto com Kelly foi atacado violentamente por um grupo de homens e escapou entrando em um trem. No dia 19 de novembro, os restos mortais de Mary Kelly foram enterrados. O *Evening News* publicou:

> *O enterro da mulher assassinada Kelly aconteceu no Cemitério Católico Romano, Leytonstone, nesta tarde, e o cadáver veio do necrotério de Shoreditch. Grandes multidões estavam presentes. Três grandes guirlandas decoravam o caixão, que trazia a inscrição, 'Maria Jeanette Kelly, 9 de novembro de 1888, 25 anos de idade.' O carro foi seguido por duas carruagens fúnebres.*

Outro capítulo na carreira do assassino conhecido como Jack, o Estripador, se findava. Mas o terror perdurava.

CAPÍTULO 10

E O TERROR CONTINUA

O assassinato de Mary Kelly elevou o número de vítimas para sete desde a primavera, e ainda não havia sinais de que o assassinato estivesse satisfeito. Buscas longas de casa em casa foram realizadas em seguida ao assassinato brutal. Logo no dia seguinte ao do enterro de Mary Kelly, ouviram-se gritos novamente em Whitechapel, e uma mulher alegou ter sido atacada por Jack, o Estripador. East End se preparava para mais notícias ruins conforme os assassinatos pareciam continuar sem um fim à vista.

A CAÇA AO HOMEM É CANCELADA

Os jornais da manhã de 20 de novembro traziam detalhes do enterro de Mary Kelly, as últimas detenções e outras notícias ligadas aos assassinatos de Whitechapel. No número 19 do albergue comum da George Street, em Spitafields, o gerente e alguns moradores estavam na cozinha do pavimento térreo lendo os relatos atentamente. Eram 9 horas da manhã em ponto.

De repente, a paz ali foi quebrada por um grito terrível do pavimento superior. Alguns momentos depois, um homem corria escada abaixo, passando pela porta principal, em direção à Thrawl Street. Logo em seguida, Annie Farmer, uma hóspede fixa do albergue, entrou na cozinha cambaleando segurando firmemente o próprio pescoço, que continha um corte e sangrava muito. 'O Estripador,' ela sussurrou. 'O Estripador.' Ela não vestia nada além de sua camisola toda manchada de sangue.

A partir daí, as coisas aconteceram muito rápido. O gerente correu para o cômodo de cima onde uma mulher chamada Esther Hall dormia. Ele a despertou para que viesse cuidar de Farmer, e depois correu para chamar um médico. Enquanto isso, os outros homens que estavam na cozinha saíram atrás do fugitivo. Ele vestia um terno escuro, um chapéu de feltro duro e tinha bigode preto. Eles chegaram à Thrawl Street, mas não podiam vê-lo. Depois de darem a descrição do homem procurado a outros homens, espalharam-se reunindo mais e mais homens. Logo uma grande área de Whitechapel fervia com a presença de homens procurando o agressor misterioso. Não demorou muito e o rumor que se espalhava era de que Farmer estava morta, uma nova vítima de Jack, o Estripador.

Enquanto isso, a Sra. Hall havia limpado o ferimento no pescoço da Sra. Farmer. Afinal, não se tratava de um corte profundo ou grave, embora sangrasse profusamente. Hall enrolou uma faixa de tecido em volta do pescoço como curativo. Ela perguntou a Farmer se ela conhecia o homem que a havia atacado. Farmer respondeu, 'Sim, eu estive com ele cerca de doze meses atrás, e ele me maltratou na época.' Ela disse que o homem a havia alcoolizado. Quando o médico chegou, ele disse que o ferimento não era sério, mas recomendou alguns dias na enfermaria do asilo e enviou uma maca.

Quando a polícia chegou à George Street, desviaram a maca usada para carregar Farmer até a Delegacia da Commercial Street para que a mulher pudesse ser interrogada. Eles também isolaram a sala em que o ataque havia acontecido e deixaram dois guardas à porta. Isso foi muito bom porque enquanto alguns homens se juntavam à busca pelo suposto assassino, outros haviam corrido à George Street para ver a cena e saber das notícias. Outros haviam se dirigido à Delegacia da Commercial Street, e um grupo de cerca de 200 pessoas se reuniu ali pedindo notícias sobre o 'assassinato'.

Um pouco antes do meio-dia, a polícia começou a distribuir um panfleto que dizia:

> *Procura-se, por tentativa de homicídio, no dia 21 deste mês, um homem, de 36 anos de idade, 1 metro e 67 de altura, pele escura, sem barba, bigode escuro, jaqueta, colete e calças pretos, chapéu preto de feltro redondo. Aparência distinta. Pode ser identificado.*

Mas mesmo enquanto a descrição circulava, alguns policiais hesitavam. Farmer tinha uma reputação ruim em Whitechapel e suspeitava-se de que ela não estava dizendo a verdade sobre o aparente assalto.

Uma busca pelo cômodo revelou algumas moedas espalhadas. Uma testemunha que estava na frente do albergue quando o homem fugiu disse que ele havia dito, 'Que — vaca' ao sair. Ele havia começado a se distanciar quando gritaram 'Estripador!' e, com isso, começou a correr. Também havia inconsistências na história de Farmer. Ele havia dito à Sra. Hall que ela conhecia o homem, mas, à polícia, disse que não. Ela disse à polícia que o homem a havia buscado em um pub e a embriagado antes de levá-la de volta ao albergue. O gerente do albergue disse que Farmer e o homem haviam chegado às 7:30 da manhã e que ambos estavam sóbrios. O homem havia pagado por um quarto duplo para os dois para um dia inteiro. Ele havia suposto que Farmer, que ele sabia que era prostituta, tinha cliente. Também haviam questões a respeito dos ferimentos. O cirurgião da polícia achou que esses poderiam ter sido causados pela própria vítima.

Considerando tudo, a polícia achou que a evidência apontava para o fato de Farmer ser a criminosa, não a vítima. Eles acreditavam que depois de fazer sexo com seu cliente, pretendia roubá-lo, talvez ameaçando esfaquear-se e acusá-lo de ser Jack, o Estripador, caso ele não pagasse. O homem se recusou a fazê-lo e fugiu. E a caça foi cancelada.

DETENÇÃO SEGUE DETENÇÃO

Não demorou muito até que retornasse. À 1 hora da manhã do dia 21 de novembro, um policial em ronda ouviu uma mulher gritar e correu em direção ao grito. Ele encontrou uma mulher em estado de pânico e um homem fugindo em direção à Brick Lane. Chamando com seu apito para pedir reforço, o policial foi atrás do homem. Depois de alguns minutos, o homem deu de encontro com um policial que vinha na direção contrária, e depois de lutar um pouco, foi dominado. O caso acabou sendo um roubo de rua relativamente trivial sem ligação qualquer com os assassinatos.

Depois, na noite de 23 de novembro, Ellen Worsfold encontrou um homem na Westminster Bridge e o levou em direção aos cômodos alugados na Waterloo Road. Conforme se aproximaram da porta, o homem tirou uma faca e a esfaqueou. O homem saiu correndo enquanto Worsfold gritava por ajuda. Um homem que vivia ali perto chamado Jim Peters ouviu alguns gritos e foi atrás do homem. Chegou a lutar com o sujeito no chão e a espancá-lo até dominá-lo. Um policial que estava em ronda chegou, levou o homem sob custódia e chamou um médico para cuidar de Worsfold. O homem era Collingwood Fenwick, que era conhecido pela polícia de condenações anteriores por fraude e falsificação. Inicialmente, foi acusado por tentativa de homicídio, mas, depois de feito o curativo do ferimento, trocaram a acusação para lesão corporal. O homem foi considerado culpado e foi encarcerado.

Outra detenção aconteceu no dia 27 de novembro quando um homem pegou uma prostituta em Whitechapel e a levou a um pub para beber. Um grupo de homens no pub achou que ele correspondia à descrição do homem visto com Kelly na noite de sua morte. Um policial foi enviado, e o sujeito foi detido. Depois disso, pôde provar que não estivera em Londres quando Kelly foi assassinada e, assim, foi liberado. Outra detenção em um pub aconteceu no dia 1 de dezembro na Crystal Tavern, em Mile End. O suspeito, desta vez, havia chamado a atenção por ser um forasteiro e por incomodar uma mulher que não queria falar com ele. Quando chegou à delegacia, informou um nome e um endereço falsos que, depois, trocou pelos verdadeiros ao perceber que era suspeito pelos assassinatos de Whitechapel. Este sujeito também foi liberado depois de apresentar álibi consistente.

No meio de dezembro, a tensão nas ruas começou a dar trégua. O clima frio manteve a maioria das pessoas dentro de casa, a menos que precisassem sair para ir a algum lugar. O grande número de pessoas nas ruas conversando que haviam formado multidões e motins vingativos nas noites de outono, quando o clima estava mais ameno, já não estava em evidência. Da mesma forma, não havia tantos bêbados nem prostitutas nas ruas. Os horrores dos assassinatos de Jack, o Estripador, ainda estavam em carne viva na mente de todo mundo, mas conforme as semanas passaram e nenhum novo assassinato ocorreu, o povo voltou ao seu ritmo de vida normal.

Um incidente na Dalston Lane, em Hackney, se destaca por conta de sua raridade. Um homem, claramente embriagado, cambaleava pela rua. Ele se aproximou de uma mulher e lhe fez uma sugestão obscena. Ela lhe virou as costas e foi embora, ao que homem gritou, 'Eu vou pegar você, eu sou Jack, o Estripador!' Infelizmente, para ele, seu estado de embriaguez era tamanho a ponto de ele não notar um policial em ronda se aproximando. O sujeito foi detido imediatamente e acusado de embriaguez e desordem. Quando foi trazido ao tribunal no dia seguinte, descobriram se tratar de Capitão William Moses, um funcionário do exército aposentado com histórico e reputação impecáveis. O juiz observou, 'Para um homem de seu grau de educação e posição ser acusado de tal conduta é sem dúvida uma grande vergonha. Vou lhe aplicar uma multa de 40 xelins, com 7 xelins e seis centavos pelas despesas médicas, ou um mês de encarceramento. Eu não tenho certeza se não seria o caso de mandá-lo para a cadeia sem a opção de uma multa.'

No dia 13 de dezembro, a cidade entrou em êxtase momentâneo quando um policial vigiando Lavinia Grove, em King's Cross, encontrou um braço humano jogado na sarjeta. Não demorou muito para que a polícia rastreasse o braço, descobrisse se tratar de um membro desaparecido de uma aula de anatomia do London Hospital e culpasse um aluno de medicina pela brincadeira.

MAIS CORPOS ENCONTRADOS, MAS O ESTRIPADOR É DESCARTADO

Mais grave ainda foi a descoberta feita pelo sargento policial Robert Golding às 4:15 da manhã do dia 20 de dezembro. Ele vigiava a Poplar High Street quando olhou para dentro do pátio onde ficava o estábulo que pertencia ao construtor George Clarke. Viu uma mulher caída ao lado da mureta de divisa. Golding correu e descobriu que a mulher estava morta, embora seu corpo ainda estivesse um pouco quente ao toque. Não havia ferimentos óbvios, mas a perna esquerda estava levantada e aberta como aquelas das mulheres mortas por Jack, o Estripador. Golding inspecionou o pátio em busca de sinais de briga, mas não havia nada. As únicas pegadas eram as dele e as da mulher. Ele chamou um guarda para vigiar o corpo e foi embora rápido para denunciar o caso.

Não havia nada no corpo que identificasse a mulher, mas a presença de dinheiro em seu bolso indicava que se ela havia sido assassinada, o motivo não teria sido roubo. Golding sabia bem que o pátio era usado por prostitutas para exercer seu ofício por estar sempre destrancado, além de ser silencioso e afastado. Ele também reconheceu vagamente a mulher como sendo uma prostituta de fato, mas ela não costumava trabalhar na região, e ele não sabia seu nome. O interrogatório de porta em porta como de costume foi realizado e conduziu a um morador local, Thomans Dean, que passava pelo pátio logo após a meia--noite e que tinha certeza que não havia nenhum corpo ali no momento.

A autópsia no dia seguinte não encontrou uma causa clara para a morte, mas havia uma marca na parte de trás do pescoço da vítima que poderia ter sido feita por um cordão bem apertado. Na opinião de Dr. Harris, a mulher havia sido estrangulada.

A polícia reuniu algumas prostitutas conhecidas por trabalharem na Poplar High Street e as levou ao necrotério para verem o corpo. Uma delas, Alice Graves, identificou o corpo como sendo de uma mulher que ela conhecia como 'Fair Alice', e cujo sobrenome achava que fosse Downey. Ela disse que havia visto Alice às 2:30 da manhã da noite de sua morte bebendo com dois homens que ela acreditava serem marinheiros do The George da Commercial Road, em Whitechapel. A maior parte das prostitutas concordavam que Alice fora a Poplar provavelmente para evitar as regiões onde o Estripador caçava suas vítimas.

Enquanto isso, Dr. Thomas Bond se dirigiu a Poplar para ver o corpo. Sendo mais experiente em morte violenta do que Dr. Harris, Bond declarou que as marcas no pescoço da vítima não eram consistentes com estrangulamento por amarra. Nenhuma das outras marcas habituais de estrangulamento estavam presentes. Ele achou que a mulher havia morrido por asfixia, talvez após uma queda por conta da embriaguez.

A identificação do corpo como pertencendo a Alice Downey não se mostrou tão simples quanto parecia. Logo ficou claro que 'Aline Downey' era um nome falso usado pela mulher quando trabalhava como prostituta. A polícia levou alguns dias para encontrar a pessoa certa para perguntar, mas, no dia 26 de dezembro, finalmente ficou determinado que o nome verdadeiro da vítima era Catherine Rose Mylett e que sua família vivia na Pelham Street. Dois detetives foram enviados para dar a notícia aos Myletts. Eles descobriram que a família Mylett estava dando uma festa para celebrar o natal com os vizinhos. Chamaram a Sra. Mylett de lado e lhe contaram sobre o destino de sua filha e, com isso, a mulher teve um colapso nervoso. Mais tarde no mesmo dia, ela visitou o necrotério e identificou o corpo formalmente como sendo de sua filha.

O inquérito foi realizado por Wynne Baxter, e os médicos discordaram abertamente sobre a causa de sua morte. O comissário adjunto Robert Anderson também estava presente e declarou que não havia nenhuma evidência no pátio que apontasse para qualquer ato violento. Ele resumiu a sessão dizendo que não havia nenhuma indicação de que a mulher havia sido assassinada. O júri, porém, deliberou que Mylett havia sido assassinada. Anderson foi forçado a aceitar o veredito e, portanto, a morte foi dada como assassinato. Contudo, uma vez que ele mesmo acreditava que a morte tinha se dado por causas naturais, não designou ninguém para investigar o caso.

A chegada de 1889 trouxe uma pausa gradual ao terror em East End. Não havia novos assassinatos, e as ocorrências de cartas, escrituras em giz e outras questões periféricas haviam desaparecido. O Comitê de Vigilância de Whitechapel descobriu que a subscrição de negócios locais também haviam desaparecido e, ainda que se encontrassem de vez em quando, suas patrulhas regulares cessaram, visto que não havia mais dinheiro para custeá-las.

No dia 2 de junho de 1889, uma prostituta grávida de Soho chamada Elizabeth Jackson desapareceu. Nos próximos 12 dias, as várias partes de seu corpo foram encontradas boiando no Tâmisa após serem decepadas em 17 pedaços com certa habilidade. O suspeito imediato era um homem com quem ela vivia, John Faircloth, que estava desaparecido. Ele apareceu em Devon, aonde havia ido algumas semanas antes, e havia muitas testemunhas para provar seu paradeiro ali o tempo todo. A polícia suspeitou que Jackson poderia ter morrido durante ou como resultado de um aborto mal feito, mas não havia nenhuma prova disso. O assassino nunca foi capturado.

O CORPO DE ALICE MCKENZIE É ENCONTRADO

Às 12:50 da manhã do dia 17 de julho, o guarda Walter Andrews entrou no Castelo de Alley, bem na saída da Whitechapel High Street, enquanto vigiava sua região como de costume. Ele já havia feito o circuito diversas vezes naquela mesma noite e havia passado pelo Castelo de Alley pela última vez por volta das 12:20. Ele notou uma mulher deitada atrás de uma carroça e foi verificar se ela estava morta. Sua garganta estava cortada, sua saia levantada, e havia cortes ao longo de seu abdômen. Ele começou a apitar para pedir ajuda, quando viu um homem passar no fim do beco. Andrews chamou o sujeito e lhe pediu que guardasse o corpo enquanto ia em busca de ajuda. Correndo até a Whitechapel High Street soprando seu apito, Andrews viu o sargento Badham correndo em sua direção. Badham enviou Andrews de volta para vigiar o corpo enquanto corria para buscar ajuda. No caminho à delegacia, ele também soprou o apito, reunindo três outros guardas, que enviou para dar assistência a Andrews. Na delegacia, encontrou o inspetor Edmund Reid, que levou Dr. George Phillips consigo até a cena. Reid e Phillips chegaram por volta da 1:10 da manhã.

Por volta das 2 horas, o comissário policial Munro estava no local assumindo comando da situação. Ele isolou completamente a área e enviou seus homens para bater de porta em porta na vizinhança para acordar os moradores e questioná-los. Os policiais locais da região também foram chamados e questionados quanto a conhecer a vítima. Eles a conheciam de vista por se tratar de uma mulher local, mas ninguém sabia seu nome. Alguns acharam que ela era prostituta, outros achavam que não. Em seguida, ele enviou alguns homens para chamarem os administradores e supervisores de todos os albergues comuns nas redondezas para verem o corpo.

Isso levou a polícia a um albergue na Gun Street, em Spitafields, administrado por uma senhora chamada Elizabeth Ryder. Ela lhes apontou um morador chamado John McCormack, cuja esposa estava desaparecida. McCormack foi levado para ver o corpo e o identificou como pertencendo a Alice McKenzie, a mulher com quem morava como marido e mulher, embora os dois não fossem de fato casados.

O inquérito do Médico Legista foi realizado por Wynne Baxter em 18 de julho, data em que a polícia havia chegado a uma conclusão razoavelmente clara tanto quanto ao histórico da vítima quanto aos seus deslocamentos na noite de sua morte. Ela tinha nascido em Peterborough em 1849 e se mudado para Londres em 1874.

Ela levou um menino cego, que era morador da cidade, chamado George Dixon, ao salão de música para a apresentação vespertina, chegando à Gun Street por volta das 8 horas da noite. Dixon se lembrou que McKenzie havia passado um tempo conversando com um homem que lhe havia pagado pelo menos uma dose de bebida. A Sra. Ryder, que encontrou McKenzie em seu retorno, achou que ela parecia levemente embriagada. Às 8:30 da noite, McKenzie deixou a Gun Street.

Às 11:40, foi vista por uma amiga, Margaret Franklin, que conversava com algumas outras mulher na Flower and Dean Street. Ela havia se casado e tinha um filho, que havia se mudado para os Estados Unidos, um pouco antes de 1883, ano em que conheceu John McCormack. McCormack era um irlandês que havia sido afastado do exército por invalidez com uma pensão após a Guerra da Crimeia. Ele recebia dinheiro extra trabalhando como mensageiro, porteiro e ajudante geral para alguns alfaiates na Hanbury Street. McKenzie trabalhava como lavadeira e faxineira em alguns estabelecimentos em Spitafields, mas ocasionalmente ia às ruas para ganhar dinheiro extra como prostituta. McCormack disse que desaprovava seu comportamento e que McKenzie não fazia aquilo recentemente.

O casal havia se mudado para a Gun Street em abril. Alugaram um apartamento de dois cômodos em um albergue superior que não oferecia

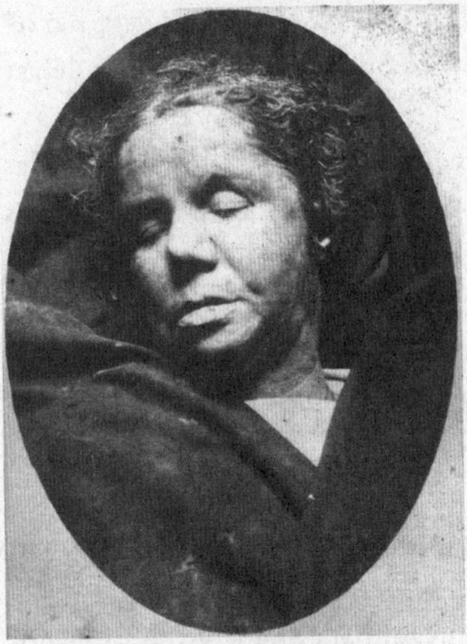

O pescoço de Alice McKenzie foi cortado em Julho de 1889, porém, hoje não se acredita que ela tenha sido mais uma vítima de Jack, o Estripador.

dormitórios. No dia 16 de julho, McCormack chegou em casa do trabalho, depois de fazer uma pausa para uma dose de bebida no caminho, e se deitou para descansar, pois estava cansado. Ele deu dinheiro a McKenzie para o aluguel da semana, além de um xelim para que ela gastasse como desejasse. McKenzie caminhava agilmente em direção à Brick Lane. Franklin lhe gritou um cumprimento, e McKenzie respondeu, 'Eu estou bem. Não posso parar agora,' e saiu apressada. Não houve nenhuma outra aparição até seu corpo ser encontrado.

McKenzie não era a única mulher desaparecida na Gun Street. Uma mulher mais jovem chamada Margaret Cheeks havia saído na mesma noite e nunca havia voltado. A polícia divulgou sua descrição e começou a buscar por ela. Dois dias depois, ela se apresentou em uma delegacia. Tinha ido visitar a irmã.

SERIA O ESTRIPADOR UM SUJEITO RESPONSÁVEL?

Tudo isso foi reportado ao longo do inquérito, mas, bem como antes, era o depoimento do médico sobre o estado do corpo pelo que a imprensa e o público esperavam ansiosamente. Ainda não haviam divulgado todos os detalhes das mutilações do corpo de Mary Kelly, embora se soubesse, através das testemunhas que haviam visto o corpo, que exibiam o mais alto grau de crueldade. Quando Dr. Phillips se posicionou para dar seu relato durante o inquérito de Alice McKenzie, o Médico Legista Baxter começou dizendo, 'Existem muitos pontos que o doutor preferirá deixar de fora no momento.'

Phillips passou a relatar que a morte havia sido causada por duas facadas no lado esquerdo do pescoço, uma das quais havia atingido a artéria mais importante. Os ferimentos pareciam ter sido causados quando a vítima já estava caída no chão. Havia diversos ferimentos incluindo um corte superficial de dezoito centímetros da parte inferior do seio esquerdo até o umbigo, além de sete ou oito arranhões de cerca de cinco centímetros correndo abaixo do umbigo. Também havia diversos ferimentos grandes no peitoral. Phillips imaginou que o assassino havia segurado McKenzie com uma mão sobre o peito enquanto a esfaqueava usando uma faca com a outra mão. Ao ouvir a evidência, Baxter adiou o inquérito para 14 de agosto.

Da próxima vez que o o júri se reuniu foi para ouvir Dr. Phillips novamente, presumivelmente trazendo detalhes que haviam sido ocultados anteriormente. Ele falou somente por volta de dez minutos, e a virada de chave aconteceu com uma pergunta do Médico Legista Baxter:

> *Baxter: Os ferimentos no abdômen são semelhantes àqueles vistos nos outros casos?*
>
> *Testemunha: Não, senhor. Eu posso dizer que os ferimentos no pescoço não são parecidos àqueles dos outros casos.*

Longe dos holofotes, o fato de McKenzie ter ou não sido assassinada por Jack, o Estripador, dividia a opinião entre a polícia. Dr. Thomas Bond pertencia ao grupo que acreditava que Jack, o Estripador, era o assassino de McKenzie. Bond declarou:

> *Eu vejo nesse caso evidências da concepção semelhante aos assassinatos anteriores ocorridos em Whitechapel, a saber, o*

ataque súbito à prostituta, o pescoço habilidosa e decisivamente cortado com mutilações subsequentes, cada uma delas indicando pensamentos sexuais e anseio pela mutilação do abdômen e dos órgãos sexuais. A minha opinião é de que o assassinato foi cometido pela mesma pessoa que cometeu a série de assassinatos anteriores em Whitechapel.

O comissário Munro concordou, porém, o comissário adjunto Anderson e o inspetor Abberline discordavam. O assassinato de McKenzie foi uma sensação efêmera em Whitechapel. Depois de vários dias de agitação nas ruas, tudo voltou ao normal no cotidiano de Whitechapel. A euforia e o espanto do outono anterior não retornaram. As multidões deixaram de agarrar transeuntes vestidos de modo esquisito e linchá-los, os homens não eram mais atacados em pubs, e a polícia não prendeu mais ninguém com comportamento estranho. O resto do ano se passou tranquilamente. Quem quer que fosse que Jack, o Estripador, e quaisquer que fossem seus motivos, ele parecia ter cessado sua atividade. Não havia mais assassinatos em Whitechapel e, embora a região permanecesse violenta onde a criminalidade era corrente, as mulheres então podiam caminhar pelas ruas com uma expectativa razoável de chegar vivas em casa.

É POSSÍVEL QUE A POLÍCIA TIVESSE FRACASSADO EM PRENDER JACK, O ESTRIPADOR?

Mas outro assassinato estava para acontecer em Whitechapel antes que o terror chegasse ao fim verdadeiramente. Bem como aconteceu no caso de McKenzie, a opinião no momento estava dividida entre o crime ter sido ou não obra do assassino desconhecido que respondia pelo nome de Jack, o Estripador.

Na noite de 12/13 de fevereiro de 1891, o guarda Ernest Thompson vigiava sua área próximo à Prescott Street e à Leman Street. Esta era uma área complexa para a vigilância, pois era vizinha à estação ferroviária da Fenchurch Street, onde havia muitos jardins, pátios e becos. Para dificultar a situação ainda mais, as linhas de trem se elevavam em uma série de arcos de tijolo, alguns dos quais eram usados como depósito, e outros, como passagem, além daqueles fechados utilizados como galpões. Swallow Gardens era um arco bem longo utilizado por carroças que cruzavam de um lado da linha para o outro. O estábulo usado por carroças que serviam o pátio de mercadorias da ferroviária ficava a cerca de 100 metros de distância dali e era sempre movimentada.

Quando Thompson apareceu em Swallow Gardens às 2:15 da manhã com seus passos calculados, ouviu um homem caminhando rapidamente a certa distância. Segundos depois, Thompson viu uma mulher na rua virada com a barriga para cima. Ela abriu um olho e o olhou. Depois o fechou novamente. Thompson correu para acudi-la e viu sangue gotejando de seu pescoço com a luz de sua lanterna e soprou seu apito chamando ajuda. Mais tarde, ele disse que quis perseguir o homem cujos passos ele havia escutado, mas que decidiu permanecer com a mulher ferida. Esta foi uma decisão que o assombrou pelo resto de sua vida. Os ferimentos da mulher foram fatais, e ele sempre pensou que por alguns meros segundos ele havia perdido Jack, o Estripador.

Dentro de cinco minutos, o guarda Fred Hyde e o detetive George Elliot chegaram. Ambos haviam escutado o apito e vieram correndo. Hyde saiu para buscar um médico local, voltando com Dr. Frederick Oxley, que pronunciou a mulher como morta. Ele viu que o pescoço da mulher havia sido cortado e que, portanto, se tratava de um assassinato obviamente. Nesse momento, operários do estábulo da ferroviária haviam aparecido e foram interrogados. Um deles disse ter visto a vítima conversando com um homem perto da entrada de Swallow Gardens por volta da 1:30 da manhã. Ele descreveu o homem como 'sendo mais alto que a média, com a aparência de um forasteiro, com estilo de bombeiro de navio.

FRANCES COLES VAI DE ENCONTRO À MORTE

Os inspetores Donald Swanson e Henry Moore foram chamados e chegaram por volta de uma hora depois ou mais, seguidos, conforme amanhecia, por Robert Anderson e Melville Macnaghten, o recém nomeado Chefe da Polícia. Swanson enviou uma mensagem à Polícia do Rio pedindo que eles visitassem todos os navios do porto de Londres, a começar por aqueles prestes a partir naquele dia, a fim de buscar um marinheiro que correspondesse à descrição fornecida pelo ferroviário.

Os guardas locais foram intimados e logo identificaram a mulher como sendo uma prostituta amplamente conhecida como Carroty Nell, mas cujo nome verdadeiro seria Frances Coles ou Coleman. Ela se mudava com frequência de um albergue para o outro na vizinhança da Flower and Dean Street. A polícia visitou todos os albergues e descobriu que Coleman estivera na Thrawl Street. Lá, um hóspede, Samuel Harris, disse que por volta das 9 horas da noite em que morreu, Coles estava na cozinha quando um marinheiro chegou e se aproximou dela. Ele perguntou a Coles se ela tinha algum dinheiro e, quando ela respondeu que não, ele perguntou a Harris se ele aceitaria um aviso de adiantamento do navio (uma promessa para pagar a um marinheiro uma porcentagem de seu salário adiantado durante a navegação do navio) por uma cama por uma noite. Harris respondeu que ele era somente um hóspede ali, não o administrador e, com isso, o marinheiro foi embora. Harris disse que achava que o marinheiro parecia embriagado, e deu à polícia uma descrição que correspondia vagamento àquela fornecida pelo ferroviário.

Imediatamente, a polícia se espalhou trazendo a descrição do suspeito para visitar cada pub, cafeteria, albergue e outros locais prováveis em East End. Swanson e Harris ficaram a postos caso Harris visse alguém que correspondesse, ainda que não completamente, à descrição. No pub Phoenix, Harris identificou positivamente um marinheiro chamado Thomas Sadler como sendo o homem que tinha visto antes. Sadler o deteve e o levou para que fosse interrogado. O navio de Sadler chegava em Londres regularmente, e Coles era uma das prostitutas que ele procurava sempre que aportava. Desta vez, ele havia chegado no dia 11 de fevereiro e encontrado Coles em algumas horas. Ela havia concordado em ficar com ele até que seu navio partisse. Passaram a noite em um albergue em Spitafields e o dia seguinte bebendo e andando pelo Leste de Londres. Sadler lhe comprou um novo chapéu por meia coroa. Por volta das 8 da noite, os dois tiveram uma briga e se separaram. Na rua, mais tarde, Sadler foi atacado por dois homens e uma mulher que levaram seu dinheiro. Ele então se dirigiu ao albergue onde ele sabia que encontraria Coles para lhe pedir parte do dinheiro que havia lhe dado. Foi então que Sadler foi visto por Harris. Coles disse que havia gastado o dinheiro, e Sadler foi embora bufando.

Sadler voltou então às docas para tentar retornar a seu navio, mas foi barrado pelos funcionários da doca, a quem atacou com socos. Os funcionários da doca o espancaram e lhe deixaram com um corte no couro cabeludo. Depois disso, Sadler foi visto pelo sargento policial Wesley Edwards perto da Torre de Londres por volta das 2 da manhã - a apenas cinco minutos caminhando da cena do crime. Edwards notou o marinheiro por conta do sangue em seu rosto e se dirigiu a ele para ver seus ferimentos. Edwards julgou que o ferimento não era grave e, embora achasse que Sadler estivesse muito embriagado, o sujeito não estava incapacitado e, desta forma, o liberou. Às 3 horas da manhã, Sadler tentou entrar no albergue, mas o administrador o mandou embora devido a sua embriaguez e combatividade. Às 5 horas, Sadler chegou ao Hospital de Londres, onde lhe fizeram um curativo no ferimento de sua cabeça. Depois disso, foi à Acomodação dos Marinheiros na Wells Street para descansar.

Enquanto isso, Coles havia dormido por um tempo na cozinha, mas despertara por volta da 1 hora da manhã, quando o administrador, Charles Guiver, lhe pediu pelo pagamento por uma cama para passar a noite ou que fosse embora. Ela deixou o local e foi vista entrando na Shuttleworth's Eating House na Wentworth Street por volta da 1:30. Lá gastou um centavo e meio em um prato de carne de carneiro fria, e foi embora novamente por volta da 1:45. Em seguida, se dirigiu ao leste, à Commercial Street, depois, ao sul, em direção às docas. Lá, se encontrou com uma colega prostituta chamada Ellen Calana.

Frances Coles foi a última mulher na contagem dos assassinatos de Whitechapel, mas provavelmente não foi uma vítima do Estripador.

Bem na hora que se separaram, um homem se aproximou de Calana. Ela não gostou de sua aparência e, assim, se recusou a ficar com ele. O sujeito lhe desfechou um soco e foi atrás de Coles. Calana gritou, 'Frances, não fique com esse homem, eu não gostei da aparência dele.' Coles, porém, gritou que ficaria com o homem sim. Então, Calana acrescentou, 'Neste caso lhe desejo uma boa noite.' Ela continuou caminhando pela Commercial Street por um tempo antes de encerrar a noite. Ela disse que da última vez que viu Coles, ela caminhava ao Sul com o homem, em direção ao ponto onde seria assassinada. Calana forneceu à polícia uma descrição muito boa do homem, mas ele não se parecia nada com Sadler: era mais baixo, mais escuro, além de vestir roupas diferentes.

FOI O ESTRIPADOR DESSA ÚLTIMA VEZ?

A autópsia mostrou que Coles havia sido jogada no chão violentamente e que sua cabeça havia batido com força antes de o pescoço ser cortado. Não havia mais nenhum ferimento. Isso parecia diferente do modo como as vítimas de Jack, o Estripador, haviam sido mortas. Contudo, ela era prostituta, seu pescoço havia sido cortado, o ataque parecia imotivado, roubo não era um fator, uma vez que ela ainda tinha seu dinheiro consigo, além de tudo ter acontecido em Whitechapel. Mais uma vez, a opinião entre a força policial era bem dividida em relação a Coles ser outra vítima do Estripador.

Enquanto isso, Sadler havia sido acusado de assassinato. A evidência de Edward o colocava dentro de cinco minutos de caminhada da cena do crime e cerca de dez minutos antes de o crime acontecer. Ele conhecia a vítima e estava claramente embriagado e agressivo. O caso contra ele logo começou a cair por terra. O pedido por inquérito da parte do Médico Legista deixou claro que o assassinato havia sido cometido por um homem que não só sabia onde se encontrava a artéria principal, mas que estava sóbrio o suficiente fazer já o primeiro corte reto. Sadler estava tão embriagado que mal conseguia se colocar em pé. A polícia retirou a acusação e liberou Sadler.

Com a liberação de Sadler, a história de Jack, o Estripador, chegava ao fim. Não haveria mais assassinatos, pistas ou detenções. O terror que havia perseguido as ruas de Whitechapel mergulhou de volta à escuridão sombria da noite de Londres da qual havia emergido.

UMA RETROSPECTIVA DO ESTRIPADOR

Faz mais de um século que Jack, o Estripador, trouxe pânico e assassinato às ruas de Whitechapel. A investigação na época foi tão boa e completa quanto poderia ser, mas com o benefício da retrospecção, mais evidência foi descoberta nos últimos anos, permitindo que os "Estripadorlogistas" levantassem novas teorias e ideias sobre quem deveria ser culpado e como os assassinatos foram de fato cometidos.

A ESPECULAÇÃO VITORIANA DE JACK, O ESTRIPADOR

Os assassinatos cometidos por Jack, o Estripador, logo foram esquecidos pelos Londrinos. Conforme os meses se passaram, e nenhum novo assassinato foi cometido, os terrores perversos passaram para segundo plano. Todo mundo se lembrava, é claro, mas as pessoas precisavam trabalhar, criar os filhos e tocar a vida. Aos poucos, o East End de Londres voltou ao seu padrão normal de cotidiano, assim como fora antes de Jack, o Estripador, iniciar sua caça fatal pelas ruas.

Mas havia aqueles que não deixavam a memória de Jack, o Estripador, desaparecer completamente. Entre eles estavam os oficiais da polícia dirigentes que haviam investigado os assassinatos. A maior parte deles achava que o assassinato de Frances Coles de 1891 não havia sido cometido pelo Estripador, assim como aquele de Alice McKenzie, em 1889. Claramente, os assassinatos haviam acabado, e a polícia especulava quanto ao motivo para isso. Eles chegaram a duas respostas. Ou o assassino havia morrido ou havia sido encarcerado por algum motivo – ou por algum crime não relacionado ou por insanidade. A polícia começou a examinar seus arquivos em busca de alguém que tivesse morrido ou tivesse sido preso logo depois do assassinato de Kelly no início de novembro e quem poderia ser o assassino.

Um resultado dessa especulação foi o documento que havia ficado conhecido como Macnaghten Memorandum de 1894. Melville Macnaghten ingressara à polícia de Londres depois dos assassinatos – tendo trabalhando anteriormente como policial na Índia, – mas acabou ficando encarregado de escrever os memorandos internos depois que os jornais atribuíram a culpa pelos assassinatos do Estripador a um jovem que havia sido condenado por esfaquear mulheres jovens nas nádegas. O memorando era apenas interno e só foi divulgado em 1959. O propósito do documento era estabelecer a inocência do homem acusado, mas também esclarecia a opinião dentro da Polícia Metropolitana na época. Por outro lado, continha um grande número de imprecisões dos fatos e parecia ter sido escrita às pressas, de cabeça, sem se verificar os arquivos relevantes.

Macnaghten declarou que só havia cinco assassinatos que poderiam ser imputados definitivamente ao mesmo homem. A saber, os assassinatos de Nichols, Chapman, Stride, Eddowes e Kelly. A maior parte dos pesquisadores modernos seguem Macnaghten, excluindo, portanto, os outros assassinatos da época. Isso é estranho, pois, em 1888, Martha Tabram havia sido tratada como vítima de um assassino por todos, e muita gente julgava que Emma Smith era outra vítima. Certamente, o assassinato de Tabram tinha mais semelhanças com o que havia se tornado conhecido como 'os canônicos cinco' do que diferenças. Alguns pesquisadores modernos acreditam que os ataques não fatais a Annie Millwood e Ada Wilson podem ter sido obra de Jack, o Estripador. Os ataques compartilham semelhanças com os cinco assassinatos, embora por não terem resultado em morte, a polícia não os ligou, em 1888, aos ataques posteriores.

Macnaghten continuou dizendo que havia diversos homens que poderiam ser o assassino, mas escolheu três para elucidar seu ponto. São esses:

(1) **Um sujeito chamado Sr. M. J. Druitt,** *dito médico & de boa família – que desapareceu na época do assassino no Miller's Court, & cujo corpo (que diziam estar na água havia mais de um mês) foi encontrado no Tâmisa no dia 31 de dezembro – ou cerca de 7 semanas após o assassinato. Ele era sexualmente insano e, a partir de informações privadas, tenho pouca dúvida que sua própria família acreditava que ele fosse o assassino.*

(2) **Kosminski** – *um judeu polonês – & residente de Whitechapel. Esse homem ficou louco devido a muitos anos de tolerância em vícios solitários. Ele tinha ódio imenso de mulheres, especialmente a classe das prostitutas, & tinha grandes tendências homicidas: ele foi transferido a uma clínica psiquiátrica em março de 1889. Havia muitas circunstâncias ligadas a esse homem que faziam dele um grande 'suspeito'.*

(3) **Michael Ostrog,** *um médico e presidiário russo, que foi detido em seguida em uma clínica psiquiátrica como maníaco homicida. Os antecedentes deste homem eram do pior tipo possível, e seus paradeiros na época dos assassinatos nunca puderam ser verificados.*

Existem diversos erros nesta lista. Druitt era professor, não médico, e Ostrog foi preso por fraude, e não colocado em uma clínica psiquiátrica como maníaco homicida. O que emerge do documento é que a polícia acreditava que eles sabiam qual era o tipo de pessoa que estavam procurando e até mesmo a área onde esta pessoa viveria, mas não tinha um suspeito principal.

Esta perspectiva é corroborada pelas poucas declarações feitas por outros policiais envolvidos no caso. Ao longo do reino de pavor do Estripador, a polícia manteve suas opiniões e muitos fatos em sigilo. Além disso, os policiais, na época, não tinham o hábito de escrever autobiografias ou conversar com a imprensa confidencialmente. Como resultado, havia apenas alguns poucos comentários para prosseguir.

Montague John Druitt cometeu suicídio logo depois da morte de Kelly killing, momento em que os assassinatos cessaram.

Frederick Abberline estava envolvido no caso desde o princípio. Em 1903, contou a um jornal, 'Scotland Yard não é nem um pouco mais sábia no assunto do que era há quinze anos.' Ele continuou, descartando dois dos suspeitos da lista de Macnaghten, embora essa lista não tivesse vindo a público na época.

É simplesmente loucura falar que a polícia tem prova de que o homem esteja morto. Eu sei que em diversos bairros foi declarado que 'Jack, o Estripador,' fosse um homem que morreu em uma clínica psiquiátrica há alguns anos, mas não tem nada absolutamente de natureza tangível para apoiar uma teoria dessa. Logo depois do último assassinato em Whitechapel, o corpo de um jovem médico foi encontrado no Tâmisa, mas não há nada além do fato de que ele foi encontrado na época para incriminá-lo.

Edmund Reid especulou em 1912 sobre o tipo de homem responsabilizado:

O autor dos crimes foi um homem que tinha o hábito de usar uma moradia pública específica. Quando embriagado, o assassino saia com sua vítima e a atacava em algum canto escuro com uma faca e a mutilava em seguida. Depois de satisfazer seu desejo maníaco, ia para casa, e no dia seguinte não lembrava de nada.

Claramente, ele não tinha um homem em particular em mente.

Swanson escreveu, 'O suspeito foi enviado ao Asilo Stepney, depois ao Colney Hatch e morreu logo em seguida.' Isso é claramente em referência ao Kosminski mencionado por Macnaghten, mas Swanson concorda que o homem era apenas um suspeito e não seguramente o assassino.

CARACTERIZAÇÃO CRIMINAL VITORIANA VS. MODERNA

Dado que Jack, o Estripador, foi o primeiro assassinos em série, no sentido moderno, a encontrar anonimato e cobertura em uma cidade grande, é interessante comparar o registro policial em 1888 com as opiniões modernas. Os assassinos em série são notoriamente difíceis de identificar, até mesmo com o uso das técnicas mais modernas, portanto o fato de a polícia de Londres não ter capturado Jack, o Estripador, não necessariamente significa qualquer tipo de derrota.

O perfil do provável assassino elaborado por Dr. Bond é muito próximo ao que os investigadores de criminosos modernos concluíram. Em 1989, um grupo de investigadores criminais revisou as evidências utilizando as mais novas teorias e técnicas e chegaram a conclusões muito semelhantes.

> *Nós não esperaríamos que esse tipo de criminoso fosse casado. Ele não seria adepto a encontros sociais, e a maior parte dos relacionamentos heterossexuais envolveria prostitutas. Ele seria percebido como quieto, solitário, tímido, levemente retraído, obediente e limpo e organizado em sua aparência no que diz respeito ao seu trabalho. Ele viveria ou trabalharia na região de Whitechapel. O primeiro homicídio seria nas redondezas de sua residência ou do trabalho. Os investigadores o teriam entrevistado ao longo das investigações. Os investigadores e cidadãos da comunidade teriam uma ideia preconceituosa sobre a aparência de Jack, o Estripador. Devido à crença de que ele deveria parecer esquisito e repulsivo. O verdadeiro Estripador teria passado batido e/ou descartado da relação de suspeitos.*

Dado que Bond havia elaborado uma imagem admiravelmente semelhante do assassino, a última conclusão pode ser equivocada.

O crédito também deve ser dado ao Comitê de Vigilância de Whitechapel por concluir que o assassino morava em uma região comparativamente menor ao Norte da Whitechapel High Street, ao leste da Commercial Street e ao oeste da Middlesex Street. Não se sabe como eles chegaram a essa conclusão, mas os investigadores modernos chegaram ao mesmo desfecho. A maior parte dos assassinos em série cometem seus primeiros assassinatos perto de sua casa ou local de trabalho, ao passo que os crimes posteriores acontecem ao longo de uma região mais ampla, mas dentro de um tempo de viagem limitado de sua casa ou local de trabalho. Tabram foi assassinada no centro da região escolhida pelo comitê de Lusk, e o avental sujo de sangue de Eddowes também foi encontrado ali. Foi sugerido que o avental havia sido usado para transportar os órgãos removidos do corpo de Eddowes de volta ao cômodo do assassino. O assassino então saiu uma segunda vez para jogar o avental fora e, talvez, escrever a mensagem em giz sobre os 'Judeos'. Todos os assassinatos posteriores aconteceram dentro de um território oval, pequeno, que levaria cerca de 12 minutos para cruzar e que chegaria a um mesmo grupo limitado de ruas.

COMO FOI O DESEMPENHO DA POLÍCIA VITORIANA?

Os esforços da polícia em capturar o assassino consistiam em dois preceitos básicos. O primeiro era de que o assassino conhecia ou havia conhecido as vítimas anteriormente. Foi por esta razão que eles passavam tanto tempo investigando o histórico das vítimas e entrevistando as pessoas que as haviam conhecido. Este era um posicionamento razoável para a polícia tomar. Quase todos os assassinatos do século XIX foram cometidos por um assassino que a vítima conhecia. A polícia de Londres supunha que este também seria o caso, pelo menos para os primeiros assassinatos. Depois disso, eles começaram a suspeitar que o assassino escolhia suas vítimas aleatoriamente.

Os pesquisadores modernos com frequência ridicularizam o empenho da polícia em investigar as vítimas e seus históricos. Mas eles não se enganaram tanto assim como algumas pessoas pensam. É verdade que a maioria dos assassinos em série escolhe vítimas desconhecidas – alguém que se encaixe em certo aspecto ou aparência – mas isso nem sempre acontece. O assassino em série americano John Gacy matou pelo menos 33 adolescentes do sexo masculino durante os anos 70. Ele foi capturado depois de matar o filho adolescente de um de seus contatos comerciais.

Além disso, há indícios de que as vítimas podem ter conhecido o assassino, ainda que apenas brevemente, antes de seu encontro fatal com eles. Cada uma das vítimas tinha consigo um novo objeto que não possuía no dia anterior. Nichols ostentava uma linda boina nova na noite em que foi morta, Chapman foi encontrada com dois quartos de pêni, sendo que anteriormente se encontrava sem um tostão sequer, a jaqueta de Stride continha uma flor de lapela que não tinha no dia anterior, Eddowes foi encontrada com uma cigarreira de couro vermelha que não possuía anteriormente, e soube-se que Mary Jane Kelly recebeu um lenço vermelho de um homem visto com ela um pouco antes de seu assassinato. Talvez o assassino tenha utilizado os serviços das prostitutas mais de uma vez, lhes presenteando para ganhar sua confiança, antes de conduzi-las a sua própria morte. Se esse fosse o caso, a polícia poderia muito bem ter encontrado Jack, o Estripador, ao examinar os passados das vítimas.

Outra orientação dos esforços da polícia para capturar o assassino eram as rondas regulares pelas ruas realizadas pelos guardas, com o suporte dos capangas empregados pelo Comitê de Vigilância de Whitechapel. Em parte, as rondas visavam reduzir as oportunidades de o assassino atacar novamente. Nisso, sem dúvida alguma, eles tiveram êxito. A grande brecha entre o 'evento duplo' e o assassinato de Mary Kelly pode talvez ser explicado pelo fato de que simplesmente não havia mais uma oportunidade para Jack, o Estripador, encontrar tempo para matar e satisfazer seus desejos pela mutilação antes da aproximação de algum guarda. O fato de Kelly ter sido assassinada em um lugar fechado, ao invés da rua, pode ser explicado da mesma forma. Frustrado com suas tentativas de cometer os assassinatos em lugar aberto, o assassino optou por matar em lugar fechado.

Mas as rondas também tinham em vista capturar o assassino. Mais uma vez, existem analogias modernas. Peter Sutcliffe é conhecido por ter assassinado 13 mulheres no Norte da Inglaterra durante os anos 70 e 80 e pode ter matado ainda mais. Ele foi detido quando um policial o viu agindo de maneira suspeita já tarde da noite na entrada de um complexo industrial. Uma verificação rápida levou à descoberta de que Sutcliffe dirigia um veículo com placa falsa. Desta forma, ele foi preso e levado para interrogatório. Somente quando foi revistado e se descobriu que ele trazia uma faca consigo, a polícia pensou que ele poderia ser o 'Estripador de Yorkshire,' procurado havia muito tempo.

Outro assassino em série capturado pela ronda policial habitual foi Ted Bundy, que matou entre 30 e 40 mulheres na América durante os anos 60 e 70. Em 1975, seu veículo foi detido como parte de uma verificação de trânsito rotineira por um vigilante policial de uma rodovia de Utah. Encontraram ferramentas utilizadas por assaltantes em seu veículo e, com isso, foi preso e interrogado. Somente depois de alguns meses, os policiais que investigavam Bundy por assalto e roubo perceberam as ligações a diversos assassinatos não solucionados.

Ainda mais dramática foi a captura do assassinos em série britânico Donald Neilson em 1975. Dois policiais o detiveram à noite quando o viram agir de maneira suspeita. Neilson puxou uma espingarda serrada de uma bolsa que ele carregava e atirou, ferindo, assim, um dos policiais. O outro policial correu até um restaurante próximo pedindo por socorro. Os homens do restaurante saíram correndo, enfrentaram Neilson e o espancaram de tal maneira que ele precisou ir para o hospital.

É claro que rondas rotineiras que barram e interrogam qualquer pessoa agindo de maneira estranha constituem um bom método de capturar criminosos. Dado que Jack, o Estripador, operava em uma área relativamente pequena de Londres, os vigias tinham uma chance ainda maior de o capturar. Foi por esta razão que os guardas detiveram tanta gente durante o outono de 1888. Qualquer e toda pessoa que se comportasse de maneira estranha era levada de modo que os detetives pudessem questioná-la, às vezes por horas a fio, e detê-la até que sua história fosse verificada.

Os pesquisadores modernos acreditam que é quase certo que a polícia deteve e interrogou Jack, o Estripador, em algum momento, mas que ele conseguiu convencê-los de que era inocente. Diversos outros assassinos em série mais recentes foram igualmente questionados e liberados. O assassino em série britânico Fred West foi preso por roubo e por estupro, mas solto por falta de evidência antes de seus assassinatos virem à tona.

De todo modo, é evidente que a polícia chegou perto de capturar Jack, o Estripador, pelo menos uma vez. Quando Catherine Eddowes foi assassinada na Mitre Square, é certo que o assassino ainda estivesse com seu corpo quando o guarda Watkins entrou no beco estreito que levava da Mitre Street à Mitre Square. O som de seus passos alertaram o assassino que um policial se aproximava e, com isso, fugiu. Havia mais dois becos que saíam na praça – um levava à King Street e o outro à Duke Street. Na Duke Street, naquele preciso momento, encontrava-se o guarda Harvey que não teria deixado de ver qualquer pessoa saindo correndo do beco no momento em que Watkins apitou ao descobrir o corpo. Por pura sorte, o assassino deve ter saído através da King Street. Provavelmente, essa foi a distância mais curta que a polícia chegou de pegar o assassino.

SERÁ QUE OS VITORIANOS CONHECIAM BEM O ASSASSINO?

Poderia parecer que a polícia no fim das contas chegou mesmo perto de uma avaliação precisa do tipo de homem que procuravam e de seus motivos para os assassinatos. Como já vimos no capítulo 8, um especialista médico, na época, escreveu:

> *Pode haver pouca dúvida de que com as atrocidades de Whitechapel, estamos enfrentando...assassinato (e mutilação também) cometido por motivos de pura luxúria, sendo o autor um desses sujeitos esquisitos que são, senão, incapazes de obter completa satisfação sexual.*

Mutilação neste contexto se referia a uma situação 'em que os intestinos e os órgãos genitais foram simplesmente extirpados, ou levados embora também'.

A terminologia é vitoriana, mas a avaliação poderia ter sido realizada hoje em dia. A escolha das vítimas pode ter sido motivada pelo tipo de pessoa de quem o assassino poderia se aproximar a sós em lugares isolados, mas o uso de uma faca e mutilações posteriores são hoje considerados típicos de assassinos em série motivados por luxúria. A ligação entre assassinato, mutilação e gratificação sexual hoje é aceita como um fato.

Um traço comum entre esses assassinos luxuriosos é a maneira com que o desejo pela satisfação e a maneira como isso é realizado na verdade se intensifica com o passar do tempo. Isso também é visto no caso de Jack, o Estripador. A natureza e a escala das mutilações infligidas às vítimas se tornaram maiores e mais elaboradas a cada assassinato. A única exceção foi o assassinato de Elizabeth Stride, mas o assassino foi claramente interrompido pela chegada do carroceiro Louis Diemschutz antes que pudesse fazer as mutilações desejadas. Na época, a polícia não divulgou ao público a verdadeira escala das mutilações infligidas a Mary Kelly, a última das vítimas geralmente aceitas como tais. Somente alguns anos depois, os detalhes vieram a público e mostraram a que ponto Jack, o Estripador, chegou quando tinha tempo suficiente. Não é claro se ele intencionava aplicar esse tipo de tratamento às primeiras vítimas, mas havia sido interrompido, ou se foi aumentando o nível da violência aplicada a cada assassinato.

De acordo com as notas de Dr. Bond:

A superfície toda do abdômen e das coxas foi removida, e a cavidade abdominal foi esvaziada de suas vísceras. Os seios foram cortados e eliminados, os braços decepados com diversos ferimentos serrilhados e o rosto retaliado para além do reconhecimento de seus traços. Os tecidos do pescoço foram rompidos em toda a circunferência do osso.

As vísceras foram encontradas em várias partes, a saber: o útero e os rins com um seio debaixo da cabeça, o outro seio perto do pé direito, o fígado entre os pés, os intestinos na lateral direita do corpo e o baço na lateral esquerda do corpo. As bordas removidas do abdômen e das coxas estavam sobre a mesa.

A colcha da cama no canto direito estava encharcado de sangue, e no chão, havia uma poça considerável de sangue. A parede do lado direito da cama, alinhada ao pescoço, estava marcada com sangue que havia respingado em diversos lugares.

O rosto estava cortado em todas as direções possíveis, o nariz, as bochechas, as sobrancelhas e as orelhas, que foram parcialmente removidas. Os lábios estavam pálidos e cortados com diversas incisões inclinadas até o queixo. Também havia numerosos cortes que se estendiam de maneira irregular por todo o rosto.

A pele do pescoço foi perfurada, e outros tecidos, mais abaixo, sobre a quinta e a sexta vértebra tinham uma funda profunda. Os cortes na pele na frente do pescoço exibiam clara equimose. A passagem de ar fora cortada na parte inferior da laringe através da cartilagem cricóide.

Os dois seios foram mais ou menos removidos por meio de incisões circulares, sendo que o músculo das costelas fazia inserção nos seios. Os músculos intercostais entre as costelas quatro, cinco e seis haviam sido cortados, e o conteúdo do tórax estava, assim, visível através das aberturas.

A pele e os tecidos do abdômen dos arcos costais até o púbis foram removidos em três rebordas. A coxa direita foi desnudada na frente do osso, o retalho da pele, incluindo os órgãos reprodutores externos, e parte da nádega direita. A fáscia da pele da coxa esquerda foi retirada, assim como os músculos até o joelho.

A panturrilha esquerda exibia um talho longo através da pele e dos tecidos até os músculos profundos, chegando do joelho até treze centímetros acima do tornozelo. Os dois braços e antebraços exibiam profundos ferimentos serrilhados.

O polegar direito exibia um pequeno corte de cerca de dois centímetros e meio, com hemorragia de sangue na pele, e havia diversas fricções nas costas da mão exibindo a mesma condição.

A partir da abertura do tórax, descobriu-se que o pulmão direito encontrava-se minimamente aderente por conta de velhas aderências fortes. A parte inferior do pulmão estava rompida e dilacerada. O pulmão esquerdo encontrava-se intacto. Ele estava aderente na ponta e havia algumas aderências na lateral. Na substância do pulmão havia diversos nódulos de consolidação.

O pericárdio encontrava-se aberto abaixo, e o coração, ausente. Na cavidade abdominal havia parte de alimento contendo peixe e batatas digerido, e encontraram-se alimentos semelhantes nos restos do estômago adjacente ao intestino.

Esse foi o último assassinato, e, embora o assassino nunca tenha sido capturado, ele nunca mais cometeu nenhum homicídio. Especulou-se, na época, que isso deve ter se dado porque ele morreu ou porque foi preso por alguma outra razão. Outra hipótese levantada foi de que com o assassinato de Kelly, o assassino finalmente atingiu a satisfação de seu desejo a partir das terríveis mutilações que realizou. Há ainda outra teoria que diz que os terrores do assassinato final haviam conduzido o assassino à loucura, provocando seu suicídio ou seu encarceramento em uma clínica psiquiátrica.

Juntamente às motivações dos assassinatos, a maioria dos assassinos em série estabeleceram um modus operandi (modo de agir). Após encontrarem uma maneira de matar um ser humano que apresente risco mínimo a si mesmos de modo a saciar seus desejos, os assassinos em série tendem a aderir a ela ao longo de suas carreiras como assassinos. Há exceções, mas Jack, o Estripador, não parecer ter sido uma delas. Em 1888, a polícia tinha consciência disso, e havia claramente compreendido seu MO. Tabram foi morta com uma facada no coração e mutilações abdominais aparentemente realizadas com uma faca diferente. As vítimas posteriores foram todas mortas de uma maneira diferente. Primeiro, o assassino segurou bem forte seu pescoço, como se para estrangulá-las. Quando a vítima ficava inconsciente, mas ainda se encontrava viva, ela era cuidadosamente colocada deitada no chão onde o pescoço era cortado para acertar a artéria e matá-la enfim. Era o estrangulamento repentino que explicava o silêncio com que o Estripador trabalhava. O primeiro golpe deixava as vítimas incapazes de emitir qualquer som, ao passo que o ato de colocá-las deitadas gentilmente significava que não havia barulho nenhum do corpo caindo.

AVALIAÇÕES MODERNAS DOS SUSPEITOS DO ESTRIPADOR

Um problema com a avaliação do desempenho da polícia em 1888 é que a grande maioria dos registros oficiais foram posteriormente jogados fora durante uma limpeza rotineira de documentos desatualizados sobre casos antigos. A maioria dos registros oficiais subsistiram, mas os cadernos em que eles se baseavam foram descartados. Isso significa que muitas evidências originais foram perdidas para sempre. Pistas que a polícia pode ter negligenciado devido à inexperiência do tratamento com assassinos em série, mas que poderiam ter ajudado mais pesquisadores modernos, foram perdidas.

De maneira semelhante, nós sabemos quais foram as conclusões a que Abberline, Reid e outros chegaram a respeito de diversas questões, mas não o porquê de terem chegado a elas. Nós sabemos que eles consideravam Joseph Lawende uma testemunha confiável e acreditavam que sua descrição do homem visto com Eddowes era quase certamente uma descrição verdadeira do assassino. Nós também sabemos que eles não achavam George Hutchinson digno de confiança e, portanto, que ignoraram a descrição do homem visto por ele com Mary Kelly. Nós temos ideia do motivo pelo qual Lawende era considerado confiável, mas não não Hutchinson. Os pesquisadores modernos têm duas opções: aceitar a visão da polícia de 1888 ou descartá-la.

Essa falta de evidência pormenorizada não impediu que os pesquisadores modernos levantassem suas próprias hipóteses sobre como e por que os assassinatos aconteceram. Eles também levantaram uma lista ampla de suspeitos. Esses incluíam os três homens apresentados por Macnaghten.

Montague John Druitt

John Druitt chamou atenção por ter cometido suicídio por afogamento no Tâmisa cerca de três semanas depois do assassinato de Kelly. Não há nada que o ligue nem aos assassinatos nem a Whitechapel, e dado que ele já sofria de problemas nervosos, as razões para o suicídio não são difíceis de encontrar. Seu pai havia morrido recentemente, e sua mãe fora internada em uma clínica psiquiátrica, ao passo que sua avó havia cometido suicídio, e sua irmã tentara fazer o mesmo. Além disso, ele havia sido despedido de seu emprego como professor por má conduta não especificada.

Aaron Kosminski

O judeu polonês 'Kosminski' mencionado por Macnaghten e por Swanson provavelmente se refere a Aaron Kosminski. Infelizmente, a maior parte dos registros relacionados a Kosminski depois de seu confinamento por insanidade foram perdidos. Ele parece ter sofrido de esquizofrenia paranoide, além de alucinações. Não existem registros de seu ódio por mulheres mencionado por Macnaghten, mas isso não constitui um motivo para descartar sua existência.

Michael Ostrog

O terceiro suspeito de Macnaghten, Michael Ostrog, foi recentemente descartado depois de encontrarem registros na França que comprovavam que ele havia permanecido preso no país por fraude durante os meses de agosto e setembro de 1888. John Pizer e James Sadler, ambos suspeitos e, posteriormente, descartados, na época, foram considerados suspeitos por alguns pesquisadores modernos, mas são geralmente rejeitados.

David Cohen

David Cohen foi mais um homem em Whitechapel que foi preso em um manicômio logo após a morte de Mary Kelly. De muitas maneiras os fatos registrados por Macnaghten relacionados a Kosminski combinam mais com Cohen, e já se sugeriu que Macnaghten se referia a este homem. Cohen foi encontrado perambulando pelas ruas atrapalhado em dezembro de 1888. A princípio, foi levado ao asilo, mas logo que se tornou violento, foi enviado ao manicômio em Colney Hatch. Lá, teve alguns acessos de loucura quando atacava seus companheiros e os guardas, além de rasgar as próprias roupas e arrebentar a mobília. Em outros momentos, ele parecia ser bem normal. Existem indícios de que ele poderia sofrer de sífilis terciária. Cohen morreu em outubro de 1889.

Charles Cross

Vários dos homens que apareceram como testemunhas ou conhecidos das vítimas foram recentemente apontados como sendo Jack, o Estripador.

Um deles foi Charles Cross, o homem que descobriu o corpo de Mary Ann Nichols. Cross alegou que estava caminhando para ir ao trabalho, quando viu o que, a princípio, acreditava ser um pedaço de lona caída na calçada. Quando se aproximou, viu que era uma mulher, e então chamou outro homem para vir dar uma olhada. Os dois homens foram então em busca de um policial para lhe contar sobre o que haviam encontrado.

Depois de fornecer seus nomes e endereços, foram autorizados a irem para o trabalho. Porém, o outro homem, Robert Paul, contou uma história significantemente diferente. De acordo com ele, Cross estava parado por um bom tempo ao lado do corpo antes de ter visto Paul e o chamado. Também havia um problema relacionado ao horário, uma vez que Cross havia deixado sua casa às 3:20 da manhã e foi encontrado por Paul às 3:40. Ainda assim, a caminhada entre sua casa e a cena do crime era de apenas sete minutos, deixando os 13 minutos restantes inexplicados. Além do mais, o local do crime tanto de Tabram quanto de Chapman, assim como o de Nichols, ficam na rota mais curta entre a casa de Cross e seu local de trabalho. Contradizendo isso, há o fato de que quando o guarda Jonas Mizen pediu que Cross lhe falasse seu nome e endereço, ele o fez. Nem Paul nem Mizen o conhecia de vista. Assim, ele poderia facilmente ter dado um nome falso, mas não o fez.

Joseph Barnett

Joseph Barnett, o namorado que se separara de Mary Kelly, também havia sido apontado. Sua aparência física corresponde razoavelmente bem àquela dada por Lawende do homem visto com Eddowes – tinha cerca de 30 anos de idade, 1 metro e 70 centímetros de altura, cabelos castanhos claros, bigode, e estrutura mediana. Ele era conhecido por beber cerveja de gengibre, e uma parte da carta do Caro Senhor dizia 'Eu guardei um pouco da coisa vermelha propriamente dita em uma garrafa de cerveja de gengibre no meu último trabalho para usar para escrever.' Se ele fosse o assassino, isso explicaria o mistério da porta trancada de Kelly. Ela estava trancada quando a polícia chegou, então ou o assassino tinha a chave ou havia colocado o braço pela janela para trancar a porta ao deixar a cena do crime. Barnett tinha uma chave, e ele sabia que era possível alcançar o trinco da porta pela janela. Além do mais, Barnett também se enquadra bem ao perfil do Estripador criado pelo FBI. Foi sugerido que ele havia matado somente Kelly por algum motivo pessoal e depois mutilado seu corpo para que parecesse que ela havia sido assassinada pelo Estripador. O que contradiz isso é o fato de ele ter sido entrevistado por várias horas por Abberline, que o descartou como suspeito. As anotações da entrevista foram perdidas há muito tempo, mas se sabe que Abberline verificou os aspectos do que Barnett lhe dissera por conta própria. Abberline tinha certeza de que Barnett era inocente, e ele tinha acesso a muito mais informação do que nós.

George Hutchinson

George Hutchinson, aparentemente a última pessoa além do assassino que viu Mary Kelly viva, é outro suspeito contemporâneo. George forneceu uma descrição detalhada do homem que viu com Kelly, mas a descrição não corresponde a outros homens que poderiam ser o assassino. Ele também foi visto perambulando na frente da cena do crime menos de uma hora antes do crime ter acontecido e, assim, pode ter forjado sua história para explicar seu comportamento. Por outro lado, ele também foi entrevistado minuciosamente por Abberline e foi descartado como suspeito.

Neill Cream

Neill Cream foi um assassino em série que envenenou quatro prostitutas em Londres entre 1891 e 1892. Quando estava sendo levado ao cadafalso para ser executado, Cream anunciou, 'Eu sou Jack, o...', quando a alavanca foi puxada, e morreu. É raro, porém, acontece de um assassino em série mudar seu MO. Durante algum tempo, acreditava-se que Cream poderia ter substituído a faca que usava para cometer os assassinatos, em 1888, pelo veneno, em 1891. Contudo, hoje se sabe que ele estava na cadeia em Illinois em 1888.

Francis Tumblety

Um suspeito um pouco mais exótico é Francis Tumblety. Trapaceiro e charlatão, este sujeito tinha uma carreira longa e suspeita que envolvia entrar e sair da cadeia. Desfrutava de riqueza e prestígio, sofria períodos de penúria e miséria, adotando grande variedade de nomes, títulos e uniformes aos quais não possuía autorização. Seu registro indica que ele teria expressado ódio por prostitutas mais de uma vez e que agia violentamente com frequência quando não conseguia as coisas que queria. Sabe-se que permaneceu na Grã-Bretanha durante a maior parte de 1888, e existem motivos para pensar que ele pode ter sido o enigmático inquilino da Batty Street. Por outro lado, era homossexual, e não existe nenhum caso de um assassino em série homossexual que perseguisse mulheres.

Walter Sickert

Sugestões ainda mais bizarras feitas por autores recentes incluíam o artista Walter Sickert. Sickert é conhecido por ter pintado retratos de assassinatos e cenas de crimes, e por ter usado largamente o serviço de prostitutas e de modelos. Por outro lado, a maioria dos artistas dessa época usava o serviço de prostitutas, uma vez que elas eram as únicas mulheres que podiam ser contratadas por hora e eram facilmente persuadidas e se despirem ou vestirem fantasias. Não se sabe de nenhuma ligação entre Sickert e Whitechapel.

Príncipe Albert Victor, Duque de Clarence

Talvez Sua Alteza Real o Príncipe Albert Victor, Duque de Clarence, seja a pessoa de maior relevo entre os suspeitos. Filho mais velho do Príncipe

Acredita-se que os retratos pintados por Walter Sickert ilustrando violência contra mulheres poderiam ligá-lo aos assassinatos.

de Gales e, portanto, herdeiro do trono britânico, Clarence sempre foi genioso. Quando era criança, não se dava bem com os estudos, e existem insinuações de que possuía certa deficiência mental. Era, sem dúvidas, preguiçoso e fugia de seus deveres sempre que possível. Clarence brigava com os pais e outros membros da família real e preferia a companhia de pessoas geralmente consideradas inadequadas para um futuro monarca. Em 1889, a polícia atacou um bordel homossexual na Cleveland Street, em Londres. Na época, atos homossexuais eram ilícitos, e logo ficou claro que alguns homens muito ricos e influentes haviam usado o serviço do bordel. Entre eles, estava o Senhor Arthur Somerset, funcionário do Príncipe de Gales. Nesta época, havia rumores de que Somerset havia concordado em admitir a culpa por ter escondido a identidade do verdadeiro cliente do bordel do membro da família real, Clarence, embora isso nunca tenha sido comprovado. Clarence morreu de pneumonia em 1892. Dizem que ele teve um filho ilegítimo com uma linda garota católica de East End, e que as mulheres foram assassinadas ou por Clarence ou por um agente que tentava impedi-las de contar o segredo. Não há base sólida para tal teoria.

James Maybrick

Em 1992, foi descoberto um caderno que parecia um diário escrito à mão de um empresário de Liverpool chamado James Maybrick. Inicialmente, o caderno chamou atenção, pois Maybrick havia falecido em 1889 por envenenamento por arsênico. Sua esposa foi considerada culpada em uma audiência sensacional durante a qual se revelou que tanto ela quanto James haviam cometido adultério com frequência e levavam um estilo de vida pouco ortodoxo. A Sra. Maybrick foi posteriormente liberada por meio de recurso. O diário escondia em suas páginas detalhes dos cinco assassinatos canônicos e de dois outros que o escritor, Maybrick, alegava ter cometido. O diário foi publicado em 1993 juntamente ao resultados

James Maybrick era um empresário de Liverpool que visitava Londres frequentemente em 1888.

das análises químicas que mostravam que o papel e a tinta haviam sido fabricados no século XIX. Porém, a maioria dos pesquisadores acredita que o diário é uma falsificação contemporânea.

Não há dúvidas de que outros nomes serão apresentados, evidências comprovando sua culpa serão sugeridas e, posteriormente, refutadas. É mais provável, porém, que o inspetor Abberline soubesse de toda a verdade em 1888.

Abberline sabia de tudo lá em 1888. Os assassinatos foram cometidos por um residente de Whitechapel que era discreto porque parecia perfeitamente normal na maior parte do tempo. Assim como muitos outros assassinos em série, pois ele parecia tranquilo e inofensivo em seu dia a dia. É provável que ele tenha vivido perto do local do primeiro assassinato, exatamente na região em que a polícia acreditava que ele vivia. Ele pode ter se mudado facilmente para outros lugares de Whitechapel sem chamar atenção, pois se encaixava perfeitamente ali.

Mas quando a sede por sangue o dominava, Jack, o Estripador, matava com ferocidade incomparável, para depois desaparecer novamente assim que satisfazia sua vontade.

ÍNDICE REMISSIVO

CRÉDITOS DAS IMAGENS

Evans/Skinner Crime Archive: 39, 68, 80, 85, 95, 99, 106, 112, 120, 126, 146, 148, 153, 187, 190, 196, 198, 204, 217, 223, 229, 245, 247

Library of Congress: 17